集英社オレンジ文庫

王女の遺言 1

ガーランド王国秘話

久賀理世

Contents

序章
8

第1章
10

第2章
109

第3章
160

第4章
317

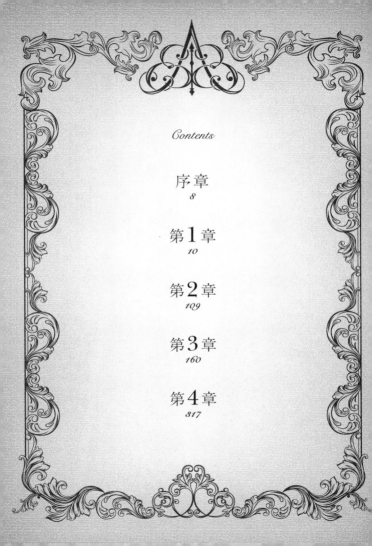

Characters

アレクシア

ガーランド王国の王女。17歳。
国王エルドレッドと、王妃メリルローズの娘。
大国ローレンシアの王太子との政略結婚が決まっている。
その婚姻によって、アレクシアはガーランドの
王位継承権を放棄することになる。

ディアナ

《白鳥座》の役者。グレンスター公から極秘の依頼を受け、
「アレクシア王女」の身代わりを務めることになる。
ディアナの顔立ち、体つきは、アレクシアとそっくりであるらしい。

エリアス

アレクシアの異母弟。
産褥で母を亡くしており、姉の
アレクシアを誰よりも慕っている。
聡明ではあるが、病がち。
男子優先長子相続のため、
王太子としての教育を
受けている。

ガイウス

アレクシアの護衛官。25歳。
名門アンドルーズ侯爵家の嫡男で、
かつての戦役《せんえき》でめざましい武勲をあげた軍人。
アレクシアに君主としての資質をみている。

ウィラード

アレクシアの異母兄。
庶子ではあるが、宮廷で養育された。
非常に有能で、父王の右腕として
政務を助けているが、
王位継承権はない。

アシュレイ

グレンスター公の嫡男。
アレクシアにとっては従兄《いとこ》。
アレクシアの身代わりとなった
ディアナの世話役をしている。

グレンスター公

グレンスター公爵家当主。
今は亡き王妃メリルローズの弟で、
アレクシアの叔父にあたる。

イラスト／ねぎしきょうこ

王女の遺言 1

The Princess and The Pauper

ガーランド王国秘話

序章

まるでおのれの亡骸《なきがら》のような少女だった。

無二の映し身のごときその姿にもかかわらず、黄金の髪も薔薇《ばら》の頬《ほお》も、できそこないの版画のように汚れ、打ちひしがれている。

それでもただひとつ、たくましい野良猫めいた緑柱石《エメラルド》の瞳だけが、まばゆい命のきらめきを放っていた。

ふたりの少女はみつめあう。

挑み、あらがうように。

「——幸運を」

「あんたもね」

別れしなにかわした言葉はほんのわずか。

痩《や》せこけた少女は身をひるがえし、見送る少女は遠ざかる背に祈りを投げる。

どうかどうか、あの子が幸せな未来をつかみとることができますように。

あたかもひとつの魂《たましい》から生まれいでたような、わたしの半身。

もうひとりのわたし——。

うらさびれ、凍えきった聖堂での、つかのまの邂逅《かいこう》だった。

その一度きりのめぐりあいが、いずれ数えきれない命を喰《く》らいつくす陰謀を呼ぶことになるとは、いったい誰に予想しえただろう。

過酷な定めに逆らう意志が、恐るべき歪《ゆが》みを生んだのか。

あるいはそれこそが、視《み》えざる手に導かれた必然だったのか。

沈黙を守る天からは、冷たい雪が遺灰のように降りしきるばかり。

厳しい寒さの迫りくる、王女アレクシア十一歳の冬の日のことだった。

第1章

1

兄の抱擁《ほうよう》はいつも死の匂いがした。

しなやかなその腕が背にまわされるとき、アレクシアは決まって、冷たい剣先に心の臓を撫《な》であげられる心地になったものだ。

いつの日か、異母兄ウィラードの手にかかって命を落とすかもしれない。

そんな不吉な予感は、長らくアレクシアにまとわりついて離れることがなかった。

すでに祖国ガーランドの地をあとにし、兄の手の届かない遠い異国をめざしているにもかかわらず、肌になじんだ薄絹のごとき憂《うれ》いのきれはしは、いまも胸の奥でかすかにはためいているようだった。

「もう二度と、お会いすることもないだろうけれど……」

黒い海のさざなみに耳をかたむけながら、アレクシアはつぶやく。

できることなら、心を許しあえる兄妹《きょうだい》でありたかった。

たとえ親愛の情を向けられることがなくとも、武勇に優れ、才智に長《た》け、怜悧《れいり》な美貌《びぼう》の主でもある腹違いの兄は、アレクシアにとって幼いころより憧れの存在だったのだ。

ゆるく束ねた白銀の髪も、底の知れぬ灰緑の瞳も父王とはさほど似ていない。

それでも誰もが喜んで、ウィラードを次期王として認めたことだろう。

彼がガーランド国王エルドレッドの庶子《しょし》でさえなければ。

「やはりこちらにおられましたね、姫さま」

ふいに呼びかけられて、アレクシアは顔をあげた。

呆《あき》れ声の主はふりむいてみるまでもない。夜霧にけむる甲板《かんぱん》を、危うげのない足どりでかけつけてくるのは、アレクシアの護衛官ガイウスである。

予想よりも早いおでましだ。

さすがに長いつきあいだけのことはある。

光のアレクシアに影のガイウス。ときにそんなふうに称される精悍《せいかん》な青年は、常より黒の軍服に身をつつんでおり、無造作に結わえた長い髪とあいまって、まるで青毛の駿馬《しゅんめ》のようなたたずまいである。

つかつかと、まっしぐらにこちらをめざすその背では、勢いあまった黒髪がいきりたつ尾のように左右に跳ねている。

　アレクシアがおもわずくすりと笑ったのを、耳ざとい子守り役は聞き逃さなかったようだ。

「笑いごとではありませんよ。荒くれ男どものうろつく艦内をおひとりきりで歩きまわるなど、もしものことでもあればどうなさるおつもりです？　おまけにこのような暗い甲板で、足をすべらせたりしたら――」

「そう叱《しか》ってくれるな。わがままはこれで仕舞いにするから、もうしばらくここにいてもかまわないだろう？　窓もない船室では息がつまって、なかなか寝つけないんだ」

　舷縁《げんえん》にもたれたアレクシアは、渋面《じゆうめん》のガイウスを肩越しにふりあおいでやる。

　ガイウスも察するところがあったのか、ほどなく降参のため息をついた。

「ではせめてこれをお召しください」

　黒い外套《がいとう》を脱ぎ、アレクシアの華奢《きやしや》な肩に羽織らせる。

　ほのかな熱が、ふわりとアレクシアの背をつつみこんだ。

「夏の終わりとはいえ、夜の海風は大切な御身にさわりますゆえ」

「――そうだな」

　アレクシアは目を伏せ、ガイウスの気遣いをおとなしく受けいれた。

　ガイウスは正しい。ローレンシアの王太子に嫁ぐこの身には、祖国ガーランドの未来がかかっている。もしものことがあれば、そば仕えの者たちの責任にもなる。

王女アレクシアをのせた旗艦《きかん》は、護衛の艦隊を従え、はるかかなたのローレンシアの地をめざして南に進路をとっていた。

北の島国ガーランドから、東の海峡《かいきょう》を挟んで大陸の南端を占めるローレンシア王国までは、風に恵まれても半月はかかる長旅だ。

青天にましろき帆を燦然《さんぜん》ときらめかせ、壮麗な花嫁行列が王都ランドールを発《た》ったのが一昨日のこと。

両の河岸につめかけた群衆の、祝福の歓声に送られながらリール河をくだり、あまたの商船でにぎわう河口から海峡を南に抜け、いよいよ大洋に漕《こ》ぎだしたところで迎えた三日めの夜である。

随行団《ずいこう》を率いるのは、アレクシアの母方の叔父《おじ》にあたるグレンスター公。

艦隊の指揮をとるのは、歴戦の勇将として名をはせるリヴァーズ提督だった。

ガイウスはいくらか距離をおきつつ、アレクシアの隣に並んだ。

夕刻は右舷《うげん》のかなたにかろうじてうかがえた陸影も、いまは霧に沈み、艦隊のかかげるともしびが点々と浮かびあがっているばかりだ。

「まったく。ほんのわずかでも目を離すと、その隙《すき》に姿をくらませるところは、昔からお変わりになりませんね」

「おまえのそのじじむさい繰《く》りごとも、あいかわらずだな」

「その減らず口も」

「その不敬ぶりも」

ふたりはちらと視線をかわし、口許《もと》をゆるめる。

いつもの調子のやりとりに、ようやく肩の力を抜きながら、アレクシアはふたたび夜の海に目を移した。

顔の影すら映さない、黒く波打つ水面《みなも》をみつめていると、やがて自分の昏《くら》い未来の姿が浮かびあがってくるかのような、不安な心地にとらわれる。それでいてざわめく波の音《ね》にめまいを誘われ、妖しい安らぎにひきずりこまれるかのような——。

「姫さま」

我にかえると、ガイウスに片腕をつかまれていた。

痛みを感じるほどの、強い力だった。とくとくと腕から伝いのぼる脈動は、彼のものかおのれのものか、ひどく速く打ち続けている。

「……ガイウス？」

とまどいつつ名を呼ぶと、ガイウスははっとしたように力をゆるめた。

「そのように、身を乗りだされては」

誤《あやま》って転落するかもしれない。

そう案じているのだろうか？

すでにアレクシアは海をのぞきこんでいないにもかかわらず、それでもまだ、ガイウスは手を離さない。

アレクシアは片眉をあげた。

「まさかおまえ、わたしが身投げでもしてのけるのではないかと、危ぶんでいるのではあるまいな？」

「そのようなことは……」

狼狽《ろうばい》したように、ガイウスはくちごもる。

アレクシアはかすかに笑い、目を伏せた。

「安心するといい。このわたしにそれほどの勇気などありはしないから」

ローレンシア王太子レアンドロスが、決してアレクシアの善き伴侶《はんりょ》とはならないだろうことを、ガイウスもまた知っている。

このたびの婚姻《こんいん》は、ガーランドとローレンシアの同盟をより強固にするためのものであり、どちらかがその約定を破棄すれば、とたんにアレクシアの命は危うくなる。もとより人質として受け渡されるも同然の身なのだ。

それでも王女として、アレクシアは与えられた使命を果たさないわけにはいかない。

もしもその定めから逃れようとするなら、たしかにいまこのときが絶好の機会だ。

ガーランドの国土でもローレンシアの艦《ふね》でもない海のただなかで、不慮の事故によって命を落とす——それがアレクシアにできる唯一にして最善の抵抗だろう。

それでもガーランド王女の死が諸国に及ぼす影響は、計り知れない。

おのれの命を捨て去ることよりも、アレクシアにはそのほうがよほど恐ろしい。

けれどガイウスの瞳に、遠い異国にひとり残される十七歳の花嫁は、よほど心許なげに映ったのだろうか。

そのときだった。

ふいに夜気が揺らぎ、アレクシアは海をふりむいた。

ガイウスもまた、水面の先に鋭いまなざしを向けている。

つられて目を凝《こ》らすと、霧の奥から小舟の影が近づいてくるようである。

アレクシアは首をかしげる。

「急ぎの伝令だろうか？」

「そんな……馬鹿《ばか》な」

つぶやいたガイウスの横顔が、夜目《よめ》にもこわばるのがわかった。

「どうした？」

「かこまれています」

ガイウスは押し殺した声で伝えるなり、攫《さら》うようにアレクシアを舷側から遠ざけた。

余裕のないしぐさに、アレクシアは身をかたくする。

「どういうことだ？」

「灯火《とうか》もかかげていない小舟が、幾艘《そう》もこの旗艦に群がっているんです」

櫂《かい》が水をかきわける音すらしなかったというのに、いつのまに？

アレクシアは息を呑《の》んだ。

「……まさか海賊《かいぞく》が？」

「かもしれません。姫さまの婚姻は、世に広く知れ渡るところですから」

「それなら叔父上の艦が危ない！」

アレクシアの持参品はこの旗艦ではなく、グレンスター公の乗る艦を含む後方の数隻《せき》に積みこまれているはずだった。まさにこうした不測の事態に備えて、護《まも》るべき対象を分散させる策が採られていたのである。

「だとしても外観から区別はつきません。とりあえずは旗艦を狙い、制圧しにかかるのが順当でしょう。ですが相手がただの賊ならば、まだましかもしれません」

「なぜ？」

「財宝のみが狙いなら、皆殺しは避けられる可能性があります。ですが――」

ガイウスが呑みこんだ言葉を、アレクシアは察した。

「わたしの命を欲してのもくろみだというのか？」

アレクシアは膝《ひざ》から崩れ落ちそうになった。

「そんなことにはさせません」

ガイウスは断言する。

そして夜霧の楯《たて》を射抜く鋭さで、打ちつける波の奥を見据《みす》えた。

「哨戒艇《しょうかいてい》はいったいなにをしているんだ」

焦りのにじむ声でつぶやき、

「ともかく姫さまは、すぐにここを離れてください。急ぎ総督閣下に知らせを走らせていただけますか？　それからご自分の船室に鍵をかけて、騒ぎが鎮《しず》まるまで絶対にでてきてはなりません。ひとりでもおできになりますね？」

「急報ならすぐにも伝える。だがおまえはどうするつもりだ？」

「ここで迎え撃つしかないでしょう」

「――だめだ！」

アレクシアはとっさに抗《あらが》わずにはいられなかった。

「いくらおまえでも、海の猛者《もさ》たちを相手にしたら敵《かな》わないかもしれない。ここは総督の部下に任せて、おまえはわたしのそばに――」

「姫さま」

すがりつくような訴えが、ガイウスの心を動かしたのだろうか。

だが彼は黙ったまま、目映《まばゆ》げにアレクシアをみつめるばかりだ。

「ガイ……ウス？」

こんなときだというのに、慈《いつく》しみと哀《かな》しみのせめぎあうようなその微笑から、なぜか目が離せなくなる。

「そのような顔をされては、いっそう酔いがまわってしまいそうだ」

ガイウスがささやき、アレクシアは目をまたたかせた。

「酔い？」

ガイウスから酒の匂いはしない。

それなのになぜ……とアレクシアはとまどい、ほどなく思い至った。

「まさか船酔いなのか？　だったらなおさら、応戦などしてはいけない！」

ガイウスはかすかに笑ったようだった。

「心配は要りません。多少の酔いはむしろ怯懦《きょうだ》を遠ざけ、勇気をみなぎらせるものです」

「なにをいって――」

「さあ。いまのうちにお早く」

ためらうアレクシアを、ガイウスはなおもうながす。

だが背を押しかけた手は、次の瞬間、逆にアレクシアをひきとめていた。

「遅すぎたか」

ガイウスがぎりと奥歯をかみしめる。

その視線の先には、複数の人影があった。

異変を察してかけつけた、海兵たちではない。

そろって頭髪に布を巻きつけたなりは、水夫のいでたちでもなかった。

暗がりにぼんやりと浮かぶ上衣は、一様にまだらに染まっている。血痕《けっこん》だ。

アレクシアたちの死角から接舷《せつげん》した者らが、すでに甲板まで乗りこんでいたのだ。

ではそちらにいたはずの味方は、声をあげるまもなく、忍びこんだ侵入者に命を絶たれたというのか。まさか他の艦も、すでにそのように制圧されているのだろうか。

ぞくりと身をすくませたアレクシアを、ガイウスが片腕にかかえこんだ。

そして深く息を吸いこみ、もう一方の手をくちびるにあてる。

甲高《かんだか》い指笛が、長々と空を切り裂いた。

「──敵襲！　敵襲だ！　総員ただちに応戦せよ！」

ガイウスの張りあげた声が、夜のまどろみを打ち破る。

それからの反応は、さすがに訓練されたガーランド海軍の兵士たちだった。

船上はたちまち騒然となった。

「敵襲！　敵襲！」

「王女殿下をお護りしろ！」

「右舷後方から新手だ！　早く射落とせ！」

けたたましい警鐘《けいしょう》が降りそそぎ、甲板のあちこちで鞘音《さやおと》高く剣が抜き放たれる。

たちまち刃鳴りが連鎖し、怒号と悲鳴が夜空に響きわたった。

「こちらです」

ガイウスの腕にかばわれながら、アレクシアは倉口《ハッチ》をめざしてかけだした。

だがほどなくその行く手を、暗がりからにじみだすように数人の敵が阻《はば》んだ。

闇《やみ》にひそむという妖魔の牙《きば》のように、焰《ほのお》を映したいくつもの白刃《はくじん》が迫りくる。

それらを率いてきたとおぼしき男が、

「そちらはアレクシア王女か」

じわりと逃げ道をふさぎながら問う。

「……名乗りもせぬ者に、教える義理はないな」

殺気をみなぎらせたガイウスが、ついに鞘走らせた長剣をかまえる。

アレクシアはたまらずささやいた。

「ガイウス」

「かならずお護りします。この命に代えましても」

違う。

そんな誓いは望んでいない。

けれどアレクシアの叫びは、声にはならなかった。

うねりをあげて襲いかかる剣を、次々とガイウスが叩き落とす。

ガイウスの長剣が一閃《いっせん》するたびに血飛沫《ちしぶき》が、むせかえるような鉄錆《てつさび》の匂いが舞い散り、夜霧を赤く染めあげた。

ひとり。またひとりとガイウスは敵を撃ちたおし、斬《き》り伏せるが、退路を求めたふたりはしだいに船首にまで追いつめられていた。

アレクシアの肩から、ガイウスの外套がすべりおちる。

だが拾いあげるまもなく、それは男たちの靴に踏みしだかれていた。

「あ……」

無惨に汚れた外套のありさまに、アレクシアが気をとられたそのときだった。

鈍い衝撃音とともに、船体が激しく揺れた。

まるで艦と艦とが、横ざまにぶつかりあったかのような……。

ではようやく護衛艦が救援にかけつけたのだろうか。あるいは侵入者の一味が、白兵戦の状況を見計らって、母艦《ぼかん》を接舷させたのかもしれない。

だがその真相を確かめることはかなわなかった。

舷側に叩きつけられたアレクシアは、勢いあまって舷縁に乗りあげ、そのまま宙に投げだされていた。

「——姫さま！」

とっさにのばした腕と、のばされた腕はたがいに虚空《こくう》をつかむことしかできなかった。

はためく袖《そで》の向こうで、ガイウスの姿が、ゆっくりと遠ざかってゆく。

ああ——いけない。

背ががら空きではないか。

おまえともあろう男が——ガーランドの英雄が、敵にあんな隙を与えるなんて。

そのときアレクシアの頭を占めていたのは、黒い海に呑まれかけているおのれの運命でも、この襲撃が確実に影響を及ぼすであろうガーランドの未来でもない。

死地に残したガイウスの、命の行く末だけだった。

2

王女の暮らしぶりというのは、存外につましいものだ。

朝から舌のとろけるような菓子をつまみ、昼にはきらびやかな衣裳《いしょう》をとっかえひっかえし、夜な夜な舞踏会で貴公子との踊りに明け暮れる……といったことはない。

王宮内の聖堂でとりおこなわれる、毎朝の礼拝。

複数の教授による、さまざまな分野の個人講義。

すこやかな心身を維持するための、内庭の散歩。

未婚の王女であるアレクシアは、宮廷の女主人として采配《さいはい》をふるう身でもなく、華やかな夜会にもあまり顔をださない。

王族として必要とあらば、ときおり公《おおやけ》の式典や祝宴におもむき、末席でしかるべくふるまうのが務めだ。

そんな静かで修道女めいたアレクシアの日常は、いざ婚礼のためにガーランドを発つ日取りが決まってからも、さほど変わらなかった。

とはいえさすがにこのところは、各国の大使からそれぞれに祝辞を受けたりと、気の抜けない謁見《えっけん》が続いており、なにかと気疲れしがちだった。

そこでアレクシアはふと思いたち、夕餉《ゆうげ》を控えた宵《よい》のひとときを、とっておきの場所ですごすことにした。

思索のための散歩と称して護衛官のガイウスをともない、打ち捨てられた旧城壁のほうへ足を向けると、ほどなく彼も目的地を察したらしい。

「いまから小夜啼塔《さよなき》にのぼるおつもりですか？」

「足腰がつらいのなら、下に控えていてくれてもかまわないが？」

「ご冗談を」

ガイウスは不遜《ふそん》に目をすがめた。

「姫さまの気まぐれにつきあうのが、わたしの役まわりですからね」

「それは難儀なことだ」

アレクシアはふふと笑い、いそいそと螺旋《らせん》階段をかけあがった。

小夜啼塔とは、崩れかけた旧城壁にいまも残る、古い円塔の通称である。

戦時の張りだし櫓《やぐら》はとうの昔に取り払われ、普段はほとんどひとけもなく、伝令鳩《ばと》の鳩舎《きゆうしや》として使用されている。その胸壁《きようへき》から静かに市内を一望するひとときは、アレクシアにとってなによりの安らぎなのだった。

暗い階段をひと息にのぼりきると、ほのかな光を孕《はら》んだ黄昏《たそがれ》の空が広がっていた。

胸壁には巣をめざす鳩たちのためか、篝火《かがりび》がひとつ焚《た》かれているのみである。

陽《ひ》の名残りを含む、初夏のそよかぜが、肌の熱をさらっては吹き抜けてゆく。

アレクシアは矢狭間《やざま》にもたれ、暮れなずむ夕空の香りを胸いっぱいに吸いこんだ。

「ここにいると、ときおり風向きで潮の香りを感じとれることがあるんだ。耳をすませば波の音まで聴こえそうな気がしてね」

王都をゆるやかに横断するリール河は、西から東に流れ流れて海へ至る。

河口までは馬を飛ばせば半日ばかりの距離だが、そうそう王宮をでることもかなわないアレクシアにとっては、世界の広がりをほんのわずかでも味わうことができる貴重な機会であった。

「なるほど。それでよくここを隠れ家になさっていたわけですね」

ガイウスは神妙につぶやき、アレクシアのそばに足を進めた。

矢狭間に腕をかけ、くつろいだ声音《こわね》できりだす。

「かれこれ六年にもなりますか。姫さまの護衛官の任を、わたしが陛下におおせつかってから」

「早いものだな。あのとき拝まされた噂の若き英雄の顔は、いまもって鮮明に憶《おぼ》えているというのに」

「おや。それほど印象に残っておいでですか？」

「まさかうぬぼれているのではあるまいな？　おまえのふてくされぶりがあまりにはなはだしくて、脳裡《のうり》に焼きついてしまっただけだ」

アレクシアが冷めたまなざしを投げつけてやると、

「うまく隠していたつもりだったのですが」

ガイウスは頰《ほお》に微苦笑をよぎらせた。

夕暮れに浮かびあがるその横顔は、笑みを含んでいてなお、名工の刻んだ勇士の彫像のごとく精悍だ。

戦《いくさ》の前線からはしばらく遠ざかっているものの、鍛錬を怠《おこた》らない長身瘦軀《そうく》には弛《ゆる》みのかけらもなく、紺青《こんじょう》の瞳は冷たく澄《す》んでいながら、冬の心星《しんぼし》のごとき光を孕んでもいる。

たぐいまれな美丈夫――と称してさしつかえのない容貌なのだろう。

だがおあいにくさまである。

十九歳のガイウスと対面をはたした当時のアレクシアは、殿方のみてくれに頓着《とんちゃく》するお年ごろではなかった。そして齢《よわい》十一を数えたばかりの小枝のような王女は、むしろ青年の瞳を染めあげた失意の色をこそ鋭く読みとり、反発をおぼえたのだった。

ガイウスはガーランド貴族の名門アンドルーズ侯爵家の嫡男《ちゃくなん》である。

アンドルーズ家はこれまで、ガーランドの長い歴史に残る勇猛な武人を数多く輩出してきた。

石積みの長城を国境とする、北の宿敵ラングランドを相手取った先年からの戦役に、ガイウスもまた若き士官として赴《おもむ》いていたが、やがてめきめきと頭角をあらわし、めざましい武勲をあげたことで民衆にも広く名を知られる存在となっていた。

なんでも指揮官の命令にあえてそむくことで、死地に取り残された連隊を全滅から救いだし、なおかつ劣勢だった戦況をみごと打開する足がかりを築いてのけたという。

若き士官の決死の行動が、結果的にガーランドを勝利に導いたのである。

やがてガーランドに好条件の停戦条約が結ばれ、王都に凱旋《がいせん》したガイウスは、国王エルドレッドから名誉ある騎士の称号を与えられたうえ、王女アレクシア付きの護衛官として取りたてられることになった。

異例の大抜擢《だいばってき》である。

だがじつのところ、そこには若き英雄をめぐるさまざまな思惑が隠されていた。

そもそも陸軍のお偉方は、ガイウスの偉業をこころよく受けとめてはいなかった。ガイウスが上官に逆らったことは事実であり、戦歴もろくにないそのような若造がもてはやされては軍紀の乱れにつながると、もっともらしく苦言を呈していた。

ようするに、いちじるしく面目を潰《つぶ》されたと感じたわけである。

とはいえあからさまに冷遇しては、多方面からの反感を招きかねない。

かといって宮廷に留めることで、アンドルーズ一族の勢力がいっそう強まるのもおもしろくない。というのもガイウスの父は枢密院《すうみついん》顧問官として、すでにエルドレッド王の信を得ていたからだ。

そのエルドレッド王としても、ガイウスの功績は称賛しつつ、軍とつながりのある彼が民衆の熱狂的な支持を得たことで、いずれ厄介《やっかい》な存在になりかねないとひそかに危惧《きぐ》していた。

そこであみだしたのが、ガイウスを王女専属の護衛官に任じるという策だった。

都合の好《よ》いことに、ガイウスはうるわしの王女を飾る従者として、いかにもおあつらえ向きの端整な容姿をしている。

幼い王女の子守りをさせておけば、宮廷の中枢から遠ざけておくことができるし、たとえ熱心に仕えて信用を積みあげようと、相手がいずれ異国に嫁ぐことが決まっている身では出世の役にはたたない。

つまり有力者の誰にとっても煙《けむ》たい存在であるガイウスを飼い殺すために、アレクシアは最適の相手とみなされたのだった。

もちろんそうしたもろもろの裏事情を、当時のアレクシアが完全に理解していたわけではない。

だがみくびってもらっては困る。生まれながらの王女として、だてに魑魅魍魎《ちみもうりょう》のごとき宮廷人の視線にさらされてきてはいないのだ。

年端もいかない子どものお守りを押しつけられたうえに、それをありがたがらねばならない若い騎士の憤懣《ふんまん》など、たちどころに見抜けないはずがないのだった。

こんなところでくすぶっている暇はない。

真におのれの才覚を必要とする世界で、存分に力を発揮したい。

まっすぐな信念をたたえた青年の瞳が、そんな無念と焦燥《しょうそう》に濁《にご》っているさまは、たまらなくアレクシアをいらだたせた。

だから決めたのだ。

そういうことなら、せいぜい責任重大な任務を与えてやろうではないかと。

「まさか来る日も来る日も、姫さまを追ってあちこちかけまわるはめになるとは、想像もしませんでした。ご幼少のみぎりより手のかからない、賢《かしこ》くておとなしやかな姫君であらせられるとうかがっていたのに」

深々と嘆息《たんそく》するガイウスを、アレクシアはいたずらっぽくうかがった。

「だが生意気な小娘のお守りも、なかなかやりがいがあっただろう？」

「たしかに姫さまにお仕えして多くを学びましたが」

「たとえば？」

「おもに忍耐と寛容の精神を」

アレクシアはくいと片眉をあげた。

「まさにわたしの身にそなわった美徳のひとつだな」

「それは寡聞《かぶん》にして存じあげませんでした」

ガイウスは芝居がかったしぐさで肩をすくめる。

とはいえ元来アレクシアは、聞きわけのよい少女であった。

王女にふさわしくないふるまいをすれば、それを許した身近な者たちが責を負うことになると、経験で学んできたからだ。

だからその点において、アレクシアは抜かりなかった。

ガイウスひとりにしか迷惑のかからない方法を、たくみに選んだのである。

たとえば王族の居住する内廷から、公務のためにガイウスを従えて外廷に向かうとき。

複雑な宮殿の構造に慣れていない彼の目を盗み、すばやく身を隠してやる。ガイウスは蒼《あお》ざめ、必死で捜しまわるも、アレクシアの姿はどこにもない。やがて観念した彼が事情を報告しに向かうと、当の王女がすました顔で新任大使の謁見に列席している。

あるいは旧城壁の外の森を、騎乗で散策しているとき。

ふいをついて馬を走らせ、付き添いのガイウスをまこうとする。職務に忠実な護衛官としては、たちどころにあとを追わないわけにはいかないが、活発なアレクシアは乗馬を好み、その腕はかなりのものだった。やがて空馬《からうま》を発見した彼がうろたえているのを、樹の枝に腰かけてながめながら、笑いをこらえるのにたいそう苦労した。

「憶えておられますか？　昼餉《ひるげ》にも手をつけず、いったいどこへ向かわれたのかと衛兵らの目撃情報をたどってみれば、あろうことかこの小夜啼塔の胸壁によじのぼり、矢狭間に背をあずけて、書物をめくっていらしたときのことを」

「あれは屋外での読書にうってつけの、のどかな日和《ひより》だったな」

「しかも片手でパンをかじり、これみよがしに片足を宙にぶらぶらさせながら……。あれを目にしたときは、本気で肝《きも》が冷えました」

語るにつけ当時の心境がよみがえったのか、ガイウスは眉をひそめる。

「おまけに汗まみれで階段をかけあがったわたしをふりむいて、姫さまがいったいなんとおっしゃったか。そうも血相を変えてかけつけるなんて、おまえは――」

「よほどわたしのことが好きらしいな——だろう?」

アレクシアはくつくつと笑う。

無性にほがらかな気分だった。

あるいはあえてそう感じようと、努めているのかもしれない。

胸の底からひたひたと浸みだすような不安を、愉快な昔話で追いやるために。

それを知ってか知らずか、ガイウスもくだけた口調で応じる。

「あのときばかりは、よほど突き落としてやろうかと」

アレクシアはくちびるをひきあげた。

「下手な冗談だな。それからいくらもしないころ、わたしが河で溺《おぼ》れかけたときは、ためらいなく飛びこんで助けにかけつけたくせに」

「ちょうど豪快に水浴びでもしたい気分でしたので」

「そのせいで高熱をだして、しばらく寝こむはめになったというのにか?」

そもそものきっかけは、遠乗りにでかけたアレクシアがガイウスをふりきろうと、無茶な手綱《たづな》さばきをしたことだった。暴れる馬をなだめそこなったアレクシアが土手から河に転落したとき、ガイウスは一瞬の躊躇《ちゅうちょ》もなく流れに身を投じ、深みにはまりかけていた彼女を救いだしたのだった。

その一件をきっかけに、アレクシアはふるまいをあらためた。

胸にうずまく反発の正体を、遅まきながら悟ったためである。

ガイウスが失望したように、アレクシアもまた失望していたのだ。

たとえどれほど努力をかさねたとしても、自分がガイウスにとって、決して仕えがいのある主《あるじ》にはなれないだろうことに。

もしも仕える相手が王太子エリアスなら、ガイウスの反応はおそらく異なるものだったはずだ。血を分けた姉弟《きょうだい》であろうと、未来の国王といずれ異国に嫁ぐ姫では、天と地ほどの差がある。

幼い王太子を護り、鍛え導き、やがては理屈抜きの信を得て、治世を支え続ける。それは宮廷の権謀術数にまるで興味のない、生粋《きっすい》の武人にとっても、おのれの一生を賭《と》すに値《あたい》する生きざまだ。

ガイウスのような優れた人材は、弟エリアスにこそふさわしい。

そして有能な者ほど、その才を活《い》かせる機会を欲するものだ。女官《にょかん》でも侍従でも、アレクシアに仕える者たちの多くは、王女の近臣という地位を足がかりにしたさらなる栄達を望んでいた。

生みの母を七歳で亡くし、優しかった乳母《うば》もすでに宮廷を去り、アレクシアが無心で甘えられる相手は、宮廷にはひとりもいなかったのだ。

だからもとより、アレクシアは試そうとしていたのかもしれない。

どこまでなら許されるか。

どこまでなら受け容れてもらえるか。

出会った瞬間からすでに、おたがいの失意で結ばれた青年が特別な存在になりうる予感をおぼえていたのかもしれない。

どんなわがままでふりまわそうと、ガイウスは決して「自分を困らせるな」と口にすることだけはなかった。

だがひたすら愚直《ぐちょく》に、手を抜かずに、アレクシアを追うことをやめなかった。

ただそれだけのことが、孤独な王女にはたまらなく嬉《うれ》しくてならなかったのだ。

そうと自覚したことで、アレクシアはやみくもにガイウスを挑発するのをやめた。

始終つき従うガイウスにわずらわしさを感じることもなくなり、いつしかアレクシアにとって、彼は誰よりも気のおけない存在となっていた。

「懐かしいですね。あのときはわたしの熱がさがるまで、姫さまが朝に夕にわたしの枕許まで見舞いにいらしたのでした」

楽しげなガイウスの声には、からかいが混じっている。

アレクシアは口をとがらせた。

「おまえがあてつけがましく、何日も寝ついたりするからだ。肺炎をわずらって早死にでもされたら、さすがに寝覚めが悪いからな。それなのにおまえときたら——」

「姫さまはそんなにわたしのことがお好きなのですか——とやりかえしたのでしたね。我ながら気の利いた科白《せりふ》でした」

含み笑いを洩《も》らすガイウスに、アレクシアはふんと鼻を鳴らしてやる。

「ここぞとばかりに意趣がえしをするとは、おとなげないやつめ」

「わたしもまだまだ若造だったということですよ」

苦笑を溶かした息をつき、ガイウスは暮れゆく王都に視線を投じた。

「本当に、呆れるほどに浅はかで……騎士の称号になどとうてい値しない未熟者でした」

ひそやかな声音は、いつもの端然としたガイウスらしからぬものだった。

胸に去来するさまざまな感情をかみしめるように、彼は沈黙する。

アレクシアはにわかにおちつかない心地になった。

旧城壁をかこむ木々が、いつしかざわめきだしている。

乱れる金の髪を、アレクシアはとっさに指先で押さえた。黒髪のガイウスを従えると、まるで一対の光と影のようだと評される、母譲りの豊かな金髪だ。

「……だとしても、恥じることはなにもない」

アレクシアはささやいた。

「おまえは幾度もわたしの命を救い、充分に騎士の務めをはたしてくれたのだからな」

弟王子エリアスに次ぐ王位継承権をもち、ローレンシア王太子の婚約者でもあるアレクシアには、多方面から命を狙われる理由があった。

暗殺を企《くわだ》てた首謀者に処罰がくだされたこともあれば、うやむやのままにかたづけられたこともある。

「いつぞやはわたしのために、女人《にょにん》まで手にかけさせてしまった」

袖に短剣をしのばせた女官は、あきらかに訓練された刺客ではなかった。

異母兄ウィラードのさしがねではないかとも疑われたが、証拠はあがらなかった。

「姫さまに害をなそうとする者は、女子どもであろうと排するまでです。どのような卑劣な手を使おうと、この命に代えても、姫さまをお護りすること――それがわたしの責務なのですから、お気に病むことはありません」

ガイウスのくちぶりには、気負いもなければ迷いもない。

そのあまりにも自然な――身につけられた潔《いさぎよ》さが、アレクシアの反駁《はんばく》を封じる。

切り捨てた本心から目を背けることに、慣れきったような潔さが。

アレクシアはもどかしさをもてあまし、すがるように胸壁に爪《つめ》をたてる。

「わたしこそ、姫さまには命をお救いいただきました」

身に憶えのない告白に、アレクシアはとまどった。

「わたしが？　おまえを？」

ガイウスはどこか複雑な苦笑を浮かべた。

「レアンドロス殿下が、ガーランドに表敬訪問されたおりのことです」

「ああ……あのときの」

アレクシアは我知らず眉をひそめていた。

あれは一昨年のこと。遊学と称して友好国の宮廷をまわっていたローレンシアの王太子が、しばらくのあいだガーランド宮廷にも滞在することになったのだ。

その目的のひとつが、すでに婚約の決まっていたアレクシアとの顔あわせだった。

父王エルドレッドの計らいのもと、型どおりのあいさつをかわした王太子レアンドロスは、まるで黒い焔のような男だった。

華やかで情熱的な美貌は、あらかじめ贈られていた肖像画のままだった。

だが王族らしい覇気《はき》と、鷹揚《おうよう》さをたたえていたはずの黒曜石の瞳には、冷え冷えとした驕《おご》りと、底知れぬ野心が秘められているように、アレクシアには映った。

なるほど、ローレンシアの宮廷画家は、なかなかの目と腕の持ち主のようだ。

アレクシアはしとやかに目を伏せつつ、画家の才に感嘆していたが、対する花婿《はなむこ》のほうは未来の妻になにを感じていたものか。

如才なくアレクシアの容姿やたたずまいを褒めたたえ、感激してみせはしたが、すでに複数の愛人をかかえているらしいレアンドロスにとって、十も年下の小娘との対面がさして感興をそそるものでなかったのはたしかだろう。

だがそれがどうしたというのか。

ふたりの婚約は、ガーランドとローレンシアの同盟を強化するための契約であり、おたがいの国益のために体裁をとりつくろう気があるだけでも上々だ。

そんなレアンドロスと、顔をあわせれば会釈《えしやく》をかわす程度のつきあいを保っていたある日のこと。

アレクシアは居室をでたところで、婚約者とガイウスが諍《いさか》うさまを目撃した。

なにごとかと耳をそばだてると、どうやらレアンドロスが散策の誘いにきたらしい。それもぜひアレクシアとふたりきりでという要望を、ガイウスがかたくなにしりぞけているようだ。

アレクシアとしても、もちろん乗り気にはなれない。かといって面と向かって撥《は》ねつけることで、機嫌を損ねたくもない。あきらめて立ち去ってはくれないものかと、円柱に身を隠して様子をうかがっていると、ほどなく雲行きが怪しくなった。

あくまで低姿勢だったガイウスが、にわかに声を荒らげたのだ。

しかもレアンドロスに対して、いましがたの発言を撤回しろと迫っている。

するとその無礼を許しかねたのか、おもむろにレアンドロスが腰の剣を抜き、ガイウスに突きつけたのだ。ガイウスのほうは、さすがに剣を向けるのだけは踏みとどまったようだが、一歩たりとも退《ひ》くかまえがない。

やがてしびれをきらしたように、レアンドロスが長剣をふりあげたときだった。

考えるより先に、アレクシアの身体《からだ》は動いていた。

柱の陰《かげ》から飛びだし、無抵抗のガイウスのまえに走りこんで、白刃に身をさらしたのである。さすがに驚いたレアンドロスがとっさに剣筋を逸《そ》らしたものの、勢いを殺しきれずにその切先はアレクシアの額《ひたい》をかすめた。

だがそのときの彼女は鋭い痛みも、こめかみから頬に伝い落ちる血の匂いも、まるで感じてはいなかった。ただただ必死で、ガイウスを守らなければとそれだけが胸を占めていて、なんとか相手に剣を収めさせることしか考えられなかった。

ともかくガイウスの非礼を謝罪し、処罰はみずから責任をもってくだすと訴えると、興が醒《さ》めたのか、レアンドロスは戯《たわむ》れがすぎたことを詫《わ》びて踵《きびす》をかえした。頬に冷笑をまとわせたまま、婚約者に怪我《けが》をさせたことについては、ひとこともふれずに。

おかげでアレクシアは、蒼白のガイウスに指摘されて、ようやく血が流れていることに気がつくありさまだった。

その痕《あと》は、いまも髪の生え際にかすかに残っている。

「姫さまが御身に負われた創《きず》とひきかえに、わたしは命を拾いました」

「大袈裟《おおげさ》だな。もとより殿下も本気ではなかっただろう」

だがガイウスは躊躇なくかぶりをふる。

「あのかたの気まぐれひとつで、わたしは牢《ろう》に放りこまれていてもおかしくありませんでした。わたしの命で彼をなだめられるなら、陛下もそれを許されたでしょう」

たしかにそうならなかったのは、予想外の事故とはいえ、ガーランド王女に怪我を負わせたのが、ほかならぬレアンドロスだったためだ。

ことを荒だて、その点を追及されて困るのは、レアンドロスのほうである。

だからこそ、アレクシアの額の怪我については見て見ぬふりをしたのだろう。

そうでなければ退屈しのぎに、無礼な護衛官を拷問《ごうもん》にかけることも、ためらわなかったかもしれない。

もしも兄ウィラードが、同じことを顔色ひとつ変えずに命じて背を向けるとしたら、彼はきっと嗤《わら》いながらその一部始終を見物することだろう。

あれはそういう男だ。

「そういえば、あのときおまえが激高した理由については、とうとう白状しなかったな」

アレクシアがつときりだしたとたん、ガイウスはぎこちなく身じろぎした。

「おおかた殿下が、わたしを侮辱《ぶじょく》するようなことを口にしたのだろう？　贈られた肖像画は詐欺《さぎ》だ、ガーランドの王女があんなに貧相で陰険な顔つきの小娘だったとは、期待外れもいいところだとかなんとか」

「違います！　そのようなことは決して」

「ではなんと?」

「それは……」

わかりやすすぎる反応に、アレクシアは力なく笑った。

「おまえはときどき、わたしの陰口に対して妙にむきになるからな。宮廷のおしゃべり雀《すずめ》たちの戯言《ざれごと》など、適当に流しておけばよいものを」

「そういうわけには……まいりません」

「あいかわらずの石頭だな」

だがアレクシアは知っていた。ガイウスらしい不寛容さのおかげで、アレクシアがその手の中傷をめったに耳にせずにすんでいたことを。それは有力な庇護《ひご》者がおらず、宮廷でも軽視されがちな王女に対する、彼なりの気遣いだったのかもしれない。

おかげでガイウスは、いかにも武人あがりのお堅い無粋者だと、いまでは若い女官たちにもすっかり敬遠されているとかいないとか。そんなガイウスこそ、誰よりもアレクシアに不敬な口を利いているのだから、おかしなものである。

「父にもこっぴどく叱られました。おのれの職分を見失ったあげくに、お護りするべき主にかばわれるなど言語道断だと」

「侯はわたしには優しいのに、おまえには昔からやたらと厳しかったからな」

「弱輩の身でありながら　王族のお命を預かっていたのですから当然です。しかもよりにもよってうら若い王女のかんばせに傷を負わせるなど、本来なら任を解かれてもしかたのない失態ですから」

「ふたりとも深刻にとらえすぎだ。痕だってもうほとんど残っていないというのに」

「本当ですか？」

すかさずガイウスが問いかえす。

アレクシアはぱちくりと目をまたたかせた。

「まさかずっと気にかけていたのか？」

「それは……もちろんです」

いたたまれなさを隠すかのように、ガイウスが顔をうつむける。

アレクシアはほどなくその心境を察した。たしかにガイウスにしてみれば、刻まれた傷痕が消えないかぎり、自責の念がいつまでも心を去ってくれないかもしれない。

「ならばその目でたしかめてみるか？」

ゆるく額に垂れかかった金髪を、アレクシアはかきあげてみせた。

「ほら。このあたりに、ほんのかすかに線が走っているだけだ」

首をかたむけ、左のこめかみをガイウスの視線にさらす。

ガイウスはつと顔つきをあらためた。

覚悟を決めたように口を結び、その長身を折りまげる。これだけ暗いと、よほど目を凝らさなければ痕を認めるのは難しいはずだ。

ほつれ髪をのけようとしてか、ガイウスは身をかがめたまま、アレクシアの額に片手をのばした。

にわかに身じろぎしたくなるのを、アレクシアはこらえる。

慣れないしぐさに、奇妙なおちつかなさが増してゆく。

ひそやかなガイウスの息遣いが、木々のざわめきを押しのけて耳の奥まで忍びこんでくる。まるで視線が熱を孕んでいるかのように、夕風で冷えたはずの額がじりじりと炙《あぶ》られてゆく錯覚にとらわれた。

「見苦しくは……ないだろう？」

たずねる声が、なぜか心許なくかすれる。

「も……もしも醜《みにく》いのなら、遠慮することはない。髪の結いかたや被りもので、なんとか隠す方法を考える必要があるからな。ほら、あまりにわたしの見栄《みば》えが悪いと、ガーランドの恥になるだろう？　それにせめて世継ぎを産むまでは、せいぜいレアンドロス殿下にうとまれないよう努めなくてはならないし——」

「お静かに」

矢継ぎ早につないでいた言葉は、ガイウスのひとことで断たれた。

昏いいらだちと、せつなげな懇願のにじみだすような声だった。

息を呑んで顔を上向けると、ひたとこちらをみつめるガイウスと視線がかみあった。

紺青の瞳に灯火が映りこみ、揺れる焔からなぜか目が離せなくなる。

その焔が、つと舌をのばしてアレクシアの額を灼《や》いた。

「！」

そう感じたのは、ガイウスの指先が痕をなぞるようにかすめたためだと悟り、アレクシアは弾《はじ》かれるように身をそらした。

「姫さま！」

重心を失い、うしろにかしいだアレクシアの身体を、とっさにガイウスが支える。背に添えられたガイウスの腕が熱い。

その手から逃れるように、アレクシアは胸壁にすがりついた。

ガイウスが気遣わしげに問う。

「痛みましたか？」

「ま……まさか。おまえがあまり身を乗りだすから、足許がふらついただけだ」

「それは失礼をいたしました」

ガイウスをなじる自分の声が、いつになく子どもじみて感じられる。

対するガイウスの声音は、いたわるような優しさを含んでいた。

「創痕が見苦しいなどと、とんでもありません。それどころかわたしには――」

だがなにかを口にしかけたところで、ガイウスは声をとだえさせた。

「なんだ?」

「……いえ」

ガイウスはふいに居住まいを正した。

「あるかなきかの痕ですが、夫君にさらされるのは避けたほうがよろしいかと。おのれの不始末を負い目に感じるあまり、姫さまを遠ざけようとなさるかもしれません」

あの一件のことなど、レアンドロスはとっくの昔に忘れているだろうし、妻の顔に傷をつけたことを悔やむような男でないことは、ガイウスも心得ているはずだ。

「……うん。そういうことなら、おまえの忠告に従おう」

おそらくガイウスは、レアンドロスが醜い妻を嫌悪し、無体に扱うことを懸念しているのだろう。

「そう不安げな顔をするな。あちらではせいぜいおとなしく、愛想《あいそ》をふりまくことにするから。異国から嫁《か》した王太子妃など、もとより歓迎されるはずもないだろうが、ローレンシア宮廷の狐《きつね》たちにも好かれるよう、できるだけ努めるつもりでいるよ」

「そのようなことを」

ガイウスは痛ましげに眉をひそめた。

「姫さまの健《すこ》やかな若木のごときお美しさと、飾らない誠実なお人柄には、下々《しもじも》の者から宮廷貴族まで、きっと誰もが魅了されるはずです。かならずやローレンシア宮廷の新たな華として、諸外国にもその評判が広く知れ渡ることになるでしょう」

いつになく惜しみのない賛辞は、ガイウスなりの餞別《せんべつ》のつもりだろうか。

ふいに悪戯心《いたずらごころ》が芽生えて、アレクシアは口許に笑みをつくった。

「そうか。男も女も老いも若きも、みなわたしに夢中になるか」

「もちろんです」

「ではいずれ暇つぶしに愛人のひとりやふたり、持ってみることにしようかな」

たちまちガイウスが目を剝《む》いた。

「姫さま⁉」

「冗談だ。当然だろう？」

アレクシアは声をたてて笑った。してやったりだ。

「そのようなまねをして、もしも表沙汰《ざた》になったら、姦通《かんつう》の罪で斬首《ざんしゅ》か火炙り。あげくのはてには、戦の格好の口実になるやもしれないというのに」

「いえ……それはまあ、たしかにおっしゃるとおりですが」

決まり悪そうに、ガイウスは語尾をにごす。

アレクシアは宵の空に目を移し、風を孕んだ髪をなでつけた。

「王女のわたしに宮廷流の恋愛遊戯は許されない。これまでもこれからも、恋などわたしには縁のないものだ」

残念ながら、アレクシアが夫に恋することはないだろう。

ならば一生涯、アレクシアに恋の機会などおとずれない。

「ですが俗に恋はするものではなく、墜《お》ちるものともいわれます。知らぬまに墜ちている
のに、気がつかないでいることもあるとも」

アレクシアはまじまじと護衛官の顔をみつめた。

さきほどから堅物のガイウスらしからぬ科白だ。

「おまえ……熱でもあるのか？　それとも酔っているのか？」

ガイウスは声をたてずに笑った。

「どうやら昨夜の酒が残っているようです」

「おまえが悪酔いするなど、めずらしいこともあるものだな」

「悪友に無理やりつきあわされたもので」

「なるほど。救国の英雄も友と酒には弱いか」

「とりわけこのような宵の口は、妙な気分になっていけません」

「そうなのか？」

「ええ」

困ったように笑んで、ガイウスは矢狭間にもたれた。

「普段は腹の底に眠らせている、手に負えないような感情が、忍び寄る闇のまにまに漂いでて、衝《つ》き動かされるままにとんでもないことをしでかしてしまいそうな……そんな不安にとらわれます」

「おまえの腹の底はそんなに黒いのか？」

「おや。ようやくお気づきですか？」

「みくびるな。おまえの悪党ぶりなど、おまえが護衛についたあの日から見抜いていたに決まっている」

「それでこそ姫さまでです」

　すかさず茶化しあいながらも、アレクシアは脳裡で反芻《はんすう》する。ガイウスは手に負えない感情が腹の底に眠っているのではなく、眠らせていると語っていた。

「ガイウス」

　アレクシアは意を決して呼びかけた。

「これからの身のふりかたについて、なにか心づもりはあるのか？」

　護衛官としてアレクシアをローレンシアまで送り届けたら、ガイウスは随行団とともにガーランドに帰国する。そば仕えとして嫁ぎ先に留まるのは、数人の女官のみだ。

「そうですね……しばらくは休暇をいただいて、許されるならば近いうちに前線に配属を願いでようかと考えていますが」

「軍務に戻りたいのか？」

「わたしは武官ですからね。本来の職務を全うするべきかと」

「戦場が恋しい？」

「ある意味では」

「剣をふるっていなければ、生きている実感が得られないとでも？」

「さすがにそこまでは。ですが姫さまの去られた宮廷に、これ以上わたしが留まる意味もありませんから」

「だがエリアスはいる」

「というと？」

ガイウスは怪訝《けげん》そうに首をかしげる。

ためらいを押しのけ、アレクシアはきりだした。

「じつはエリアスとはすでに話をつけてあるんだ。今後はおまえを、あの子の護衛官に取りたててやってくれるようにと」

「王太子殿下の？」

「もちろん無理に押しつけたわけではない。自分にはもったいない人材だと遠慮しながらも、喜んで承諾してくれた。おまえなら馬術や剣術の指南役としても適任だし、エリアスが強く望めば、陛下も反対はなさらないだろう。ガーランドに帰還したら、さっそくにも打診があるはずだ」

アレクシアはほほえんだ。

「ずいぶん待たせることになってしまったが、おまえの気さえ変わっていなければ、ぜひ受けてやってくれないか？」

「……待たせる？」

ガイウスの声にとまどいがにじむ。

できるかぎりのさりげなさをよそおって、アレクシアは伝えた。

「知っていたんだ。ちょうどレアンドロス殿下が帰国の途につかれてまもないころだろうか、おまえがエリアス付きの護衛官に転属を願いでていたこと」

たちまちガイウスの肩に、激しい動揺が走り抜けた。

「いったい誰の口からそのような戯言《たわごと》を」

「おまえの弟だ」

「……あの考えなしの糞《くそ》馬鹿野郎！」

「ひどい悪態だな。本人が知ったら泣くぞ？　おまえを神のように崇《あが》め奉《たてまつ》っているというのに」

アレクシアは苦笑しつつたしなめたが、ガイウスは急《せ》くように身を乗りだした。

「姫さま。姫さまはひどい誤解をなさっています」

「わかっている」

弁解しようとするガイウスを、アレクシアはさえぎった。

「べつに気を悪くなどしていない。おのれの才幹をあまさず発揮したいと願うのは、誰にとっても自然なことだ。特におまえのように、人並み以上に優れた資質をもつ者なら、なおさらな」

「違います。わたしは決して、そのようなもくろみゆえに、姫さまのおそばを離れることを望んだわけでは――」

だがガイウスは代わる理由を告げることはなく、言葉を探しあぐねたままもどかしげに黙りこんだ。

「これでやっと、おまえの望みを叶えてやれる。こんなことでしか長きの献身に報《むく》いてやれず、心苦しいが」

アレクシアはガイウスに向きなおった。

「エリアスは賢い子だ。統治者として非情な決断をくだすには、心根が優しすぎるのが気がかりだが、それでもいずれはきっと善き王になる。おまえが仕えるに値する主君だ」

「おそれながら！」

抑えがきかないように、ガイウスが訴える。

「わたしはかねてより、ご兄弟のどなたにもまして姫さまこそが、次期王にもっともふさわしい資質を備えておいでだと、拝察しておりました。王座に就《つ》かれれば、かならずや名君として語り継がれることになるであろうと」

「それはさすがに身贔屓《みびいき》というものだ」

とんでもない主張を、アレクシアは笑っていなした。

だがガイウスには届かなかったのか、あるいはあえての無視を決めこんだのか、いつになく熱心なくちぶりで続ける。

「そのようなことはありません。おのれの野心にとらわれず、つねに状況を見極める冷静さを欠かず、情愛にあふれ、いざというときには手段を択《えら》ばない強靭《きょうじん》な意志をお持ちなのは、姫さま――アレクシア王女殿下おひとりです。いつの時代も、民が求めているのはそのような君主です。男か女かなど、とるにたらない些末《さまつ》な――」

「ガイウス」

アレクシアは鋭く、ガイウスの声を断った。

「それ以上を口にすることは許さない。考えたところで、誰のためにもならないことだ。わたしの冷静さを尊ぶというおまえになら、わかるだろう？」

ガイウスは息を呑み、くちびるをかみしめた。

「……浅慮をお許しください」

悄然《しょうぜん》とするガイウスをなぐさめるように、アレクシアは声音をゆるめた。

「いささか買いかぶりがすぎてこそばゆいが、おまえの評価は嬉しくいただいておくよ。王族にふさわしいその資質とやらを、これからはガーランドとローレンシアの友好のために活かすつもりだ。だからおまえも優秀な護衛官として、エリアスを守り支えてやってはくれまいか？」

ひと息に告げてのけ、まっすぐにガイウスをみつめる。

ガイウスもまた、無言でアレクシアをみつめかえした。

「姫さまが……そう望まれるのでしたら」

「おまえになら、誰よりも安心して任せられる」

こみあげる葛藤《かっとう》を呑みくだすように、ガイウスは目を伏せる。

そして神聖な臣従礼《オマージュ》を捧《ささ》げるごとく、

「この命に代えましても、王太子殿下をお護りいたします」

誓いの言葉をささやいた。

たちまちアレクシアは息をつまらせる。

みずから望んだことのはずなのに、なぜか胸が痛んでたまらない。

「ありがとう。心から感謝する」

心の臓を裂かれるような苦しさに耐え、アレクシアはひとこと、短い感謝を絞りだすだけで精一杯だった。

3

「お待ちしておりました、姉上」

「今日も元気そうだな、エリアス」

アレクシアが居室をたずねると、エリアスは嬉しそうに出迎えた。

この半月あまり、アレクシアは弟エリアスの居室で、宮廷画家に肖像画を描かせるのが日課になっている。

もうすぐ離れ離れになってしまう姉の似姿を、ぜひとも手許に残したいと、まだ九歳のエリアスが望んだためだ。

もちろんアレクシアに否《いな》やはない。

ガーランドを発つまで十日をきり、いよいよ身辺があわただしくなるなか、気の優しい弟との語らいは、貴重な憩《いこ》いのひとときだった。

今日もエリアスが寝衣をまとっていないことに、アレクシアは内心ほっとする。

エリアスは生まれついての蒲柳《ほりゅう》の質で、しばしば病みついては床に臥《ふ》すことも多かったのだ。ここ数年はすこやかさを増してきているものの、遠国に嫁ごうとしている姉に心配をかけまいと、無理をしているのかもしれない……と勘繰ってもみたが、たしかにこのところの顔色は悪くなかった。

「毎日こうして、姉上とたくさんおしゃべりできるおかげです」

「それはまた嬉しいことを。めんどうな宮廷作法の講義を、熱心に受けた成果かな？」

「違います！　わたしは姉上とふたりでお話しできるのが、本当に楽しくてならないのです。決して社交辞令などではありません！」

心外そうに言い募るエリアスを、アレクシアは笑ってなだめた。

「わかっている。わたしも同じだよ。各国大使からの退屈な祝辞も、じきにおまえの部屋に逃げこめると思えばこそ、我慢できるというものだ」

「姉上こそお上手です。本日の謁見はもう？」

「すべてとどこおりなく」

「それならぜひとも、ゆっくりなさってくださいね」

エリアスはうきうきと、控えていた侍従をふりかえる。

侍従は心得顔で茶や菓子の用意をととのえると、一礼して隣室に去った。

残るはすっかり顔なじみとなった宮廷画家カルヴィーノと、姉弟ふたりのみ。

「ではどうぞご準備を。肩の力を抜いて、お楽になされますよう」

さっそくカルヴィーノ師にうながされたアレクシアは、やわらかな陽の射す窓腰かけに向かった。エリアスもいつものように、画家のさまたげにならない角度で、広々とした窓辺のかたすみに腰をおろす。

「お輿《こし》入れの準備は順調ですか?」

「そう伝えられているよ」

「あまりご興味がないようですね」

エリアスは気遣うように、アレクシアの顔をうかがう。

まだ十にも満たない齢《とし》とはいえ、この婚姻がアレクシアの望みとはかかわりなく取りかわされた契約だと、理解しているのだ。

アレクシアはあいまいに笑んだ。

「持参品の選定は、わたしの好みでどうこうできるものではないからな。よけいな口をだしても迷惑になるだけだろうから、すべて叔父上の采配にお任せしている」

随行団を率いるグレンスター公は、いまは亡きアレクシアの母の弟にあたる。

このたびの婚礼の儀に列席する者や、持参品などを選定する任も与えられており、多忙を極めているはずだ。

ガーランドの栄華を誇示するため、持参品には最高級の織物や銀器、稀少《きしょう》な宝飾品や書物などを選《え》りすぐらなければならない。

アレクシアとしては故郷を偲《しの》ぶよすがになるような、身のまわりの品をたずさえてゆくことさえ許されれば、それで充分だった。

それらとて厳密には国王の所有するところであり、アレクシアにとって真におのれの財産と呼べるものは、身につけた教養や、王女として生きてきた十七年の記憶くらいのものである。

「それにわたしには、持参品などよりもはるかに優先するべき準備があるからな」

「そうなのですか?」

エリアスはきょとんと首をかしげる。

そんな弟の頬を、アレクシアは指先でつついた。

「凜々《りり》しいおまえの顔がまならうらから消えてしまわないよう、いまのうちにこの目に刻みつけておかなければならない。これ以上に大切な準備などないだろう?」

「凜々しいなどと……からかっておいでですね」

エリアスはたちまちはにかんだ。

「わたしはまだほんの子どもです。そのような賛辞は、ガイウスのような勇ましい騎士にこそふさわしいものでしょう」

「ガイウス?」

アレクシアは眉をひそめた。

「あれはただいかつくて、目つきが悪いだけだろう」

「姉上はいつもガイウスには手厳しいですね」

そっけない口ぶりに、エリアスは苦笑いする。

「相応の評価だ」

そしてふと、まなざしをくもらせた。

「ですが姉上が遠い異国で思い浮かべるわたしの姿が、いつまでたっても子どものままというのはなんだかつまりません。いつの日か立派に成長した姿をこそ、お目にかけたいというのに……」

いかにも男の子らしい不満に、アレクシアはほほえましい気分になる。

いずれ国王となったエリアスの顔に、深い憂いが刻まれていくさまを知らずにいられるのは、姉としてはありがたい気もするのだが。

「おそれながら、わたくしからひとつ提案がございます」

おもむろに口を挟んだのは、画布の向こうから顔をのぞかせたカルヴィーノ師だ。

「王太子殿下ご生誕の記念日ごとに、あらたな肖像画を王女殿下にお送りするというのはいかがでしょう？　ご姉弟の親愛の証《あかし》――ひいてはガーランドとローレンシアの友好の証にもなるのではないかと」

「ああ！　それはすばらしい考えですね！」

瞳をきらめかせるエリアスに、アレクシアも同意する。

「もしも叶うなら、わたしにはなによりも嬉しい贈りものだ」

「かならずお送りするとお約束します」

エリアスがうなずきかえす。

するとカルヴィーノ師はよどみなく続けた。

「よろしければその肖像画、来年以降もわたくしめに手がけさせたいと陛下にお口添えくださいますと、宮廷画家としてのわたくしの未来も安泰なのですが、いかがでしょうか？もちろん契約金については、勉強させていただく所存ですので、ぜひともご検討いただければと」

姉弟はおもわず顔を見あわせる。

そしてふたり同時に噴きだした。

アレクシアはエリアスに耳打ちした。

「どうもわたしたちは、うまく乗せられたようだな」

「そのようですね」

エリアスはくすくすと笑いながら、気心の知れた画家をふりかえる。

「売りこみの上手《うま》さも、あなたの才能のひとつなのかな？」

「幼き時分より、多才な美童として鳴らしておりましたゆえ」

ぬけぬけと自画自賛してみせるが、持ちまえの陽気さで嫌味に聴こえない。

そんな画家との気のおけないつきあいも、エリアスの心身に好い影響をもたらしているのかもしれなかった。

「もちろんあなたを指名させてもらうよ」

「光栄の至りです」

カルヴィーノ師は優雅なしぐさで、深々と腰を折った。

「依頼主の注文に従わねばならないのが、雇われ絵師の辛いところですが、デュランダル王家のみなさまを描かせていただくのは、わたくしにとってこのうえなくやりがいのある仕事でございますので」

「それは報酬が魅力的だからという理由で？」

おもしろがってアレクシアがやりかえすと、画家はあわてて手をふった。

「いえいえ！　とんでもございません……正直に申しあげるとそれもありますが」

やはり愉快な男だ。

「しかしながら、描くお相手に心を揺さぶるような魅力があるかどうかで俄然《がぜん》、腕の鳴りぐあいが異なってくるものなのです」

エリアスがたずねる。

「ではわたしたちも合格ということかな？」

「もちろんでございますとも。おふたりともに清廉《せいれん》なその美貌のみならず、春告げの若芽のようなのびやかな魂《たましい》のありようが、大変に魅力的でいらっしゃいますよ」

腹違いの姉弟ではあるが、アレクシアとエリアスはよく似ているとされていた。輝くような金髪や、繊細可憐《かれん》と評される顔だちそのものよりも、まさにカルヴィーノ師の語ったような気質の類似が、そうした印象を与えているようだった。

エルドレッド王には三人の子女がいる。

まずは庶子にして、長男のウィラード。

庶子ゆえに王位継承権はないが、宮廷で養育され、一流の教育を授けられたウィラードは、優れた才を発揮して、いまでは父王の右腕として政務を助けている。

続くアレクシアは、のちに娶《めと》った正式な王妃とのあいだに生《な》した長女だ。

国内の有力貴族グレンスター公爵家との政略結婚で、当然ながらというべきか、愛情で結ばれた夫婦ではなかった。

とはいえ王妃の懐妊を知った王は、愛妾《あいしょう》と手を切り、宮廷を去らせたというから、それなりの誠意はあったのかもしれない。ちなみに当時の愛妾は、ウィラードの生母とはまた異なる相手である。

その結果として誕生したのは、期待された男児ではなかったわけだが、王はいたく感激し、赤子のアレクシアをあれこれかまったりもしたらしい。

女児とはいえ、正統な王位継承権をもつ我が子であり、王女として恥ずかしくない程度の容姿を生まれ持っていたことがお気に召したのだろう。

長じて知るところとなった父王の言動から、アレクシアはそう理解した。

要するに、のちのち使い勝手のある手駒《てごま》だと認められたのだ。そうでなければ、慈悲と称して辺境の古塔などに閉じこめられる生涯もありえただろう。

物心ついてからのアレクシアにとって、父王エルドレッドはあくまで畏《おそ》れ敬《うやま》うべき絶対君主でしかなかった。

それゆえ記憶にあるかぎり、たとえ私的な席においても、アレクシアがエルドレッド王を父上と呼んだことはない。

母メリルローズのほうはというと、名家の生まれにありがちな驕りや気まぐれはあったにしろ、彼女なりに娘を慈しんではいたようだ。

華やかな美貌を誇っていただけに、胸のしこりが悪化した晩年の、ひどくやつれはてた姿が痛ましかった。

痛みのせいか、それをやわらげる薬の影響か、死のまぎわはほとんど正気をなくし、娘のアレクシアすらも母の寝室から遠ざけられるほどだった。

いまでもときどき夢にみる。

幽鬼のように瘦《や》せこけた母が、おぞましい暴言を吐き散らしていた姿を。

そんな母が没してほどなく、エルドレッド王はふたりめの王妃を迎え、やがて誕生したのが、次男にして王太子のエリアスである。

不幸にも産褥《さんじょく》で母親を亡くしたエリアスにとって、姉のアレクシアはおそらく誰よりも心許せる肉親だったはずだ。

アレクシアにとっても、無心に慕ってくれる幼い弟は、求められる喜びを与えてくれる存在となった。だから全力でかわいがり、床に臥せがちの身をなぐさめ励ましては、善き姉であろうと努めた。

それはおたがいに母を亡くした子だからこそ、築けた絆《きずな》であったのかもしれない。アレクシアは母のいない弟に自分の姿をかさね、エリアスは知らぬ母のおもかげをアレクシアに映した。

ただ血がつながっているだけでは得られないその絆こそが、ふたりの似た雰囲気をかもしだしているのではないか……とアレクシアは考えてみたりもする。

いずれにしろ、エリアスは唯一無二のかけがえのない存在であり、その弟をひとり宮廷に残していかねばならないことを、アレクシアは憂慮していた。

エリアスも気丈にふるまってみせてはいるが、そば仕えの者によれば、ずいぶんと気落ちしている様子だという。いざアレクシアが去ったあと、悄然とするあまりに体調を崩したりはしないだろうか。

加えて、兄ウィラードの動向も気がかりだった。

ウィラードは幼い時分よりおのれの身分をわきまえ、玉座に対する野心を剝きだしにしたことはない。だがもしも直系の正統な王位継承者がひとりもいなくなれば、状況がどう転じるかは読めなかった。

ガーランドの国教である聖教会は、神の名による聖なる婚姻を重視し、死別以外の理由であらたな伴侶を娶ることを許していない。

そこでウィラードの出生までさかのぼり、当時のエルドレッド王がウィラードの母親とすでに秘密結婚をしていた事実を捏造《ねつぞう》し、聖教会に認めさせる……といったたぐいの荒業《あらわざ》が通用しないともかぎらない。

そしてこのたびの婚姻によって、アレクシア自身はガーランドの王位継承権を放棄することになる。ウィラードにしてみれば、玉座に至るまでの障害がひとつ、手を汚さぬままに取りのぞかれたともいえるのだ。

残る王太子エリアスは病がちの身であり、すでに五十の坂を越えたエルドレッド王も、ここ数年はかつての壮健さに翳《かげ》りがみられるようだった。しばしば動悸《どうき》や息切れを訴え、宮廷侍医によれば心の臓が弱っているそうだ。

昨年はついに心の臓の激しい痛みに襲われ、意識を失ったこともある。その事実は内密にされたが、同じ発作が二度、三度と続けば命の保証はないという。

アレクシアとしては、デュランダル王家に不吉な影が忍び寄っているような気がしてならなかった。

「それでは姉上のほうも、ローレンシアの宮廷画家に描かせた肖像画を、わたしに送ってはいただけませんか？」

「ん？　ああ……そうだな」

うきうきとせがむエリアスの声で、アレクシアは我にかえった。

旅だちを控えて、冷静さをなくしているのは、むしろ自分のほうかもしれない。

無用に神経を尖《とが》らせて未来に怯《おび》えるよりも、いまこのときを──残されたエリアスとのひとときを大切にしなくては。

アレクシアはにこやかに、エリアスの手を取った。

「ぜひそうしよう。毎年とはいかないかもしれないが、おまえに贈るためならレアンドロス殿下もきっとお許しくださるだろう」

「約束ですよ？」

エリアスは熱心に念を押す。

すっかりこの約束に心をつかまれた様子で、

「新しい肖像画はわたしの寝室に飾って、毎朝かならずごあいさつします。そうしていれば、いつかこの国のどこかでもうひとりの姉上とめぐりあえたときにも、すぐに気がつけるかもしれませんから」

アレクシアは驚き、とまどった。

「エリアス……おまえはまだそのようなことを夢みていたのか？」

「子どもじみているでしょうか？」

「そんなことはないが……」

くちごもるアレクシアに、エリアスはまっすぐな瞳で語る。

「いずれわたしががっかりすることになるのではと、気にかけてくださっているのですね？　もちろんわたしだって、万にひとつもない機会なのはわかっています。でも市井《しせい》で暮らしているもうひとりの姉上のことを考えると、いつもふしぎに勇気づけられる心地になるのです」

どう応じるべきか、アレクシアが迷っていると、

「なにやら興味深いお話をされていますね」

いつしかカルヴィーノ師から、興味津々《しんしん》の視線が注がれていた。

「王太子殿下のもうひとりの姉上とは、いかなる御仁のことなのでしょう？　よろしければわたくしめにも、詳しくお教え願えませんか？」

事情を知らない者にとっては奇妙きわまりないだろうやりとりに、芸術家の好奇心はいたく刺激されたらしい。

こうなってはしかたがない。下手に隠しても、いらぬ誤解を生みそうだ。

アレクシアはひとつ息をつき、

「子どものころ、お忍びででかけたランドールの市内で一度だけ、わたしとそっくりの目鼻だちをした少女と出会ったことがあるのです」

「ほう。ではその少女のことを……」

「驚くことに年まわりも同じだったものですから、もうひとりのわたしと知りあったのだとエリアスに話して聞かせたら、すっかり心をとらわれてしまったようで」

「なるほど。自然の奇跡がはたらいた結果、おふたりは偶然にも骨格が似かよっていたのかもしれませんね」

「骨格？」

「画家というものは、対象をより正確に描くために、その構造を学ぶこともございます。我々の肉体は、数えきれないほどの骨を、筋肉や腱《けん》が支えているわけですからね」

「つまりそれぞれの顔だちは、生まれ持った骨のかたちで決まるものだと？」

「ええ。もちろんおもざしの印象は、各々《おのおの》の魂のありようや、肉のつき加減にも左右されるものですが」

アレクシアはおもわず目を伏せた。

「そう。あの子はわたしよりも、ずっと痩せていて……」

それはひどく貧《まず》しい……もの乞《ご》いを生計《たつき》としている娘だった。

だからその出会いの詳細について、アレクシアは長らく誰にも打ち明けずにいた。

ふたりの境遇が、あまりにかけ離れていたこと。

そんなふたりの、運命の導きと呼ばずにはいられないようなめぐりあいが、おたがいの人生にただならぬ影響を及ぼしたかもしれないこと。

ときが経《た》つにつれ、むしろ深まる畏れにも似た感情が、世にもめずらしい体験を刺激的な物語にしたてあげることをためらわせたのである。

だがあるとき、長びく発熱で床についたままのエリアスに、アレクシアはそのお伽噺《とぎばなし》を披露することにした。ほとんど王宮に閉じこめられているも同然の彼は、姉が生き生きと語る市井での体験談を、特に好んでいたからだ。

アレクシアとしては、ほんのひとときでも弟の無聊《ぶりょう》をなぐさめたい一心だった。

だがエリアスは〝もうひとりの自分〟という存在に、いたく心惹《ひ》かれたらしい。

ことあるごとに、あのお伽噺を語ってほしいと、せがむようになったのである。

「何度うかがっても、飽《あ》きることがありません。そうだ！　せっかくですから、もう一度お聞かせくださいませんか？」

「わたくしもぜひ拝聴したいものですね」

「カルヴィーノ師まで……」

画家はすっかり手をとめて、かたわらの椅子《いす》に腰をおちつけている。

エリアスのたっての願いとあらば、アレクシアとしても断りにくい。

それにもう、あの少女について伝え残す機会はないかもしれない。

そんな想いが、アレクシアに心を決めさせた。

窓の外に目を向け、静かに語りだす。

「あれは……そう。ガイウスがわたしの護衛官になって、半年ばかり経った冬のある日のことだった」


冷たい和毛《にこげ》が、ふわりと睫毛《まつげ》の先に腰かける。

アレクシアは足をとめ、ぱちぱちとまばたきした。

雲の垂れこめた空をあおぐと、まるで精霊の吐息のような、きらめく欠片《かけら》が次々に舞い降りてくる。

「……雪？」

アレクシアはたちまち声を弾ませた。

「ガイウス。雪だ！　雪が降っている！」

「これだけ冷えれば、雪にもなりましょう」

隣に並んだガイウスが、十二月の空に向かって白い息を吐きだした。

ふたりはちょうど、リール河の石橋にさしかかったところだった。

宮廷を辞したかつての女官の住まいを、護衛官のガイウスをともなってたずねた、その帰途である。

アレクシアが幼いころに世話役のひとりだった老齢の女官が、病を得て領地に隠棲《いんせい》することになったと知り、もう生きて相《あい》まみえる機会もないかもしれないからと、見舞いを兼ねてあいさつに出向いたのだ。

予想よりもほがらかな様子にほっとしたが、病の身を疲れさせてはいけないと、名残惜しくも長居はせずに屋敷をあとにした……まではよかったのだが、路肩で待たせていた馬車が、荷馬車の横転事故に巻きこまれて動きがとれなくなっていた。

このまま待っていても埒《らち》が明かない。どこかで貸馬車を調達したほうがよかろうと判断したガイウスは、ともかくアレクシアを連れて、丘にそびえる王宮の方向をめざすことにしたのだった。

護衛官の彼としては、徒歩はできるだけ避けたいらしかったが、みずからの足で街路を歩く機会などめったにないアレクシアは、むしろご機嫌だった。

「こんなところでのんびりしていると、頬がしもやけで林檎《りんご》のようになりますよ」

「かまいはしない。林檎は大好きだもの」

「またかわいげのないことを」

ガイウスの口調もくだけたものなら、やりかえすアレクシアにも遠慮はない。

ガイウスが護衛官の任について、すでに半年あまり。

主従らしからぬやりとりも、もはやすっかりなじんだものだ。

アレクシアにとってのガイウスは、いまや誰よりも気のおけない存在となっていた。

もちろんこれまでにも、親しみを感じている者たちはいた。

博識で機知に富んだ老教授のことはずっと慕ってきたし、幼い弟エリアスを心から愛してもいる。だがどちらも敬ったり、いたわったりするべき相手であり、ガイウスのように無邪気に甘えることはできなかったのだ。

仔山羊《こやぎ》の手袋で受けとめた雪の花を、アレクシアはくちびるで吸いとった。

「ふふ。冷たい」

「そんなに雪がおめずらしいですか？」

「うん」

王都ランドールの冬は、寒さは厳しいものの、雪はさほど降らない。

大雪に見舞われるのは、ガーランド全土が寒波《かんぱ》に襲われるときくらいだという。

「宮廷では雪が降ると、散歩はおろか、部屋の窓を開けるのも許してもらえないからな。こんなふうにじかにふれたり、味わったりするのは久しぶりだ」

「だからといって仔犬のように雪をほおばられては、腹を壊しますよ」

呆れたようにかえしながらも、ガイウスのくちぶりはどこか遠慮がちである。

アレクシアの王女としての暮らしぶりは、これまでもしばしばガイウスをとまどわせてきたようだった。身の安全や、しきたりに縛られた日常は平穏ではあるものの、人並みの自由はなかった。

「そうだろうか？　北はラングランドの宮廷では、氷の塊《かたまり》を雪のように削って、甘い蜜をかけた菓子がもてはやされているらしいのだが、おまえは知らないか？　しばらく国境に駐留していたのだろう？」

「そういえばあちらの宮廷貴族とつきあいのある上官が、そうしたもてなしを受けたことがあるとか。暖炉《だんろ》をかこんでの冬ならではの楽しみとうかがい、なにやら雅やかに感じられたものでしたが」

「そうだろう。そうだろう」

アレクシアは熱をこめてうなずいた。

「だからいつか、ガーランドの宮廷にも流行《はや》らせたいと考えていたんだ。降りたての雪とみずみずしい果実を色硝子《ガラス》の器《うつわ》に盛って、とろりとした煉乳《れんにゅう》でも垂らしたら、食欲がなくともきっと喉《のど》をとおりやすいはずだから」

ただの思いつきではない、切実な声音を、ガイウスは耳にとめたらしい。

涼しいまなざしをわずかにかげらせて、

「もしや弟君の御為にですか？」

アレクシアはうつむいた。

「わたしには、あの子の病気を治してやることはできない。だからせめて、ほんのすこしでも楽になれたり、心だけでも元気がでるようなことをしてやりたいのだ」

「そのお気持ちだけでも、エリアス殿下はお喜びになりますよ」

ふわりと頭をなでるような、やわらかな声音だった。

「それなら！」

アレクシアは勢いよく顔をあげた。

「王宮に戻ってもまだ雪が降り続けていたら、窓から器に雪を受けとめるのを手伝ってくれるか？　ほんのひとくちか、ふたくちくらいなら、溶けるまえにあの子に届けることができるかもしれない」

「姫さまがそう望まれるのでしたら。ですが王太子殿下が不慣れなものを口にされることを、そば仕えの者らが許すかどうか」

「そこはそれ。おまえが女官たちの気を惹いて、エリアスの寝室から連れだしているあいだに、このわたしがこっそり……」

「わたしを共犯になさるおつもりですか？」

「だっておまえなら、女官をたらしこむのもお手のものなのだろう？」

「たら……」

　ガイウスは激しく頬をひきつらせた。いもしない宮廷人の耳を憚《はばか》るように、長身を折りまげて声をひそめる。

「そのように下世……いかがわ……低俗な風評を、いったいどこでお耳にされたのですか?」

「ん?　どこでといわれても、内廷を護る衛兵らがうらやましがっていたのだ。おまえは英雄だから女官たちにちやほやされて、とっかえひっかえのご身分だと。よくわからないが、おまえはずいぶん女官たちに好かれているようだな」

「まったくの誤解ですし、その手の噂《うわさ》が広まっているとしたら、むしろわたしの評判を貶《おとし》めるためのようなものです」

　ひどい頭痛に耐えるように、ガイウスはこめかみを押さえる。

「そうなのか?　ではわたしから正しておくとしよう」

　とたんにガイウスは目を剝き、

「その労には及びません!　どうかおかまいなく」

　かみつくように訴えた。

「なぜ?　おまえがいらぬ誤解を受けて困っているのなら、守ってやるのが主であるこのわたしの務めだ」

「う……お心遣いはありがたいかぎりですが、姫さまが擁護《ようご》なさると、おそらくいっそうこじれます。わたしが姫さまをもたらしこ……過分の信頼を得ているのではと、より反感を買うことになりかねません」

「ああ！」

アレクシアは合点した。

「つまりはやっかみというやつだな？　おまえが実力以上の評価を得ていると、おもしろくない気分でいる者が、不名誉な噂を流しているのかもしれないわけだ」

「ご慧眼《けいがん》です」

「おまえも苦労するな。若くして英雄などともてはやされると」

「……おそれいります」

ガイウスにうながされて、アレクシアはふたたび歩きだした。

白貂《アーミン》の毛皮に縁どられた緋色《ひいろ》の外套が、足取りにあわせて軽やかに弾む。

河を見渡せば、そこには大小の帆船《はんせん》が、水面が隠れるほどにひしめきあっている。

船渠《ドック》には諸外国からの貿易船も集い、ガーランドの経済を支える主要な河港《かこう》として、いにしえより栄えてきた。航海技術の進歩にともない、海を越えての攻撃に備えたガーランド艦隊の拠点としても、近年ますます重要性を増しているという。

吹きあげる風に混じるのは、かすかな潮の香り。潮の干満の影響で、河口からここまで海水が流れこんでくるのだ。

橋を渡りきると、待っていたのは河面の道をはるかに凌《しの》ぐにぎわいだった。

円形広場《サーカス》を埋めつくすのは、色とりどりの濁流《だくりゅう》のような人波だ。

さまざまないでたちの老若男女と、馬車や荷車や家畜《かちく》の群れが、凍《い》てついた街路をめまぐるしく行き来しては、うねる喧噪《けんそう》を寒空に轟《とどろ》かせている。

馬のいななき。車輪のきしみ。殺気だった怒鳴り声。

とまれだとか、邪魔だとか、どうやらその手の意味らしい喧嘩腰の呼びかけは、崩した発音のためか、市井ならではの悪態なのか、聴きとることすら難しい。

その荒々しさに気圧《けお》されながらも、アレクシアは目を離すことができなかった。

いくつもの街路をしたがえたこの界隈《かいわい》は、ランドールでも特に混雑が激しいという。ぐるぐると渦《うず》を描くように、広場が人々を呑みこみ、吐きだしてゆくさまに、めまいがしそうだ。

「あちらの馬車溜まりで、信用できる貸馬車をみつくろうしかないようですね」

ガイウスの視線がとらえているのは、円形広場の対岸だった。

馬を休ませているのか、屋根のみの厩《うまや》に数種の客車と、馭者《ぎょしゃ》らしい男たちの語らう姿がうかがえる。

「わたしが先に話をつけてきます。それまで姫さまは……」

ガイウスは思案げに、視線をさまよわせた。

アレクシアを連れてこの人混みを縫うのは危険だが、雪の降るなかひとりきりで待たせておくのも不安だと考えているようだ。

「ではあの聖堂で休んでいるというのは？」

アレクシアが指さしたのは街路の先の、そのまた横道の奥にそびえる標《しるし》——円環と十字を組んだ、聖教会の象徴だった。

「神の家なら、悪心をおこして子どもを攫おうとする不届き者も、そういないだろう」

しばしの沈黙を挟み、ガイウスは賛同した。

「たしかにそれが次善の策のようですね」

さっそく聖堂をめざすと、広い街路を逸れたとたんに、往来の人影が減った。耳を聾《ろう》さんばかりの喧噪がふつりと遠ざかり、アレクシアはひそかに息をつく。市井の熱気は魅力的だが、慣れない身に浴び続けるには、いささか刺激が強すぎた。

ガイウスに支えられながら濡《ぬ》れた石段をのぼり、正面の扉をくぐる。こぢんまりとした堂内はどこかさびれた雰囲気で、祈りを捧げている者はひとりもいなかった。

「そういえばもう十年ほどになりますか、隣接する教区では火災をきっかけに入り組んだ小路が一新されて、あらたな聖堂も竣工《しゅんこう》したはずです。その影響もあって、近隣の住人がそちらに流れたのかもしれませんね」

「おかげでこちらは喜捨《きしゃ》が減り、堂内の改修もままならないと」

「そんなところでしょう。うらさびれた雰囲気が増したせいで、いっそう信徒の足も遠ざかり……」

「ますます貧乏になったというわけか。世知辛いものだな」

おとなびた述懐《じゅつかい》に、ガイウスが苦笑する。

「ではこちらでしばらくお待ちください。決しておひとりで、街路をふらついたりなさらないように」

「うん」

いまでもときどき、アレクシアはガイウスの隙をついて姿を消してやることがある。

とはいえそれはもはやおたがいの知恵比べ——同意にもとづいた遊戯のようなもので、さすがのアレクシアも王宮の外で勝負を挑むほど無分別ではない。

「一歩たりとも、聖堂の外にでてはなりませんからね」

「わかっている」

「絶対に、絶対ですよ」

「しつこい男は嫌われるらしいぞ。女官たちがいつもそのように——」

「すぐに戻ります」

ガイウスはそうさえぎるなり、踵をかえした。遠いかなたをながめやるような目つきからして、くどい性格のせいで女官に嫌われた苦い経験があるのかもしれない。

含み笑いを洩らしつつ、アレクシアはあらためて堂内を見渡した。

こうした神の家では、聖なる恵みを象徴するともしびを絶やさないはずだが、奥の祭壇《さいだん》にも火の気はない。がらんとした身廊《しんろう》を、色硝子の蒼ざめた光が染めているさまは、聖堂というよりも霊廟《れいびょう》のようだった。

ふとおもいたち、アレクシアは祭壇に向かって歩きだした。

さきほど見舞った老女官のために、祈りを捧げよう。

「それにエリアスの健康と、ガイウスの戦友の魂のためにも」

この半年あまりで、ガイウスはほんのわずかずつではあるが、おのれの半生についても教えてくれるようになっていた。

十も齢の離れた、やんちゃな弟がいること。

幼いころより文武を競いあった、腐《くさ》れ縁の悪友がいること。

上官の指示にそむいたガイウスに従い、前線で命を落とした部下がいたこと。

王女だから、子どもだからと外の世界から遠ざけられがちなアレクシアにとって、ガイウスの率直な語りようはいかにも新鮮で、心に残るものだった。

そのときふと、目の隅《すみ》に映ったものが、アレクシアの歩みをとめさせた。

信徒席の長椅子に、汚れた襤褸《ぼろ》切れがわだかまっている。

それはあちこちに穴があき、破れかけた頭陀袋《ずだぶくろ》だった。

ほつれた袋の口からは、しおれた麦藁《むぎわら》のようなものがのぞいている。

袋の中身が気になり、つい目を凝らしたアレクシアは、

「……髪？」

びくりとあとずさった。

それは麦藁ではなく、細い糸の束がもつれからみあったような、髪の毛だった。

まさか……死体？

それぞれの教区の聖堂では、信徒たちの葬儀もとりおこなわれるものだし、敷地の裏手にはたいてい墓地も併設されているはずだ。葬儀を待つ遺体が、聖堂に安置されていてもふしぎではなかった。

アレクシアは納得しかけたが、すぐに疑問が浮かぶ。

たとえこれから遺体を清めたり、棺《ひつぎ》に納めたりするつもりだとしても、このように死者を無造作に放りだしておくものだろうか。

アレクシアは瞳をくもらせる。

「もしや……」

ひとめを忍んで、ひそかに置き去りにされたものなのかもしれない。

葬儀をあげるにも、それなりの金額がかかると聞いたことがある。棺や経帷子《きょうかたびら》の費用に加えて、司祭に捧げてもらう祈りの長さによっても、喜捨という名の謝礼が変わってくる

らしい。

このようにぼろぼろの袋に遺体をつつまねばならない者が、そんな大金を用だてることができるとは、とうてい考えられなかった。

よくよく見れば、袋の寸法は子どもの……それもちょうどアレクシアと並ぶ背丈ほどのものである。しかもその髪は、ひどく汚れ傷《いた》んではいたが、アレクシアのものとよく似ていた。

ゆるやかな波を描く、艶《つや》やかな絹の髪。まるで天の御遣《みつか》いの放つ後光のよう——などときらびやかな世辞で讃《たた》えられる、母譲りの豊かな金髪だ。

アレクシアはこくりと唾《つば》を呑みこんだ。

身をかがめ、おずおずと袋に手をのばす。

そしておもいきって、その縁をめくると——。

「あ」

あらわになったのは、痩せこけた少女の顔だった。

蠟《ろう》のように蒼ざめた、秀でた額。

深い眼窩《がんか》をふちどる、黒ずんだ影。

煤《すす》に汚れ、浮きでた頬骨に張りついた皮膚《ひふ》。

ひび割れ、灰をまぶしたかのように、血の気のないくちびる。

それらがすべてさらされたとき、アレクシアは不可思議な感覚にとらわれた。

なぜだろうか。

自分はこの少女を知っている。

ひどく痩せた、痛々しいこの顔は、まるで——。

「……わたし？」

違和感の正体にたどりついたとたん、アレクシアは息を呑んで凍りついた。

それはアレクシアの顔そのものだった。

もしもいま死神の接吻《せっぷん》を受け、みるまに病み衰《おとろ》えたとしたらきっとこのようなありさまになるだろう、アレクシアの死に顔だった。

自分はいったい、なにをまのあたりにしているのだろう。

未来のおのれの姿？　これは予知夢？　だとしたらどこからが夢の始まり？

動揺が濁流のように押しよせて、アレクシアはよろめいた。

革靴の底が床にこすれ、鼠《ねずみ》の悲鳴めいた音をたてる。

そのときだった。

ふいに死体の睫毛がふるえ、ぱちりと緑の瞳があらわになった。

「！」

アレクシアはとっさに飛びのいた。

がばりと跳ねおきた少女が、毛を逆だてた猫のように、アレクシアを睨《にら》みつける。

みつめあうふたりの瞳は、まるでひとつの原石から切りだした緑柱石《エメラルド》のようだった。

少女の瞳を占める警戒が、ほどなくとまどいに、そして純粋な驚きに取って代わる。

彼女もまた、ふたりの相貌が信じがたいほど似かよっていることに気がついたのだ。

その呆《ほう》けたような視線を受けながら、

「よかった……生きていたのだな」

アレクシアは知らず安堵《あんど》の息を洩らしていた。

すると我にかえったらしい少女が、

「あんたってば、あたしを死人扱いしてたわけ？」

険のあるまなざしを投げ、眠りをさえぎられたことをあてつけるように、これみよがしの欠伸《あくび》をしてみせた。

「す……すまない」

アレクシアはらしくもなく、どぎまぎと視線をさまよわせる。

さすがのガイウスも、ここまでぞんざいな口の利きかたはしない。そもそも同年代の子どもと接することにすら、アレクシアは慣れていないのだ。

それでもなんとか心をおちつかせ、

「でもこんなところで休んでは、凍えてしまうのではないか？」

「外よりはましさ」

少女はごそごそと頭陀袋から這《は》いだし、長椅子の座面に膝をかかえた。

彼女の装いは、いままでくるまっていた寝床と大差ないしろものだった。

ごわついた毛織のカートルはあてた継《つ》ぎすら破れ、すりきれたスモックはあちこちほつれて裂けかかっている。背で締めあげる紐《ひも》などは、ちぎれた数本をなんとかつないでまにあわせているのだった。裾《すそ》からのぞく足首は棒のようで、革靴はもちろん、木靴すらも履いていない裸足《はだし》の甲《こう》には、くっきりと骨が浮いていた。

普段から、まともな食事にありついていないだろうことはあきらかだった。

おもだちがそっくりなだけに、なおさらアレクシアは胸をつかれた。

「……そなたはこの聖堂を住まいにしているのか？」

「まさか。ねぐらならちゃんと他所《よそ》にあるさ」

「それなら神に祈りを捧げるために？」

「とんでもない」

少女は口の端をゆがめた。

「神さまなんかに祈ったところで、食べものは降ってこないじゃないか。ここには疲れたときにときどき休みにくるだけさ。ここは静かだし、ほとんど誰もこないから邪魔されずに眠れる。司祭はいつも飲んだくれて、鼾《いびき》をかいてるしね」

「それで聖火も灯《とも》っていないのか」

「そいつは違うよ。ここらの住人がいちいち蠟燭《ろうそく》をかすめとっていくから、向こうもいい加減にあきらめたのさ」

「かすめ……神の家で盗みをはたらく者がいるのか？」

「神さまは慈悲深いおかたなんだろう？　だったら貧乏人が金になるものをくすねたってお許しになるさ。そうだろう？」

「え……と……うん。そうかもしれない」

アレクシアはまごつき、目を白黒させた。

たしかに神は、この世の富にしがみつく欲深き者よりも、恵まれない境遇にありながら清く正しく生きる者にこそ祝福を注がれる。だから徳の高い聖職者は、清貧をつらぬいて信徒たちに尽くしているというが……この聖堂のありようは、アレクシアの想像とずいぶんかけ離れているようだった。

「あんたこそ、くだらないことあれこれ訊《き》いて、いったいなんのつもりさ」

いつしか少女は目をすがめ、胡散《うさん》臭げにアレクシアを観察している。

「お嬢さまの気まぐれってやつ？」

アレクシアははっとした。

「そ、そんなつもりはない。わたしはただ……」

「あんたのお遊びにつきあってる暇はないよ。こちとら食い扶持《ぶち》を稼ぐのに忙しいんだ」

強気に撥ねつけつつ、少女はいくらか気まずげに横を向く。

もちろんアレクシアには、そんなに忙しいのならなぜいままで横になっていたのかと、矛盾《むじゅん》を問いつめるつもりはない。

ただどうしても、このまま少女と話を続けていたかった。

さきほどから緊張と高揚で鼓動《こどう》が高鳴り、心の臓が痛いくらいだった。

「自分の稼ぎで暮らしているなんて、そなたはすごいのだな。わたしにも仕事はあるけれど、ほんのときどきだから」

「ふうん？　どんな？」

少女のほうも、奇妙な出会いに立ち去りがたいものを感じていたのかもしれない。気のなさそうなそぶりながらも、アレクシアを邪険に追い払いはしなかった。

「陛……父の外出に付き添って、行く先々でお辞儀をしたり、異国の言葉であいさつをしたり、大勢のお客を招いた宴《うたげ》で踊ったり、正しい作法で晩餐《ばんさん》を楽しんだり」

「それしきのことがあんたの仕事だって？」

「でも粗相を、みっともないふるまいをして父に恥をかかせたら、きっととんでもないことになる。だからいつも料理の味がわからないくらいに緊張してしまうんだ」

「とんでもないことって？」

「……戦争とか」

「はあ？」

少女の反応はもっともだが、ガーランド王女が将来どの王室に加わるのか、各国の注目が集まるなかでは、アレクシアの軽率な言動ひとつが、その勢力図にささやかならぬ影響を及ぼしかねないのも事実なのだった。

「なんにしろ、お行儀よく食べたり踊ったりするだけでいいなんて、王女さまになりきるお芝居ごっこみたいなものじゃないか」

アレクシアはむせそうになった。

「そ……そうなのだ。あたかも王女のごとくふるまうよう求められているのだが、これがなかなか難しくて」

「あんた向いてないんじゃないの？」

少女は無情に指摘してのけると、

「王女ってのはこういうものさ」

ふいに背すじをのばし、息を吸いこんだ。

「──ああ。もしも命あるままに捕らえられれば、この身はあの者たちの餌食《えじき》と成り果てるだろう。哀《あわ》れな小夜啼鳥と呼ばれる我の身に翼があれば、愛《いと》しいあのかたのもとに飛んでゆけるのに」

胸に片手をあて、朗々《ろうろう》と宙に訴えかける。

「この身は永久にあのかただけのもの。誰にも指一本ふれさせはしまい。その腕にいだかれるという願いがもはや叶わぬのなら、喜んでこの身をガーランドの大地に委《ゆだ》ねよう！」

哀感と気品に満ちた声が、聖堂の隅々にまで染みわたった。

唖然《あぜん》と立ちつくしていたアレクシアは、

「すごい！　すごい！　いまのはアデライザ姫だ！　そうだろう？」

我にかえったとたん、興奮のあまり飛びはねた。

「ふうん。あんたも知ってるんだ」

少女はそっけなく横を向いたが、その声音にはわずかなこそばゆさが感じられた。

アデライザ姫とは、かつて辺境の古城に幽閉された実在の姫君で、その非業の死を題材とした芝居は、長く民衆に愛されてきたのである。

少女が口にしてみせたのは、その芝居の山場の台詞《せりふ》だった。アレクシアも宮廷での御前公演で観劇したことがあるし、戯曲はくりかえし読んでいた。

「でもその台詞はどうやって……」

少女はおとなびたしぐさで肩をすくめた。

「そこらの劇場でかかってるのを、ただ覚えただけさ」

「そうか！」

アレクシアは得心した。

「そなたの仕事というのは、舞台役者だったのだな？　芝居には、子どもの役も必要だもの。いつもはどのような役を演じているのだ？」

夢中でたたみかけると、少女はたちまち噴きだした。

よほどおかしかったのか、腹をかかえて笑っている。

「まあ、似たようなものかもしれない。うん、あんたはなかなかいい線ついてるよ、お嬢さん」

少女は笑いすぎてこぼれた涙を拭《ぬぐ》うと、

「ねえ、あんたは《奇跡の小路》を知ってる？」

わけがわからないまま、アレクシアは首を横にふる。

「だろうね。あたしはそこの住人なんだ」

この聖堂の裏手から、さらにごみごみとした界隈をいくつか抜けた先に、その裏小路があるという。

「あのね、片手片足が萎《な》えてたり、両眼が潰れて金を恵んでもらってたもの乞いの連中がその小路に帰ってくると、あっというまに手足は自由に、眼には光が戻るのさ」

「え……本当に？」

少女はまたも声をたてて笑った。

「だから逆なんだよ。そいつらはそろいもそろって、外では身体が利かない演技をしてるわけ。そこで育った子どもは、親方に哀れっぽくふるまう技を仕込まれて、それぞれ稼ぎにでかけるのさ」

「……それがそなたの仕事だというのか？　身体が悪いふりをして、お金を恵んでもらうのが？」

驚いて問いかえしたとたん、少女はまなじりを吊《つ》りあげた。

「なにさ。文句あるっての？」

非難をこめたつもりはなかった。

だが少女は憤《いきどお》りをこめてまくしたてる。

「食わせてくれる親もいなければ、まともな職にもありつけないあたしたちには、そんな方法しかないんだ。金を騙《だま》し取ったからって、贅沢《ぜいたく》ができるわけでもない。冬になると雪を食べなきゃならないくらいなんだから」

アレクシアはどきりとした。

「雪を？」

「そうさ。一昨年の冬なんか、あたしが本当の弟みたいにかわいがってた子が、あんまりひもじくて、粥《かゆ》の代わりに雪を腹一杯につめこんで死んじまったんだ」

「あ……」

アレクシアは声をなくした。

「今年もきっとそんな冬になるよ」

絶句するアレクシアから、少女は顔をそむけた。

「だけど子どもはまだましなんだ。そうやって憐《あわ》れんでもらえてるうちが、もの乞い稼業の華なのさ。あたしはもう、かわいそうな子どもじゃなくなったから、べつの仕事をしなきゃならなくなった」

「……というと？」

「花を売るのさ」

「花？　こんな季節に？」

「そうか……あんたみたいなお嬢さんは知らないんだな」

少女は片膝を胸にかかえ、額を押しつけた。

「どんな季節でも売れる花があるのさ。この世で一番みじめな仕事だよ」

「………………」

アレクシアは開きかけた口を、ふたたび閉ざした。

泣き笑いのような少女の表情が、詳しくたずねることをためらわせたのだ。

同じ年まわりの少女のものとは思えない、あまりにも昏いまなざしだった。

アレクシアはかける言葉もなく、少女の顔をうかがうしかなかった。

肉の削げた、汚れた頬には、淡い筋ができている。

涙で洗われてあらわになった肌は、はっとするほど白かった。

この聖堂にやってきたのは、ただ眠るためと少女はうそぶいた。だが本当は、迫りくる未来から必死で逃れようと、神に救いを求めて祈りにきたのではなかったか。

アレクシアはかすれる声を、喉から絞りだした。

「それは……その仕事はいつからなのだ？」

「さあ。たぶん明日にも」

アレクシアは考える。

これは運命なのだろうか。

それとも運命にしてみせねばならないものなのだろうか。

もうひとりの自分との出会いを意味あるものにできるかどうか、その選択はアレクシアに委ねられていた。

アレクシアよりもよほど達者に、すらすらと王女の役を演じられるほどに芝居を愛しているこの少女が、その魂の輝きをずっと失わずにいるためにはどうしたらよいか。

だが深く考えをめぐらせる余裕は、アレクシアに与えられていなかった。

消えかけた熾火《おきび》を手のひらでかばい、懸命に息を吹きかけるように、アレクシアは矢も盾もたまらずたずねていた。

「そなたがその新しい仕事をしないと、誰かに迷惑がかかるのか？」

「……え？」

少女はのろのろと、うつろなまなざしをあげる。

「そなたが従わないと、仲間がひどい扱いを受けるとか」

「ひどいことをされるのはあたしだよ。半殺しの折檻《せっかん》だってありえるね。誰もとばっちりなんて食いたくないから、助けちゃくれないさ」

「だったら逃げだすことはできないのか？」

「……逃げる？」

少女は呆然《ぼうぜん》と声をとだえさせた。

これまで考えてもみなかったことなのかもしれない。

アレクシアがそうであるように、少女もまた視《み》えない鎖にとらわれているのだ。

「そなたの親代わりも、兄弟姉妹も、住まいもなにもかも捨てることになっても、逃げたほうがましならそうするべきではないか？　わたしは決して、わたしに与えられた使命を放りだすことはできない。けれどそなたなら、そなたがその気になりさえすれば、どこにだって行けるし、何者にでもなれるのではないか？」

「……なにも知らないくせに、勝手なことを。逃げたところで、野垂れ死にするしかないじゃないか」

「役者をすればいい」

ぽかんとする少女に、アレクシアはたたみかける。

「舞台の役者——女優になればいい！　そなただったらどんな役でも……うん、男の子の役だってできる。演じてみせさえすれば、誰もが納得するに決まっている。劇団に雇われたら、裏方仕事も手伝って、住みこみにさせてもらえばいい」

「そんなこと……」

少女のまなざしに動揺がよぎる。見ず知らずの他人から投げつけられた夢を、おもわず受けとめてしまった自分にこそ狼狽するように、

「そんなこと、絶対に無理だ！　親方にみつかったら、きっとただじゃすまない。見せしめに殺されるかもしれない！」

かみつく勢いでわめきちらす。

だがアレクシアも負けてはいなかった。

「王都に留まりたくないのなら、どこか他所の町に逃げるか、巡業の一座に加わるというのは？　芝居好きのそなたなら、わたしよりもずっと詳しく知っているはずだ。そうだろう？」

ふたたび少女の緑の瞳が揺れる。

それをアレクシアは見逃さなかった。

祈るように、固唾《かたず》を呑んで、少女の顔を見守る。

やがてふるえる声で、少女はささやいた。

「……すぐに当てがみつかるとはかぎらない。あんな台詞はただの聞きかじりだし、もの乞いの娘なんて、誰にも相手にしてもらえないかもしれない。それに一文無しで靴もないのに、歩いて他所の町まで逃げるなんてできっこない」

アレクシアの逡巡《しゅんじゅん》は、ほんの一瞬だった。

手早く外套を脱ぎ、少女にさしだす。

「これで足しになるだろうか？」

信じがたいように、少女は目をまたたかせた。

「宮廷の女官たちもうらやましがる白貂の毛皮だから、きっと高く売れるはずだ。それにこの手袋も」

「宮廷のって、あんたいったい……」

外套も手袋も、本来はアレクシアの自由にできるものではない。アレクシアの持ちものはすべて——アレクシアの身柄すらも国王の財産の一部なのだ。

だがここでためらえば、かならずや後悔することになるはずだ。

「もちろんそなたに渡したことは、誰にも他言しない。お叱りはわたしが受ける」

「でも、なんで」

たずねかけた問いを、少女はみずから呑みこんだ。

やがておずおずと手をのばし、外套を受けとる。

「いまさら気が変わっても――」

「変わらない」

ふたりはみつめあった。

挑み、あらがうように。

アレクシアは告げた。

「――幸運を」

「あんたもね」

少女は口の端をひきあげる。

そして外套を胸にだきしめ、身をひるがえした。

ちょうど扉にたどりついたところで、ガイウスとすれちがう。

危うく衝突を避けたガイウスが体勢をたてなおしたとき、少女の姿はすでにどこかに消え去っていた。

「姫さま？」

ぽつねんと身廊にたたずんだまま動かないアレクシアに、怪訝そうなガイウスが近づいてくる。

「外套はどうなさったのですか」

「……なくした」

「は？」

呆気《あっけ》にとられたガイウスは、息を呑んで入口をふりむいた。

「まさかあの餓鬼《がき》」

「だめ！」

踵をかえしかけたガイウスの袖を、アレクシアはとっさにつかんだ。

「追わないで。お願いだから」

「ですがいまならまだ――」

「あの子が盗《と》ったのではないんだ。わたしがなくしたのだ。わたしが……」

ガイウスは口をつぐみ、袖をつかむアレクシアの指先に目を向けた。

やがてささやくようにたずねる。

「手袋もなくされたのですか？」

「……うん」

ガイウスはちいさく息をついた。

「ともかくこれを。そんな格好ではお身体に障《さわ》ります」

自分の外套をアレクシアに羽織らせると、

「外に馬車を待たせていますから」

華奢な背にそっと手を添えてうながした。

「ガイウス」

「はい」

「おまえは知っていたか。市井ではひもじさのあまり、雪を食べて死んでしまう子どもがいることを」

蒼ざめた聖堂に、ふたりの足音だけが響いている。

なにかを深く考えこむような沈黙だった。

「いいえ。存じませんでした」

「……そうか」

アレクシアはつぶやいた。

「おまえにも知らないことはあるのだな」

それから馬車に乗りこんだとき、いつもならあたりまえに向かいに腰をおろすガイウスが、そのときだけは隣についていたのに気がついたのは、アレクシアが王宮に戻ってからのことであった。

冬でも売れる花。

その真の意味をアレクシアが理解するには、もうしばらくの年月が必要だった。

少女の語った境遇は決して誇張などではなく、悪党どもの巣窟《そうくつ》である《奇跡の小路》は恐るべき無法地帯として、治安官や夜警も手をだしかねているらしい。

少女が身を堕《お》としかけていたことについて、エリアスにはぼかして伝えるしかなかったが、生きるために理不尽を強《し》いられる弱き者の痛み苦しみを彼なりに想像し、いたく同情したようだった。

「まさに奇跡のような出会いでしょう?」

エリアスは瞳をきらめかせて、カルヴィーノ師に訴える。

「わたしは信じているのです。その娘はかならずや生きのびて、いまや華やかな演劇の舞台で活躍しているはずだと」

「さようですとも。姫さまに救いの手をさしのべていただいたご恩を、その娘も命あるかぎり忘れずいることでしょう」

すかさずエリアスに同意しながらも、画家の声にはアレクシアを気遣う響きがある。

驚くべき邂逅《かいこう》の物語に感興をそそられつつ、アレクシアの複雑な胸の裡《うち》を察してくれてもいるようだ。

アレクシアはあの少女の未来を、エリアスほど無邪気には受けとめかねていた。

自分のしたことは正しかったのか。本当に彼女のためになったのか。

外の世界にまつわる知識が増えていくにつれ、疑念は深まっていった。

あれからそれとなく集めた情報によれば、裏の社会には盗品をおもに扱う故買屋《こばい》という商売があるらしい。

しかしながら、たとえば掏摸《すり》の技術を教えこまれた子どもが、盗んだ品をじかに故買屋まで持ちこむことはないという。

もの乞いで得た稼ぎと同じく、いったん元締めに納めて儲《もう》けを分配するのが常道で、あがりを懐《ふところ》にしまって独り占めするのは、許されざる裏切りなのだ。

だからあの少女にとっては、外套や手袋を金に換えることすら難しかったのかもしれない。たとえ首尾よく売り抜けられたとしても、相当に値切られたことだろう。

加えてもしも少女の身の代が、すでに娼館《しょうかん》などから支払われていたら、彼女は確実に追われる身となっていたはずだ。

自分が照らしだした道がいかに危険きわまりないものだったかを自覚して、アレクシアはぞっとした。あの少女には、アレクシアとめぐりあわなかったほうがはるかにましなほどの、ひどい未来が待ち受けていたかもしれないのだ。

いずれにしろふたりの出会いは、アレクシアの人生をも変えた。

死んだように眠る少女を、おのれの亡骸《なきがら》とかさねあわせたあの瞬間に、彼女はもうひとりのアレクシアになったのだ。

それからは意識の底に、かすかな戦慄《せんりつ》の残響がつきまとい続けている。

同じ姿かたちを生まれ持った者には、本来なら等しく分けあうべき富だとか、健康だとか、運だとかがあり、それを長らく自分だけが吸いあげていたのではないか。

古くからの俗信でもないそんな考えに、おそらくはエリアスも、逆の意味で魅了されたのだろう。

市井に生きるもうひとりのエリアスは、寝台に縛りつけられることもなく、太陽の光を浴びて元気に走りまわっているのかもしれない。

だからエリアスは、本当はもうひとりのアレクシアにめぐりあいたいのではなく、どこかにいるかもしれない幻の自分に、希望をみいだしているのだ。

それをたわいのない夢物語だと、たしなめる気にはなれない。

アレクシアとて、あの少女がきらびやかな衣裳をまとい、舞台で生き生きと芝居を演じているさまを想像せずにはいられないのだから。

「結局あの外套については、ガイウスがわたしから預かっておきながら、馬車に置き忘れたことになったのでした。おかげでガイウスは粗忽《そこつ》者の汚名を着せられて、かわいそうなことをしました」

普段から女性の装いというものに無関心だから、そういう迂闊《うかつ》なことをするのだ、これだから男は……などとアレクシアのそば仕えの女官に、散々なじられたようだった。

「それは護衛官殿も災難でしたな」

気の毒がりながらも、カルヴィーノ師は口許をゆるめる。

「あまりに不憫《ふびん》だったので、しばらくはおとなしくしてやりました」

するとふいにエリアスが、まじめな顔つきになった。

「姉上。そのガイウスのことなのですが」

「うん。もう陛下のお許しを得てくれたのか？」

ガイウスの身のふりかたについて、アレクシアはすでに打診していたのだ。自分がガーランドを去ったのちは、ぜひともガイウスをエリアスの護衛官に取りたててやってほしいと。エリアスは了承し、近いうちに父王エルドレッドに願いでてみると、約束してくれていたはずだ。

しかしながらエリアスは、なぜかもどかしげに首を横にふった。

「もちろんわたしもガイウスのことは信頼していますし、彼のような勇士がそばにいてくれたら、とても心強いです。それに姉上もぜひにとおおせでしたので、一度はお受けしましたが……」

エリアスは真摯《しんし》なまなざしで、アレクシアをうかがった。

「けれど本当に、ガイウスをローレンシアにお連れになるつもりはないのですか？　姉上が異国の王太子妃になられても、ガイウスはきっと自分の手でお護りしたいと思っているはずです」

「……それはどうかな」

アレクシアはあいまいにほほえんだ。

「いずれにしろ、ガーランドの者を護衛としてそばにおくことはできないよ。たとえわたしやおまえのたっての望みだと訴えたところで、許されはしないだろう」

「でも、それでは姉上は――」

エリアスは続く反駁を呑みこみ、顔をうつむけた。

聡い子だ。

おまけに優しすぎる。

アレクシアはその賢さに、痛ましさすらおぼえた。

エリアスは姉の身を案じていながら、理由を口にだすことをためらった。

そうすればきらきらしい祝辞に隠された婚約の真実を、暴くことになるからだ。

花嫁のアレクシアは、人質としてローレンシアにさしだされるようなもの。もしも情勢が動き、ガーランドがローレンシアの敵国と手を結ぶようなことになれば、アレクシアの命はたちまち危うくなる。

エリアスはそのことを理解している。いずれその苦渋の決断を、自分自身がくださねばならないかもしれないことも。

　慎重に言葉を選びながら、アレクシアは伝える。

「わたしとレアンドロス殿下の婚姻は、両国の友好の証だ。友の信頼を得るには、こちらから心をあずける姿勢をみせなければ。それなのにガーランドの護衛がいつも目を光らせていては、まわりは敵だらけだとみなしていることになってしまうだろう？」

　武器を捨て、徒手《としゅ》の身を委ねなければ、正しい虜囚《りょしゅう》とはいえない。

「ですが親しい者が誰もおそばにいないなんて、姉上がお気の毒です」

「大丈夫。女官や外交官もローレンシアに残るし、あちらに移り住んだガーランド出身の者も、宮廷に多く出入りしているというから」

　とはいえそれぞれに有能な女官たちも、アレクシアみずからが選んだのではなく、アレクシアが祖国に不利益な行動をとらないための、いわば監督役として任じられた者たちが主だった。

「それに王太子妃ともなれば、社交にも励まなければならないからな。幸い言葉にはさほど困らないし、すぐに親しい友もできるだろう。そうだ！　ローレンシアに着いたら、週に一度はおまえ宛《あ》ての書簡《しょかん》をしたためて、ガーランド行きの商船に託すことにしよう。そうすればおまえも安心できるだろう？」

「はい。ぜひお願いします」

エリアスは嬉しそうにうなずいたが、すぐに目を伏せた。

「こんなことはお伝えするべきではないと、我慢していたのですけれど……姉上がいなくなってしまわれたら、わたしはどうしたらよいかわかりません。わたしはずっと、女王となられた姉上のおそばで、政務をお助けしたいと願っていたのに」

「……そのようなことを考えてはいけないよ」

アレクシアはなだめるように、エリアスの頰をなでた。

「かつて力なき女王を擁立《ようりつ》したがために、ガーランドを荒廃させるひどい内乱が生じたことは、おまえも学んでいるだろう？　正当な理由もなく慣例をくつがえすのは、国が乱れる元凶になる。おまえを王に戴《いただ》くのが、誰にとっても最善の道なのだということを忘れてはいけないよ」

そう告げつつも、ガイウスの本心を知った当時の心境がこだまして、アレクシアの胸はかすかにきしむ。

もしもガイウスが武人として宮廷を去り、前線に戻ることを切望していたなら、アレクシアも涙を吞んでその願いを叶えてやろうとしたかもしれない。

だがガイウスが王太子付きの護衛官になることを望んでいると知ったとき、アレクシアは醜くも、エリアスに嫉妬《しっと》したのだ。

ものの道理のわからない子どもでもないのに、ガイウスを手放したくなくて、どうせも

う幾年もそばにはいられないのだからと、わずかなうしろめたさすらも押しこめて、より
やりがいのある任を望んだガイウスの人生を無駄にさせてしまった。

そんな身勝手な自分が、もとより王の器であるはずもない。

「ですが頼りないわたしよりも、姉上や兄上のほうが国王にふさわしいと考えている者は、大勢いるはずです」

「エリアス」

「いっそわたしがこの世を去ったほうが、みなの心もひとつに定まって、ガーランドのためになるのではないかと」

「馬鹿なことを！」

「でもそのように考える者がいることを、忘れてはいけない。そうでしょう？」

アレクシアは頬をこわばらせ、口をつぐんだ。

エリアスが暗に示唆《しさ》しているのは、兄ウィラードの動向だ。

王座を継ぐにふさわしい能力をそなえていながら、その出自ゆえに候補にすらなれない異母兄の胸中は、アレクシアにはとても量りきれるものではない。

視察の長旅を終えて。

戦勝を祝う宴の席で。

王太子エリアスの生誕祭に。

兄妹の仲睦《むつ》まじさを印象づけるように、ウィラードはアレクシアをだきしめる。

そのたびにアレクシアは、血の凍りつく心地がしたものだった。

「エリアス」

アレクシアはたまらず身を乗りだし、弟を腕にかきいだいた。

「……すみません。姉上を心配させたくなかったのですが」

「そんな気遣いは無用だ。まだ子どものおまえが、不安を感じるのは当然のことだ」

親しい者もなく、ひとりローレンシアに置き去りにされるアレクシアの孤独をことさら案じるのは、エリアス自身の寄る辺なさの裏がえしだ。

それを認めさせられたエリアスが、こらえきれずにアレクシアにしがみつく。

アレクシアはくりかえし、弟の頭をなでてやった。

「おまえは決してひとりではない。正統な王太子であることを忘れずに、毅然《きぜん》としていることだ。そして支えてくれる者たちを心から信頼していると態度でしめせば、みなかならずやおまえの力になってくれるはずだ。それになにがあろうと、ガイウスだけは信じるに足る。あれはこれと決めた主には、忠義を尽くす男だから」

「頼りない主でもですか？」

「おまえは頼りなくなどないが、たとえそうだとしても簡単に見限ったりしない。わたしなど、始終あれから小言をくらっていたのを知っているだろう？」

「樹によじのぼって昼寝をしたり、小夜啼塔の胸壁に腰かけて、書物を読んだりなさっていたそうですね」

「詳しいな」

「ガイウスが愚痴《ぐち》をこぼしていましたから。わたしもそのうち試してみようかしら」

「あ……それはだめだ。危ないから」

「そうおっしゃられても、説得力がありません」

「かえす言葉もないな」

ひとしきり笑いあうと、アレクシアはおたがいの額と額をふれあわせ、エリアスの頬を両手でつつみこんだ。

「いつもおまえを想っている。身も心もすこやかであるように」

「ローレンシアまでお気をつけて。どうぞ御身をお大切に」

ふたたびだきしめたエリアスの頭越しに、カルヴィーノ師と視線がかみあう。

画家は姉弟の姿を目に焼きつけるようにたたずんでいたが、やがて無言で一礼すると、静かに部屋を去っていった。

第2章

1

昏《くら》い夜の底から、ガイウスの名を呼んでいた。

くりかえし、ひたすらに、数えきれないほど。

やがてその声も凍えきり、むなしく闇《やみ》に潰《つい》えようとしていたとき。

アレクシアはほのかな光につつまれた。淡い熱が、脈打つように染みわたり、魂《たましい》のものとも肉体のものともしれないこわばりを溶かしてゆく。

その心地好《よ》さに、アレクシアは我を忘れてたゆたった。

生まれてこのかた、これほど安らいだ心地になったことがあるだろうか。

自分は死の淵《ふち》に沈みかけていたはずなのに……。

それとも死とは、このようにおとずれるものなのか。

死神の接吻《せっぷん》がこれほどまでに甘美なものなら、命を奪われるのもそれほど悪いことではないかもしれない。このまま甘い夢に溶けるように、神の御許《みもと》に逝《ゆ》けるのなら。

けれどそんなことが、本当に許されるのだろうか。

自分には大切な使命があったはずだ。そのために幾度もガイウスに救われてきた命だというのに。

ああ……そうだ。ガイウス。ガイウスはどうなったのだろう。

舷縁《げんえん》に身を乗りだしたガイウス。その背にふりおろされる剣が、焔《ほのお》を映して紅《あか》にきらめき――。

たちまち夢は薙《な》ぎ払われ、アレクシアは両のまぶたを開いた。

「――っ！」

叫ぶように呼んだはずの名は、喉《のど》に貼りついてほとんど声にならなかった。

視界は暗がりにふさがれていた。

けれど真の闇ではない。

「ん……」

近く遠く、耳に忍びこんでくるのは、くぐもった潮騒《しおさい》だ。

それでいて、横たわった身体《からだ》に揺れは伝わってこない。

息をひそめたまま、アレクシアは身じろぎをする。

肩を支えるかたい床と、ごわついた布の感触。

そして頬《ほお》になにかがふれていた。

あたたかい……熱いほどの、すべらかな人肌だ。

アレクシアは息を吞《の》み、頭を持ちあげた。

目を凝《こ》らすと、たったいままで頬を預けていたらしい相手の首から鎖骨《さこつ》にかけて、長い黒髪が幾筋も流れている。

「ガ……ウス？」

視線を上向け、目になじんだ頬の線をなぞり、眼窩《がんか》にまでたどりつく。

息がつまるほどに、歓喜で胸がふるえた。

紺青《こんじょう》の瞳はまぶたに隠れているが、死地に残され、離れ離れになったはずのガイウスがそこにいた。

「ガイウス。聴こえているか？」

かすれる声で、すがるように呼びかける。だが反応はない。

けんめいに肘《ひじ》で半身を支え、アレクシアはこわばる手をのばした。

頬にふれても、ガイウスはうめき声のひとつもあげず、死人のように動かない。

だがその肌は、アレクシアの指先よりも熱いくらいだった。

呼吸も感じられる。

生きている。

とにもかくにも、自分たちはあの襲撃から生き永らえたらしい。

旗艦《きかん》の舷縁から投げだされたアレクシアの記憶は、黒く冷たい海に呑みこまれた直後で途絶えている。おそらくガイウスは、転落したアレクシアを追って、すぐに海に飛びこんだのだ。

そして……それから、どうなったのだろう。

「……ここはいったい？」

アレクシアはおずおずと身をおこした。

目が慣れるにつれ、そこが粗末な納屋のようなものであるとわかってくる。

破れた網や、とぐろを巻いた綱や、傷だらけの櫂《かい》や銛《もり》などが、雑然と積みあげられて埃《ほこり》をかぶっていた。

すでに夜は明けているようで、壁板の隙目《すきめ》から淡い光が洩《も》れ射している。床に散る砂粒がほのかにきらめくさまは、奇妙に静謐《せいひつ》な、美しい光景だった。

耳に届くのは、おだやかな波音に、海鳥たちの啼《な》き声。

おそらくここはガーランド南岸の、どこかの砂浜の漁師小屋なのだろう。

ガイウスは海に沈むアレクシアをつかまえたものの、艦隊の救助は得られず、あの海域からひたすら潮流に押されてきたのだ。

あの襲撃者たちは、いったい何者だったのだろうか。

彼らはあきらかに、アレクシアの命を奪おうとしていた。

しかしあのとき甲板《かんぱん》にアレクシアがいたのは、ほんの偶然にすぎない。

本来なら幾重もの警護を突破して、船室までたどりつかねばならなかったはずだ。

しかも応戦するのはただの船乗りではなく、厳しい訓練を受けたガーランド海軍の兵士たちだ。味方の損害も軽微ではすまないことは、予想できただろう。

ならばいっそ火でも放って、艦《ふね》ごと沈めたほうが早い。

それをしなかったのは、女官《にょかん》や侍従など、無抵抗の乗船者たちの命まではとるつもりがなかったためか。

あるいはやはり真の目的は、高価な持参品を強奪することだったのだろうか。

……わからない。

叔父《おじ》や、付き添いの女官たちや、旗艦以外の船は無事だろうか。

背をなでる冷気に、アレクシアはたまらず身震いする。

そして身体にかけられた帆布《はんぷ》らしき布を、胸許にかきあわせようとしたときだった。

「……え？」

つと視線をさげたアレクシアは、目をみはった。

続いてあげかけた悲鳴を、すんでのところで呑みこむ。

あろうことか、アレクシアは一糸まとわぬ姿だったのだ。

度肝《どぎも》を抜かれ、あわてふためいてぼろぼろの帆布をひきよせたとたん、またしても悲鳴が口からほとばしりそうになる。

ふたりの身をくるんでいた一枚の帆布が手繰《たぐ》られたことで、あらわになったのは鍛えあげられたガイウスの裸身だったのだ。

「な……な……」

あまりの衝撃で言葉にならない。

アレクシアはとっさに帆布を放りだし、頭ごとガイウスの肢体《したい》に覆《おお》いかぶせて、理解の追いつかない光景を目のまえから消滅させた。

それでも動揺は収まらず、アレクシアはくるりとそれに背を向ける。

いったいこれはどういうことなのだ。

なぜふたりそろって、あたかも……あたかも同衾《どうきん》する男女のように、生まれたままの姿をさらしあっているのか。

荒波にもまれ、必死でもがくうちに、すっかり脱げ落ちてしまったのだろうか？

そんなはずはない。複雑にかさねたアレクシアの衣裳《いしょう》は、たとえ紐《ひも》がゆるんだところで、そう易々《やすやす》と脱げるものではなかった。

うろたえながら左右に目をやると、はたして小屋の片隅《かたすみ》の、割れた樽《たる》や木箱などが乱雑に積みあげられた一角に、アレクシアの身につけていた衣裳一式が広げられている。そのそばには見慣れたガイウスの黒服も乾かしてあり、したたり落ちたのだろう水気が床板に水溜まりをつくっていた。

やはりあえて脱がせたのだ。なんのために？

必死で頭を絞ったはてに、アレクシアはひらめいた。

教授のひとりから、かつて教わったことがある。大陸での山越えのさなか、猛吹雪《ふぶき》に襲われて身動きがとれなくなった隊商の体験談だ。

凍えきり、意識をなくした者の命を救うには、身体の芯をあたためてやらなくてはならない。そこで仲間がはだけた胸と胸をぴたりとかさねて、瀕死《ひんし》の者にじかに熱を伝えるという方法を採ることがあるという。

それはまるで、かさねあわせた心の臓をとおして命を相手に分け与える行為のようで、アレクシアはいたく心を動かされたものだったが。

ガイウスは同じことを、アレクシアに対してやってのけたのではないか。

夏とはいえ夜の海に浸かり続け、おそらくはたらふく海水も飲みこみ、濡《ぬ》れて肌に張りついた布地によって、みるまに身体の熱が失われるのをくいとめるために、やむなくこうするしかなかったのだ。

そうだ。そうに決まっている。

それ以外に、わざわざこのようなまねをする理由があるわけがない。

「そ……それにしても、ひとことぐらい、断りがあってしかるべきではないのか？」

我ながら理不尽な非難が、口をついてでる。

つまりあの……冷たい闇のなかで幼子《おさなご》のようにガイウスを呼び続けていたのも、やがて呼応するようにおとずれたあたたかな安らぎも、夢うつつのなかで本当に口走り、感じていたことだったのではないか。

「――――っ！」

アレクシアはぺたりと座りこんだまま、羞恥《しゅうち》のあまりに身悶《みもだ》える。

王女にあるまじきふるまいだ……。

激しい動揺をひきずりつつ、アレクシアはよろよろと小屋の隅ににじり寄り、衣裳に手をのばした。

ともかくこの格好をなんとかしなければ。

まともに頭がまわらないし、なにやら心許なくていけない。

「ボディスに、ペチコートに、スカートに……。ほとんどそろっているな」

布地はまだ湿り気を含んでいるが、幸いにも身にまとえないほどではなかった。

柔らかな絹のパンプスだけは見当たらないので、きっと海に没してしまったのだろう。

縁が金糸で飾られた袖広《そでひろ》のガウンや、腿《もも》まで隠す絹の長靴下はおいておき、ひとまずの身づくろいにかかる。

普段は女官の手を借りているうえ、湿った布地は滑りにくくて難儀する。

それでもなんとか身なりをととのえ、人心地ついていると、

「……血の匂い？」

鉄錆《てつさび》のような匂いが鼻をかすめた。

とたんに不穏な鼓動《こどう》が高鳴りだす。

息をひそめるように、アレクシアはガイウスの上衣に目を移した。

黒い布地に、鮮血の染みはめだたない。だがそのうしろ身頃《みごろ》は、無惨にも袈裟《けさ》懸《が》けに斬《き》り裂かれていた。

アレクシアは息を呑んだ。

とっさに口許にあてた手のふるえがとまらない。

あのとき――海に投げだされたアレクシアに気をとられたガイウスは、やはり敵の斬撃をかわすことができなかったのだ。

「わたしのせいだ」

しかも手負いの身でありながら、視界などほとんど利かない夜の海にひきずりこまれたアレクシアを救い、意識をなくしたその身体を決して手放さずに荒波から守り抜いたあげく、介抱までしてのけたのだ。

そのためにどれほどの体力を消耗したことか。

それこそ命を削る自殺行為だ。

「なんて無謀なことを」

アレクシアはよろめくように、ガイウスのそばにひざまずいた。

さきほどは死角になっていたが、ガイウスの背をくるんでいた帆布は、内から染みだした血で赤黒く濡れている。なまじの怪我《けが》でないのはあきらかだった。

わずかでも創《きず》に障《さわ》らないよう、ガイウスの顔からそっと帆布を除ける。

「ガイウス。目を覚ませ。頼むから」

そうささやきながら、片頰に手をあてる。おびただしい血を失っているはずなのに、その肌は燃えるように熱い。おそらく怪我のせいで発熱しているのだ。

こみあげるめまいと吐き気に、アレクシアは歯を食いしばって耐えた。

「これしきのことで、おまえほどの男が死んだりするはずがない。そうだろう?」

命に代えてまで、護《まも》ってほしくなどなかった。

なにを犠牲にしても、生きていてほしいと伝えたかった。

信じられるのは、心を預けられるのは、おまえしかいないのだからと。

喉からせりあがる嗚咽《おえつ》を、アレクシアは必死に抑えこんだ。

「ガイウス。待っていろ。いま助けを呼んでくるからな」

アレクシアは心を決めた。

ここでめそめそしていてもしかたがない。

ガイウスの意識は戻りそうにないし、下手に動かすのも危険だ。

それならば、誰かに助けを求めるしかない。

この小屋がすでに打ち捨てられたものでなければ、近くで漁をしている者がいるかもしれない。そうでなくとも海沿いから道をたどっていけば、いずれは近隣に住まう民に行き会えるはず。そう信じるしかなかった。

事情を説明して、医術の心得のある者を呼んでもらい、襲撃の急報を王都に届ける早馬を用意して、それから……それからのことは、またあとで考えればいい。

まずはガイウスの命を救うのが先だ。

アレクシアはガイウスの頬から手を離した。

たちまち言い知れぬ名残惜しさがこみあげる。

こんな状態のガイウスを、ひとり残していくのは不安でならない。

あるいはそれは、ひとりきりでは出歩いたこともない下界で、頼れる者が自分しかいないおのれの怖気《おじけ》なのかもしれなかった。

アレクシアは自分を奮いたたせた。

「すぐに戻る」

最後に与えた約束が、ひどく切実に響くのを感じながら、アレクシアは未練を断つように身をひるがえした。

弓なりの砂浜をひとつ越え、ふたつ越える。
それでも海岸には、人影も舟影もなかった。
ほとんど崖《がけ》のような岩肌がそびえる陸地にも、道らしい道はみつからない。
だからアレクシアの選択肢はかぎられていた。
このままひたすら進むか、どこかでひきかえして逆方向をめざすか。
灰汁《あく》のような雲が垂れこめているが、どうやら陽《ひ》が昇ってまだまもないようだ。
とすると……あの襲撃の夜から、すでに一昼夜が経《た》っているのだろうか。
こみあげる焦りとともに、喉の渇きがひどくなってきた。
湿った布地に熱を奪われ、しだいにさむけも増してくる。
ガイウスの意識は戻っただろうか。
あれほどの高熱では、渇きに苦しんでいるかもしれない。
せめて額《ひたい》や首だけでも、冷やしてやるべきだっただろうか。
いまさら胸を占めるのは、そのような気休めばかりで、アレクシアは自分のふがいなさにたまらなくなる。

ガイウスの傷を直視する勇気もなかったくせに——。

みずからの怯懦《きょうだ》を責める声が、アレクシアの瞳をうるませる。

その涙をまなじりから乱暴にぬぐい、目をあげたときである。

「あ……」

視界に飛びこんできたものが、アレクシアの足をとめさせた。

海にせりだした崖のふもとを、ちょうど向こうがわにまわりこんだところだった。

たったいままで死角になっていたそこには、ゆるやかな入り江が広がり、一隻《せき》の船が停泊していた。

中規模の、商船とおぼしき帆船《はんせん》だ。

波打ちぎわには一艘《そう》の手漕《てこ》ぎ舟と、数人の男女の姿もある。

「待って！」

声をあげたときには、すでにかけだしていた。

疲れた裸足《はだし》が砂に沈みこみ、一歩ごとに足をとられそうになる。それでも精一杯の速さでかけつけると、

「すまないが、そなたたちに頼みたいことがある」

弾む息をととのえるまもなく、けんめいに訴える。

「わたしの連れのために、力を貸してはもらえないだろうか？　背にひどい怪我を負っていて、わたしひとりでは動かすことも……」

そこまで一心に伝えたところで、アレクシアは目をまたたかせた。

こちらをふりむいた面々は、一様に息をとめたまま凍りついている。

アレクシアはいまさらのようにうろたえた。気が急《せ》くあまり、ひどく不躾《ぶしつけ》な接しかたをしてしまったかもしれない。

もっとも冷静だったところで、市井《しせい》の流儀には疎《うと》い身なのだが……そういえば髪だって梳《と》かしていないし、宮廷の女官が目にしたらたちまち卒倒するような、ひどいいでたちをしていることだろう。

アレクシアは頬を赤らめつつ、絶句したままの人々をうかがう。

そしてどうにも様子がおかしいことに気がついた。

相手の反応には、微妙な差異があった。

ふたりの男——小舟の漕ぎ手らしい屈強そうな青年と、いくらか身なりの立派な中年の男は、鋭いまなざしにあからさまな警戒をみなぎらせている。

だが残る三人の女——そろって飾り気のない、素朴《そぼく》なカートルを身につけたうら若い娘たちの瞳には、なにか尋常でない怯《おび》えの色がにじんでいた。

ひとりの少女の頬に残るのは、乾ききらない涙の跡ではないだろうか。

困惑して視線をさまよわせると、小舟の底にはふくらんだ頭陀袋《ずだぶくろ》が積みこまれている。小柄な娘ひとりくらいなら、楽々と身を隠せそうなほどの袋だった。

するとその視線をさえぎるように、男が一歩こちらに踏みだした。

「これはこれは、お嬢さま」

洒落《しゃれ》た繻子《ブロケード》の上衣《ダブレット》をまとう商人ふうのその男が、どうやら一団を率いる者のようだ。

「このように鄙《ひな》びた地で、さぞやお困りのことでしょう。わたしどもでよろしければ、ぜひともお力になりたいと存じますが」

男はうやうやしいしぐさでお辞儀をする。

アレクシアの言葉遣いや、乱れてはいるが上等な衣裳から、それなりの身分の者だと察したのかもしれない。

「それはありがたい。礼は……いますぐにはできないが、のちほどかならず」

わずかな違和感は、窮状《きゅうじょう》を理解してもらえた安堵《あんど》で消し飛んでいた。

希望をつなぎとめるように、アレクシアは力をこめて伝える。

「これからどこかの港町に向かうつもりなら、わたしたちも同乗させてはもらえないだろうか。一刻も早く治療を受けさせたいのだ」

「そのお連れさまというのは、どちらに？」

アレクシアは来た道をふりかえる。

「あちらの浜辺の小屋で休ませているところだ。ただかなり上背《うわぜい》があるので、男手を借りないことには……」

「すると怪我人は殿方で？」

「わたしの護衛を務める者だ」

続いて詳しい状況を説明しようとして、アレクシアはためらった。

ガーランド王女の一行が襲撃を受けたことを、自分の一存で口外してもよいものだろうか。たとえ王女の生存を伝えたところで、襲撃の意図をめぐるさまざまな憶測が、取りかえしのつかない混乱を招きかねない。

アレクシアは核心にはふれずに、

「沖で賊の襲撃を受けて、応戦した供の者が斬りつけられたのだ。海に投げだされ、流されるままこの海岸にたどりついたようなのだが、わたしひとりでは手当てもできず、途方に暮れていたところだ」

「それは災難でございましたな」

男は眉をさげ、いたく同情してみせた。

「しかしあいにくと、わたしどもは先を急いでおりまして」

期待がものの一瞬で打ち砕かれて、アレクシアは狼狽《ろうばい》した。

「そこをなんとかしてはもらえまいか。ひどく衰弱《すいじゃく》していて、もはや一刻の猶予《ゆうよ》もならないのだ」

このように鄙びた──といましがた評されたとおりの土地なら、近隣でまともな医師とめぐりあえる可能性は低い。

この機を逃せば、ガイウスの命はかぎりなく危うくなるだろう。

彼の命に代えられることなら、アレクシアはどんな条件でも呑むつもりだった。

「謝礼なら充分にする。いまここで契約の署名をしてもかまわない。王都まで遣いをやれば、すぐに家の者が応じてくれるはずだから」

王女の身分を明かして宮廷に助けを求めることは難しくとも、たとえばガイウスの生家であるアンドルーズ家に状況を伝えることならできる。詳細は伏せたとしても、あのアンドルーズ侯なら即座にこちらの意図を理解して動いてくれるだろう。

男は思案げに目を伏せていたが、やがて心を決めたように顔をあげた。

「ご事情は承知いたしました。海の無法者に襲われたとは、わたしどもにとっても他人事《ひとごと》ではありません」

「それでは──」

「喜んでおふたりを我が船にお迎えいたします。なにぶん商船ですので、快適な船旅をお約束することはできかねますが」

「そのようなこと」

気にかけるはずもない。

アレクシアは心から礼を述べた。甲板のかたすみだろうと、乗せてもらえるだけでありがたい。これでガイウスの命の糸を、つなぎとめることができるかもしれない。

「ではさっそく、こちらの小舟で船にご案内いたしましょう。お連れさまには、のちほど海岸沿いに小舟をまわしたほうがよろしいかと」

たしかにここまでガイウスを担《かつ》いでくるよりも、じかに小舟を浜まで寄せたほうが労力はかからないかもしれない。

「ならばわたしはひきかえして、供の者のそばについていてもよいだろうか？　怪我人をひとりにしておくのは気がかりだし、もしもすでに目を覚ましていたら、きっとわたしの身を案じているだろうから」

「それには及びません。どうぞごゆるりと船でお待ちください」

男はにこやかに、だがきっぱりとアレクシアの提案をしりぞける。

「だがあちらに残してきた衣裳もあることだし、あらかじめわたしがまとめて準備をしておいたほうが……」

「そのようなことは、すべてわたしどもにお任せください」

男は耳を貸さず、なおもアレクシアを小舟にうながす。

「さあ。どうぞこちらへ」

腕をさしのべた男が、こちらに近づいてくる。

ひたすらアレクシアを小舟に乗せたくて、たまらないとでもいうように。

そうして陸から離れてしまいさえすれば、こちらのものだとでもいうように。

男の笑みが深まるさまに、ぞくりとしたときだった。

「だめよ！　逃げて！」

かすれた叫び声が、男の歩みをとめさせた。

頬に涙の跡を残した、あの少女だった。

「そいつは嘘吐《うそつ》きよ！　なにもかも嘘っぱちよ！」

悲痛な声音《こわね》で言い放つ。その両手首が縄で結ばれていることに、アレクシアはようやく気がついた。

「――そのうすぎたない口を閉じろ、小娘が！」

男はふりむきざまに、手の甲《こう》で少女を殴りつけた。

かぼそい悲鳴をあげて、少女が倒れ伏す。

「！」

アレクシアはたまらず身をすくませた。

これほどためらいのない暴力を……それも如才ない物腰の男が、無力な少女にふるってのける瞬間を、まのあたりにしたことはなかったのだ。

「これはお見苦しいところを失礼いたしました。いささか頭のおかしな娘で、親の依頼でこれから施療院に送り届けるところなのです」

我にかえると、笑みをとりつくろった男の顔が目のまえに迫っていた。

息を呑んで身をひるがえそうとしたときには、すでに遅かった。

「おっと。どうなさいましたか」

男の腕にとらわれたアレクシアは、必死でもがいた。

「放せ！　この無礼者！」

「逃がしはしませんよ」

力任せに腕をねじりあげられ、たまらず息をつまらせる。

「どうぞおとなしくなさってください。こちらとしても、せっかくの商品に疵《きず》をつけたくはないのでね」

耳朶《じだ》をねぶるように、耳許から声を注ぎこまれて、鳥肌がたつ。

男は得意げに、小舟の漕ぎ手をふりかえった。

「どうだ。まさか獲物《えもの》のほうから、おれたちの懐に飛びこんでくるとはな。しかもまれにみる上玉ときた。これならいくらでも値を吊《つ》りあげられるだろう」

「手負いの連れとやらはどうします？　念のために始末しちまいますか」

アレクシアは稲妻に打たれたかのごとく、身体をこわばらせた。

「や……やめろ。彼に手をだしたら承知しない！」

「もちろんなにもいたしませんよ。あなたがおとなしくなさるかぎりはね」

アレクシアは言葉をなくした。

この男の要求には逆らえない。

いまのおのれの立場を、痛いほど理解せずにはいられなかった。

蒼《あお》ざめるアレクシアに追い討ちをかけるように、男は続けた。

「もっともこちらがなにをしなくとも、その献身的な従者殿はじきに命を落とされるのでしょうがね」

アレクシアの四肢《しし》から力が抜ける。

「出発するぞ。もたもたせずに早く乗れ」

アレクシアをひきたてながら、男は娘たちに命じた。

殴られた少女のすすり泣きが、潮騒と混じりあう。

迫りくる絶望の波に、溺《おぼ》れてしまいそうだった。

2

閉じこめられた船倉には、ひどい匂いがたちこめていた。

腐《くさ》った海水を蹴散らしながら、鼠《ねずみ》の群れと猫が追いかけっこをしている。

猫は好きなアレクシアだが、いまはどちらを応援したらよいのかもわからない。

あの男——エイムズ船長と呼ばれていた——に命じられた屈強な水夫たちに追いたてられ、押しこめられた船倉には、積み荷の山とともに先客がいた。

数人の若い娘たちだ。

あるいはそれらも、積み荷のうちなのかもしれなかった。

あらたにここに連れてこられた、アレクシアたちもまた。

誰もが黙りこくったまま、身動きひとつしない。

暗がりを満たすひそかな息遣いだけが、膝《ひざ》をかかえてうずくまる娘たちの命が絶えていないことを伝えていた。

一様にうつむく娘たちとは反対に、アレクシアは顔を上向ける。

状況も完全に理解しきれないうちから、混乱と不安に心を打ち負かされるようなまねはしたくなかった。

いま頼りにできるのは、天井板の向こうから洩れるかすかな光のみだ。

しだいに目が慣れてきて、壁際でアレクシアと肩を並べているのが、さきほど殴られていた少女だと気がついた。

縄の拘束《こうそく》はすでに解かれていたが、手首には力任せにつかまれたような、痛々しい痣《あざ》が刻まれているのが見て取れる。

力なく膝にうずめた片頬には、黒い涙が流れていた。

「そなた……頬から血が」

「……え？」

かろうじて頭をあげたものの、少女の瞳はうつろなままだった。

アレクシアはとっさに懐をさぐり、幸いにも流されずにいた手巾《しゅきん》を、そっと少女の頬にあててやった。

「！」

そのとたん、少女は飛びのく勢いで身をそらせた。

積みあげられた樽に、痩《や》せた肩がぶつかって音をたてる。

「すまない。痛んだか？」

あわてて問うと、少女は息をとめてアレクシアをみつめた。

ややしてから、我にかえったように首を横にふる。

「……平気」

そうつぶやき、いたたまれないように目を伏せる。

殴られた頬は、腫《は》れて赤みを帯びているようで痛ましい。

だが痛みが刺激になったのか、少女の瞳にはいくらか力が戻っていた。

「あれでも手加減はしてたから」

「そうなのか?」

たしかに拳《こぶし》をふるうのに比べれば、いくらか威力は劣《おと》るかもしれないが、それでも少女を打ち据《す》える勢いに容赦《ようしゃ》はなかった。あのような卑劣な男に、一瞬でも感謝の念を感じたおのれに対して、いまとなっては怒りすらおぼえる。

「本気で逆らったら、ああされる」

少女の視線の先にあるのは、小舟の底に転がされていた、あの頭陀袋だった。

「あの子は大声をあげて逃げだそうとしたから、気を失うまで殴られて、袋に押しこめられたの。そのときは息をしていたけど……」

アレクシアは啞然《あぜん》とした。

命を失いかねないほどの、ひどい扱われようだったのか。

「それなら様子を確かめないと」

息があるなら、すぐにも外にだしてやらなければ。

矢も盾もたまらず、アレクシアがそちらに這《は》い寄ろうとしたときだった。

「よけいなまねはしないことね」

船倉のかたすみから、冷ややかな声があがった。

「もしもその子が暴れて、あいつらを手こずらせたりしたら、きっとあたしたちみんなのせいにされる。そんなのはごめんだわ」

アレクシアは驚き、声の主に目を凝らす。

あの海岸にいた娘のひとりではなかった。

暗がりでもそうと知れる鮮やかな赤毛の娘は、新参者のアレクシアたちを睨《ね》めつけ、

「あんたたちもめそめそしてないで、とっとと腹くくりなさいよ。どうせもう、逃げられやしないんだから。どうすれば自分に高い値がつくか、いまのうちに考えておいたほうが身のためよ」

「それはどういう……」

アレクシアがつぶやくと、相手はたちまち口の端をゆがめた。

爛々《らんらん》としたまなざしが、どきりとするほど目を惹《ひ》く、美しい娘だった。

「そんなこともわからないなんて、妙にお上品な格好をしてるわけね。さすがご令嬢はお育ちが違いますこと」

あざわらう声音には、ひりつくような痛々しさがにじんでいる。

アレクシアはひるまず、その敵意に満ちた瞳を正面から受けとめた。

「……そのとおりだ。恥ずかしながら、わたしは世知に疎い。だからぜひともそなたに教えを乞《こ》いたい。わたしたちがいまどのような状況にあるのか、詳しく説明してはもらえないだろうか。そうすればこのわたしにも、なにかそなたたちの力になれることがあるかも

しれない」

「…………」

娘はめんくらったように黙りこんだ。

どうやら予想外の反応だったらしい。

他の娘たちも、いつしかそろりと顔をあげて、ふたりのやりとりをうかがっている。

アレクシアは待った。自分のふるまいが、彼女たちにどのような印象を与えているのかもわからない。だが生まれも育ちもまるで異なる者と対話するには、できるかぎりの誠意をもってあたるしかなかった。

そうすればかならずや、友も得られるだろう。でなければ、王女のアレクシアと友情を築ける者など、このガーランドには誰ひとりいないことになる。そんな馬鹿《ばか》なことはありますまい――と、アレクシアに語ったのは、ほかならぬガイウスだった。

あの男はときどきひどくきまじめな顔で、アレクシアの心に光を灯《とも》すようなことを口にするのだった。

ガイウス。ガイウス。

かたときなりとも、そばを離れるべきではなかった。

きっと叱《しか》られる。でもいまはその声を聴きたくてたまらなかった。

「力になるってどうやって？　その細い腕で、あいつらをぶちのめすつもり？　それとも手持ちの金で、あたしたちを買い取ってくれるの？」

「買い……取る？」

「そうよ。あたしたち、みんな売られてきたんだもの。これからどこかの港町で競《せ》りにでもかけられて、いっとう高い値をつけた相手の持ちものになる予定なんだから、そう安くはないわよ？　みんな若いし、みてくれだってそれなりのものだもの」

アレクシアは声をなくし、ぎこちなく首をめぐらせた。

たしかにここにいる娘たちは、まるで身を飾っていないにもかかわらず、それぞれに目を惹く魅力をそなえているようだった。もしも路で行き会ったら、つい男たちが足をとめて、ふりかえらずにはいられないような。

「娼館《しょうかん》に、売られるのか」

「もしくはやんごとないご身分の紳士《しんし》に、個人的に買いあげてもらうかね。相手にもよるけど、そのほうがいくらかましかもね。どっちにしろお金で自由を売り渡した奴隷《どれい》であることに変わりはないけど」

娘の語りようは、それがごくありふれたことであるかのようだった。

かつて宮廷貴族の男たちが、若い愛人の話題に華を咲かせているのを耳にしたことがあるが、まさかこのような方法で調達された娘もいたのだろうか。

「ガーランドではもう長らく、人身の売り買いは禁じられているというのに……」

「それがなんだってのよ。王都でもどこでも、いくらでもまかりとおってることじゃないさ。年季奉公《ぼうこう》の契約だとか、逃げ道なんていくらでもあるんでしょうよ」

娘はあざけるように鼻で笑った。

「あんただって、なにも知らずにあいつに連れられてきたなら、身内に裏切られたんじゃないの？　じつは親から借金のかたにされてたとか、それとも素敵な婚約者さまに騙《だま》されでもしたのかしらね？」

「違うわ！　この子はたまたま巻きこまれただけよ！」

我慢ならないように抗議したのは、アレクシアの隣の少女だった。

「あたしたちだって、あいつらに攫《さら》われてきただけよ。あなたみたいに、家族に売られたわけじゃない」

「だったらなんだってのよ？」

赤毛の娘の声が、怒気を含んでざらついた。

「屑《くず》みたいな親に売り飛ばされるような娘より、あんたたちのほうが上等な人間だとでも言いたいわけ？」

「待って。ふたりともおちついて」

アレクシアはたじろぎ、言い争いをとめにかかる。

だが赤毛の娘はアレクシアに矛先《ほこさき》を向け、

「何様のつもりか知らないけど、偉そうに指図しないでくれる？　生まれついての身分なんか、奴隷の世界ではなんの価値もないんだから。もしも自分だけ逃げだそうなんて馬鹿なことを考えたら、ただじゃおかないわよ」

敵意の矢が、幾本も束になってアレクシアの胸をつらぬく。

「なんにしろ、いい気味ね。あんたの知りたい下界の常識ってやつを、これからその身でたっぷり味わえばいいわ」

そう吐き捨て、娘はわずらわしげに顔をそむけた。

これ以上の会話を続けるつもりはないようである。

アレクシアは力なく目を伏せるしかなかった。

「気にすることないわ」

隣の少女がささやきかける。

「自分より恵まれた相手を憎んで、貶《おとし》めてやらないと気が済まないのよ、きっと」

娘にぶつけられた感情は、それだけではない気もした。だがいまのアレクシアには、鏃《やじり》のひとつひとつを抜き取って、傷口を検《あらた》めてみるだけの余裕はなかった。

だからほほえみをかえすことで、少女の気遣いに対する感謝のみを伝えた。

「さっきの……そなたがあの男たちにかどわかされたというのは、本当のことなのか？」

そうたずねると、少女は口惜しげにうなずいた。

「市のたつ日に、町まででかけたときに、目をつけられたみたい」

用をすませて近郊の村に帰ろうとしていると、あとから幌《ほろ》馬車が近づいてきた。そしてふりむくまもなく、荷台から飛び降りた男たちに取りかこまれたという。

「首に短刀をあてられて、喉を掻《か》っ切られたくなきゃ、おとなしくしろって脅されたの。あたし怖くて、身体がふるえてなにもできなかった。その隙に猿《さる》ぐつわをかませられて、荷台に放りこまれて……。あとの三人も、似たようなやりかたで捕まったって」

「なんてひどいことを」

必死で抵抗して、逃げだそうとするのも当然だ。

あのエイムズという男は、まともな商人ではない。おそらくは本業を隠れ蓑《みの》に、競売にかける娘を各地から調達することで、仲介料を得ているのだろう。

あげくのはてにはわずらわしい交渉を抜きに、かどわかしてきた娘を高額で買いつけたと偽《いつわ》ることで、いっそうの利益をあげようとしているのかもしれない。

だから手荒に痛めつけた娘がひとりやふたり命を落とそうが、きっとさしたる痛手ではないのだ。

アレクシアは考えた。

そんな男を相手に、身分を明かしたらどうなるか。

王女だと告げたところで、きっと信じはしないだろう。

だがいっそのこと、笑い飛ばされたほうがましかもしれない。

王族の誘拐は、反逆罪として極刑に処されるのが習いだ。下手にアレクシアの素姓《すじょう》を疑われたら、すでに顔も名も知られているのだからと、保身のために消されてもおかしくはなかった。

あの男が、いまさら王族を手にかけることを恐れ、ためらうはずもない。

しかしアレクシアは、なんとしてもこの境遇から脱けださないわけにはいかないのだ。できるなら、同じことを望んでいる娘たちとともに。

アレクシアは隣の少女をふりむいた。

「そういえばまだ名を訊《き》いていなかったな」

「あたしの？」

「名がわからなければ、いざというときに呼ぶこともできないから」

「いざ？　ひょっとしてあなた、ここから逃げ……」

アレクシアは目顔で、相手の問いを封じる。

少女はこくりと唾《つば》を呑みこみ、うなずいた。

「あたしはシャノンよ」

「わたしは――」

わずかに躊躇《ちゅうちょ》してから、正直に告げる。

「アレクシアだ」

「王女さまと同じ名まえなのね。素敵」

アレクシアは視線を泳がせた。

なんとか平静を保ちながら、

「そうだろうか」

「もちろん。すごく似あってるわ」

「だが……わたしにはふさわしくない名だ」

シャノンはきょとんとした。

「どうして？」

「アレクシアには〝守護する者〟という意味があるから」

うつむいたアレクシアを、シャノンが遠慮がちにうかがう。

「あなたのお供のことを気にしてる？」

「わたしのせいでひどい怪我を。それなのに身を挺《てい》して、わたしの命を救おうとしてくれたんだ」

「……危ないの？」

アレクシアはくちびるをかみしめた。

「あんなところで、死なせてはならない男なんだ」

ひとりきりで、むなしく命を散らすことなど、あってはならない。

ガイウスの華々しい人生は、これから始まるはずだったのに。

ガイウスが充実した人生を歩んでいるなら、遠い異国の地で自分もガーランドのために力を尽くそうと、心の支えにするつもりでいたのに。

「そのお供は幸せね。あなたにそれだけ気にかけてもらえて」

シャノンはなぐさめるように、アレクシアの頬に手巾をあてた。

いつしかその頬は、熱い涙に濡れていたのだ。

3

誰かが自分の名を呼んでいる。

くりかえし、潤んだ声で、すがりつくように。

ああ……そのように泣かれることはありません。たいした怪我ではないのですから。

なだめる声は声にならず、睫毛《まつげ》の先をふるわせることすらできない。

これは夢なのだろうか。

そう……懐かしい夢だ。

河に転落したアレクシアを追って濡れ鼠になり、ガイウスだけが高熱をだして寝ついたあのときの、忘れられない夢。

小生意気で、さみしげで、いとも愛らしい王女殿下が、始終てくてくと枕許までやってきては、熱がさがったかどうかそわそわと頬に手をあてては去ってゆくたびに、寝ているふりをしたまま口許がゆるみそうになるのを、なんとかこらえたものだ。

火照《ほて》った頬を、ひんやりと癒《い》やす手は、だが幼い少女のものではない。

片頬をつつみこむ、ふるえる指先は、なぜかずっと哀《かな》しげだ。

ふいにその手が離れ、彼女の息遣いが遠ざかる。

いったいどこに行くつもりだ？　ひとりで出歩いては危険だ。あなたの命を狙う者が、どこに潜んでいるか知れたものではないのだから。

つい昨日の夜だって……。

「——っ！」

すべての記憶が濁流《だくりゅう》のようによみがえり、ガイウスは覚醒した。

かすむ目をせわしなくまたたかせる。すると隣に横たわっているはずのアレクシアの姿は、跡形もなく消えていた。

「……姫さま？」

弾《はじ》かれるように半身を持ちあげたとたん、激しい痛みが襲いかかる。

ガイウスはうめき声をあげて悶絶《もんぜつ》した。

痛みに慣れるのを待ち、やっとのことで視線をめぐらせると、やはりアレクシアの姿はどこにもない。

海に投げだされたアレクシアをなんとか救いだしたとき、彼女の呼吸はすでにとまっていた。必死で息を吹きかえらせたものの、意識は戻らず、力をなくした華奢《きゃしゃ》な肢体からは刻々と精気が失われていくようだった。

いつしか艦隊の影も霧の奥に遠ざかり、アレクシアをだきかかえたまま海流に押されているのはわかったが、どうしようもなかった。

すでにガイウスにも、体力と気力の限界が迫りつつあったのだ。

四肢は崩れる泥人形のようで、しだいに意識もとぎれがちになる。

それでもかろうじてアレクシアの身体を手離さずにいられたのは、背を斬りつけられた痛みがあればこそだったのかもしれない。

あのとき——助けを求めてこちらにのばされたアレクシアの手が、なすすべもなく遠ざかっていくのをまのあたりにしたとたん、身動きができなくなった。

本来ならば、間髪を容れずあとを追うべきだった。だが彼女を失うという恐怖に心の臓が凍りつき、胸に穿《うが》たれたその空虚《くうきょ》が決定的な隙を生む結果となった。

護衛にあるまじき失態だ。

常に冷静さをうしなわず、私情をまじえず、主《あるじ》のために最善の行動をとること。

それができない自分には、もう長いこと、アレクシアの護衛官たる資格などなかったのだが……。

満身創痍《まんしんそうい》で海岸にたどりつき、ひとけのない砂浜の漁師小屋でなんとか身を休めることができたのは、陽が暮れかかるころだった。

ともかく暖をとらせなければと苦心して衣裳を脱がせ、目についた帆布にくるんだが、あいにくと手近に火を熾《おこ》せるようなものはない。

だから心を決め、冷えきったアレクシアの身体をだきしめた。

相手が誰なのか知ってか知らずか、無心にすがりついてくるやわらかな肢体にくらくらしながら耐えていると、やがてアレクシアの呼吸も安定し、ほっと気がゆるんだとたんに意識が霞《かす》んで、ひきずりこまれるように気絶したらしい。

「すでに夜は明けたのか……」

そしてガイウスは気がついた。

乾かしておいたアレクシアの衣裳が、ほとんどなくなっている。

残されているのは、身につけるのに難儀しそうな長靴下と、幅広の袖を折りかえす優雅なガウンのみだ。

まるでとりあえずの身支度のみをととのえ、急いで立ち去ったかのような……。

まさか情に篤《あつ》いアレクシアは、手負いの護衛官を救おうと、助け手を求めに走ったのではなかろうか。

だとしたらたとえ王女の身分を明かさなくとも、若い娘がひとりで海岸をうろつくなど危険すぎる。おまけにあの無防備で、清廉《せいれん》な美貌《びぼう》をまのあたりにしたら、たちまち悪心をかきたてられる者がいないともかぎらない。

いや……かならずやいるはずだ。

ガイウスはいてもたってもいられなくなった。

「早くおとめしなくては」

砂浜の足跡を頼りに、あとを追えるかもしれない。

ガイウスは這うように、生乾きの服に手をのばす。

そのとき背を向けていた扉がきしみ、小屋に光が射しこんだ。

「姫さま？」

はっとしてふりむくと、逆光に浮かびあがったのは、槍《やり》をかまえた人影だった。

ガイウスはとっさに、かたわらの短剣をつかんだ。

床を蹴るとともに、鞘《さや》を抜き払う。

そして飛びかかる勢いのまま、仰向けに倒れこんだ相手を、砂浜に押さえつけた。急に動いたせいで頭がぐらつき、目の焦点《しょうてん》も定まらず、相手の顔もよくわからない。それでもよろめく身体ごとのしかかって動きを封じ、

「何者だ」

喉に短剣をあてて問う。

アレクシアを狙う刺客が、ひそかに追ってきたのか。

「誰の手の者だ。彼女はどこにいる。答えろ！」

なおもかさねて問いただしたとき、

「ちょ……ちょっと待ってったら」

うわずった声に我にかえる。

「おまえ……」

それは女だった。しかもまだ若い、アレクシアと変わらない年ごろの娘だ。

潮風に褪《あ》せたような、亜麻《あま》色の髪をきりりと括《くく》ったその娘は、ひきしまった四肢をばたつかせてもがいている。

彼女の右手からこぼれおちているのは、槍ではなく……銛か？

「とにかくおちついて。ね？」

刺客ではないのか。

錆《さ》びついた頭で、なんとか問いを絞りだす。

「……ここでなにをしている」

「なにをといわれても、あたしはただ、砂浜の足跡をたどってきただけよ」

足跡。

「姫さまのか！」

「姫さま？」

勝ち気そうな娘は、いぶかしげに眉をひそめる。

「よくわからないけど、男の足跡じゃなさそうだった。あんたの連れなの？」

「……そのはずだ」

ガイウスはぎこちなくうなずいた。

「その足跡はどこに向かっていた？　あきらかに高貴で優雅なたたずまいの、えもいわれぬ美しさをたたえた娘と行き会わなかったか？」

「……そんな娘はどこにもいなかったけど」

娘はどことなく鼻白んだようだった。

「足跡が向かった入り江から、沖に船がでていくのは見かけたわよ」

「船？　軍艦か？」

アレクシアを捜索しにきた艦に、拾われたのだろうか。

「さあ。漁船じゃなさそうだったから、商船かなにかじゃないの？　浜には小舟が乗りつけたみたいな跡と、街道のほうから海岸に降りたらしい足跡がいくつもかさなりあってたけど、ひとつだけ裸足の足跡がこっちから続いてたのよ。だから気になって追いかけてみたの。だって近ごろは、誰もこのあたりをうろついたりしないんだもの」

娘は強気なまなざしを投げかえした。

「去年の流行《はや》り病のおかげで、そろってあの世行きになった一家も多いし、陽が暮れてから出歩くと、人攫いに狙われるなんて噂《うわさ》も広まってることだし」

「人……攫い？」

「そうしたら驚かされたのはこっちのほうよ。足跡はよりにもよってうちのおじいちゃんの小屋から海に向かってるし、扉を開けたとたんに裸の男が飛びだしてくるし」

呆然《ぼうぜん》とするガイウスを、娘はぞんざいに押しのけた。

「ねえ。いまから海で泳ぐ気がないんなら、なにか着たらどうなの？」

腰をあげ、ぱたぱたと砂を払いながら、気まずげに目をそらす。そして小屋をのぞきこもうと、ガイウスのかたわらに身を乗りだしたとたん、

「ちょっとやだ！」

娘は悲鳴をあげて飛びのいた。

「その怪我、いったいどうしたのよ！」

甲高《かんだか》い声が砲撃のように響き、ガイウスは砂に手をついた。

アレクシアはどこにいるのか。

なぜ自分を残して消えたのか。

沖に去ったという船の正体は。

「ねえ……ものすごく血がでてるんだけど、大丈夫なの？」

大丈夫ではないし、わけがわからないし、なにも考えたくない。

ガイウスの目のまえに、暗幕が垂れこめた。

「……吐きそうだ」

「え？」

ついに限界がおとずれて、ガイウスは昏倒した。


娘の名はティナといった。

「傷を縫いあわせたばかりなんだから、あんまり動かさないようにしてね。あなたはまだ若いし、このまま膿《う》まなければ、そのうちきれいにふさがるはずだって。まあ、あれだけの傷だから、痕《あと》は残るだろうけど」

目を覚ましたガイウスは、見知らぬ寝台にうつ伏せに横たえられていた。

ここは海岸沿いにあるティナの家だという。

いきなり失神したガイウスに度肝を抜かれたティナは、腰を痛めて漁を休んでいた祖父に急を知らせた。それからふたりがかりでなんとかガイウスを運びこみ、できるかぎりの手当てをしてくれたらしい。

その祖父とも、さきほどすでに顔をあわせた。年老いてはいたが、いかにも歴戦の猛者《もさ》といった風情の屈強な漁夫だった。それでもガイウスを担いだために、治りかけの腰痛がぶりかえしたようで、ひどくいたたまれなかった。

「きみたちには心から感謝している。おかげで命を拾った」

「気にしないで。あたしは汚れた服を洗っただけだし、おじいちゃんは網をつくろう名人だから、針仕事なんてお手のものだもの」

「網……」

裂けた背を縫いあわせるのに、いったいどのような針を使ったのか。すべてが気絶しているうちにすんでいたのは、幸いだったかもしれない。

この寝台は、近くの港町で仕事をしているティナの兄のものだそうだ。いまガイウスが身につけているのも、その兄の着古したシャツやホーズらしい。

知らぬまに陽は沈み、昇ってふたたび暮れかけている。

痛みはあいかわらずで、発熱によるだるさもひどいものだったが、横になっていたところで楽になるわけでもないので、ガイウスは上半身に布を巻きつけた姿のまま寝台に胡坐《あぐら》をかいた。

かたわらの椅子《いす》に腰かけたティナが、

「小屋に散らばってた服は、まとめて洗濯しておいたわ。女もののほうもね」

枕許の円卓を目線でさしてみせる。

そこにはふたりの衣裳一式が、たたんで並べてあった。

「だいぶ皺《しわ》になっちゃったけど、早いとこ塩気を洗い流しておかないと、どっちみちだめになるだろうから」

「すまない。手数をかけさせたな」

「たいしたことないわ」

そっけない声音に、わずかなこそばゆさがにじむ。

ふるまいは粗野ながらも、そんなところは純な少女らしい。

飾り気はないが、素朴なすこやかさには、宮廷の美女にはない魅力がある。

ガイウスは心なごまされながら、なめらかな純白の長靴下に手をのばした。

「あ。それって絹糸で編んであるのよね？　絹製の長靴下なんて、見たことも聞いたこともなかったわ。あなたの連れって、よっぽどの身分の娘なのね」

「……ああ、そうだな」

ガーランドでもっとも高貴な生まれの娘。

そしてほどなく、ローレンシアの王太子妃となるはずの娘。

一介の国内貴族である自分には、手の届きようもない相手だ。

「悪いんだけど」

気がつけば、ティナが胡乱《うろん》げなまなざしをこちらに向けている。

「女の子の靴下を握りしめたまま、陰気なため息つかないでくれない？」

ガイウスはぼんやりと目をまたたかせた。

「欲しいのなら、礼に進呈しようか」

「いらないわよ。……欲しいけど」

「ならば遠慮せずに――」

「いいってば！」

ティナは鼻を鳴らす。

「首にでも巻いとけば？」

ガイウスはしばし沈黙した。

「…………いや。さすがにそれは」

「まじめに考えないでよ。冗談だったら！」

なぜか顔を赤くして、ティナはいきりたつ。

そしてふと声をおとした。

「ねえ。あなたって、その連れの女の子と、駆《か》け落ちでもたくらんだわけ？」

ガイウスはぎくりと顔をこわばらせた。

「……なぜそうなる」

「だってあなたたちふたりとも、ずぶ濡れであの海岸までたどりついたのよね？　しかもその怪我、剣で斬りつけられたものじゃない。つまり手に手を取って逃げだしたあなたたちを、その娘の身内が捜しにきたわけよ。追いつめられて、ふたりして岸壁から身を投げたけど、浜で目を覚ましたその娘は、自分のしでかしたことを後悔した。それであなたを捨てて、迎えの船に乗っていった。ほら、辻褄《つじつま》はあうわ」

　ところどころ想像が飛躍しておかしなことになっているが、濡れそぼったふたりの衣裳と、ガイウスの尋常ならざる怪我から、敵に襲われて漂流したことまで見抜くとは、なかなかたいしたものだ。

「もっともただの人攫いから、その娘が逃げだしただけかもしれないけど」

「ただの人攫いか」

　ガイウスはうつむき、苦い笑みを目許にただよわせた。

「そんな勇気がわたしにあればな」

「え？」

「こちらの話だ」

「ふうん」

　ティナは怪訝《けげん》そうにガイウスをうかがう。

だがそれ以上は踏みこまずに席をたち、

「とにかく——こういうときは、しっかり食べて寝て、力をつけなくちゃね。スープの用意があるんだけど、食べられそう？」

これ以上の迷惑はかけられないと固辞したいところだったが、体力を回復しないことにはまともに歩くこともできそうにない。

「いただけるか？」

「ちょっと待ってて」

部屋を去ったティナは、ほどなく盆を手に戻ってきた。

木製の盆にはスープの器《うつわ》と、薄切りのライ麦パンが載っている。

「牡蠣《かき》のスープよ。栄養たっぷりなんだから、残さずたいらげるように」

「かたじけない」

経験豊富な乳母《うば》のごとく命じてのける口調がおかしくて、ガイウスは笑いをこらえながら匙《さじ》を持ちあげた。

透きとおった、琥珀《こはく》色のスープをひとくち含む。

とたんに生姜《しょうが》と、甘くさわやかなローリエの香りがたちのぼった。

つるりとやわらかな牡蠣に歯をあてれば、ぷつりと弾けた身からたちまち顎《あご》の付け根がしびれるような旨味《うまみ》が広がり、あふれる唾液《だえき》とからみあう。

「生きかえるようだ」

ガイウスはたまらず吐息を洩らした。これに加えて白葡萄酒《しろぶどう》と、胡椒《こしょう》の風味でも効いていれば、宮廷料理に勝るとも劣らない味になるはずだ。

「おいしい？」

「ああ。きみがこしらえたのか？」

「牡蠣を採ったのはおじいちゃんだけどね」

「料理が上手《うま》いのだな。これなら王族の食卓に供されてもおかしくない出来だ」

「か……からかわないで」

「からかってなどいないが」

ティナはどぎまぎと頬を赤くする。

「空《す》き腹だからそんなふうに感じるだけよ」

それを鑑《かんが》みても充分に美味だった。

残ったスープに浸したパンも、またたくまにたいらげる。

だが腹がくち、ようやくまともに頭がまわり始めたことで、ガイウスの胸にはさまざまな不安がたちこめてきた。

なにより気にかかるのは、もちろんアレクシアの安否《あんぴ》である。

そしてあの晩の襲撃の目的だ。

賊が旗艦に火を放たなかったのは、財宝がめあてだったからかもしれない。

だが乗りこんできた襲撃者たちが、人質として利用できるはずのアレクシアの命を奪うことを、ためらうそぶりはなかった。

そしてけたたましい警鐘《けいしょう》が夜の海にこだまするさなか、霧の向こうで轟音《ごうおん》があがり、艦が煌々《こうこう》とした焔につつまれるさまを、ガイウスはたしかに目にしたのだった。

あの襲撃の全貌は、いまもって謎につつまれている。

敵を撃退できたにしろ、肝心のアレクシアが生死不明なのだから、ローレンシア行きの随行団《ずいこう》は、そろってガーランドに帰還するしかないだろう。

しかもその事実を、決して公《おおやけ》にはできないままに……。

だが受けた損害そのものを、隠しきることはできないはずだ。

ガイウスはたずねた。

「ここ数日のあいだに、ガーランド海軍の艦隊が海賊《かいぞく》の被害を受けたというような噂はなかったか？」

「なによそれ？」

ティナはぽかんとした。

「損傷した軍艦が、近くの港に寄ったという噂でもいい」

「さあ……そんなことわからないわ。港の情報なんて、こんな辺鄙《へんぴ》な村まですぐには流れではともかく近隣の港町にでないことには、埒《らち》が明かないかもしれない。

「このあたりは住人が減って、どんどんさびれてるのよ」

ティナの声には、いつしか憂《うれ》いがにじんでいる。

「それは流行り病の影響で？」

ティナはこくりとうなずいた。

「土地を捨てて逃げだした一家もいるけど、おじいちゃんは漁師以外にできることもないからって。だからあたしもここで暮らしてるの」

「きみのご両親は」

「死んだわ。ふたり続けてあっけなくね。それで兄さんは町に働きにでることにしたの。兄さんはもともと漁師向きじゃないし、町のほうがお金を稼げるから」

「それは……さぞ心細いことだろうな」

「平気よ。友だちもいるし、人攫いだって、おじいちゃんの銛で追い払ってやるわ」

ティナはけなげにも、銛をつかんだつもりの手をふりまわしてみせる。

「その人攫いについてだが」

ガイウスは身を乗りだした。

「もっと詳しく教えてはくれないか?」

村まで流れてきた噂によれば、ひとりで市にでかけたあと、姿を消した娘たちがいるのだという。

「それがきれいな娘ばかりだったから、騙されたり襲われたりして娼館にでも売られたんじゃないかっていうの」

町で見慣れぬ男と話している姿を、目撃された娘もいたそうだ。

ティナは眉をひそめ、声をおとした。

「ねえ。あなたの連れの女の子は、そいつらに連れ去られたのかもしれないの?」

「考えたくはないが、否定しきれない。港でもない入り江に、漁が目的でもなさそうな船がなぜわざわざ近づいていたのか……」

まるでひとめを避けたい荷を、隠れて積みこもうとしているようではないか。

「もしもそうなら、あたしがもっと早くに海岸に降りてたら、その娘は攫われずにすんだかもしれないのね」

「たとえそうだとしても、きみが責任を感じることはない」

「でも」

「きみはこれ以上ないほどの力を尽くしてくれた」

ガイウスはあらためて感謝を伝えると、

「明日の朝には発《た》つことにするよ」

「だめよ！　無理に決まってる」

「それでも行かなければ」

ティナはガイウスをみつめた。

「その娘を追うつもりなの？」

ガイウスはまぶたを閉ざした。

「それがわたしの役まわりだからな」

アレクシアが逃げれば、ガイウスが追う。

どこに行方をくらませようと、かならずみつけだす。

それがガイウスに与えられた、誰にも譲れない特権なのだから。

第3章

1

なにやら外が騒がしい。

狭苦しい船室で、ディアナは首をかしげつつ、耳をそばだてた。

すでに夜も更《ふ》け、そろそろ床につこうかという矢先のことである。

「喧嘩《けんか》でもしてるのかしら？」

王都ランドールを発《た》って、はや三日。

順調な航海にいくらか気のゆるんだ水兵たちが、酔ってはめをはずしたあげくに、殴りあいでも始めたのかもしれない。

だがただの乱闘にしては、どうにも様子がおかしかった。

低い天井板越しに届くのは、切迫した怒鳴り声と、入り乱れる大勢の足音。

不穏なざわめきに、ディアナは眉をひそめた。

読みさしの本を円卓に伏せ、椅子《いす》から腰をあげる。

ローレンシアに到着するまで、あてがわれた部屋にこもっているようきつく言い含められていたが、通路をのぞいてみるくらいなら許されるだろう。

さっそく扉に向かおうとした、そのときのことだった。

鈍い轟音《ごうおん》が、ふいに艦《ふね》をふるわせた。

「！」

ディアナはとっさに、窓のない壁をふりかえる。

地鳴りのような不吉な響きは、夜の海からだった。

続いてぐらりと視界がかたむき、

「な、なに？　なんなの？」

ディアナはたまらず悲鳴をあげて、床に這《は》いつくばった。

ほどなく通路の先から、あわただしい足音が近づいてくる。

おもわず身がまえたディアナは、

「ディアナ。そこにいるね？」

知った声に呼びかけられて、つめていた息を吐きだした。

グレンスター公の嫡男《ちゃくなん》――アシュレイだ。

現在のディアナは理由《わけ》あって、グレンスター公に雇われている身なのである。

アシュレイはその公から、ディアナの世話役を仰《おお》せつかっていた。

「ええ。どうぞ」

そう応じるなり、アシュレイは部屋に踏みこんでくる。

父親譲りなのだろう、癖のない金髪に澄《す》んだ天《あま》色の瞳をした、端整なおもだちのアシュレイは、二十歳《はたち》を迎えたばかりだという。

少年の繊細さと、青年のたくましさがせめぎあうようなおもざしは、ふしぎにディアナの心をとらえるものがある。

甘やかされた貴族の若者にありがちな傲慢《ごうまん》さとも無縁で、普段はおだやかな物腰の青年なのだが、いつになく余裕の欠けたふるまいだった。

床にへたりこんだままのディアナに目をとめ、

「大丈夫かい？　どこか怪我《けが》をしたの？」

急いでかけつけると、気遣わしげに様子をうかがった。

「なんともありません。ちょっとびっくりしただけですから」

さしだされた手を借りながら、ディアナはたずねる。

「それより、いったいなにがあったんですか？」

アシュレイはくちびるを結び、ディアナのそばに片膝《かたひざ》をついた。

「どうかおちついて聴いてほしい」

そう言いおいて、ディアナの顔をのぞきこむ。

ディアナはごくりと唾《つば》を呑《の》みこんだ。

「我々の艦隊はいま、何者かによる襲撃を受けている」

「襲撃？」

「おそらくは財宝めあての海賊《かいぞく》だろう。まっさきに襲われた旗艦《きかん》は、すでに炎上して沈みかけている」

「そんな、まさか」

啞然《あぜん》とつぶやいたきり、言葉がでてこない。

ディアナがいまひそかに潜りこんでいるのは、嫁ぎ先のローレンシアに向かうガーランド王女の随行《ずいこう》団だ。

なかでもひときわ威風堂々《いふうどうどう》とした、難攻不落の城塞のような旗艦が、そうやすやすと沈められてしまうなんて、にわかには信じられなかった。

「旗艦には、王女殿下の持参品が積まれていない。だからそうと気づいた賊に用無しとみなされて、火をかけられたのかもしれない。相手の標的はすでに父の艦に移り、白兵戦が始まっている状況だ」

王女の持参品の数々は、複数の艦に分散して積みこまれている。その主たる艦に、このたびの随行団を率いるグレンスター公が、乗りこんでいるはずだった。

「ぼくたちの艦も、そのうちの一隻《せき》だと知れたら、すぐに狙われるだろう」

「戦うの？」

動揺のあまり、心がけていたはずの敬語も、あっさり吹き飛んでいた。

厳しいまなざしで、アシュレイは首を横にふる。

「こんな夜更けでは、相手の戦力もろくにつかめないからね。応戦はせずに、すみやかに離脱する。すでに艦長が指令を飛ばしているはずだ」

「でも、それならあなたのお父さまは？」

おもわず訊《き》きかえすと、アシュレイは顔をうつむけた。

「父の艦の救援は、他の護衛艦に任せるしかない。このような事態に陥《おちい》ったら、なにより も積み荷を守りきることを優先しろというのが、ほかならぬ父の指示だからね」

ディアナは軽はずみな問いを後悔した。

これではまるで、肉親を敵のただなかに残して逃げることを、責めているようである。

アシュレイには、父親の職務を補佐するという責任がある。だからこそ、身内の情に流されるわけにはいかないのだ。

「……ごめんなさい。あたしったら勝手なことを」

ディアナはいたたまれなくなり、おずおずと詫《わ》びた。

そんな彼女を、アシュレイは驚いたようにみつめる。

そしておもむろに目を伏せると、

「いや。むしろ嬉《うれ》しいよ。きみにとってはただの雇い主にすぎない父の身の安全を、そんなふうに案じてくれるなんて」

ディアナはめんくらった。

「だって……あたりまえのことですから」

知りあってまもないとはいえ、面識のある相手の身が危険にさらされているなら、気にならないはずがない。

「あ！　もちろん報酬の心配をしてるわけじゃありませんから、誤解しないでくださいね？」

「わかっているよ」

アシュレイはほのかに笑うと、ディアナの腕を支えて、壁に備えつけの寝台に腰かけさせた。

「しばらくはかなり揺れるだろうから、しっかり支柱につかまって、投げだされないように気をつけて。いいね？」

ディアナがうなずくまもなく、アシュレイは踵《きびす》をかえした。

「おちついたら知らせにくるよ」

そう告げたアシュレイが、扉の向こうに消えかけたときだった。

「ちょっと待って！」

ディアナは我にかえり、アシュレイを呼びとめた。

もっとも肝心なことに、ようやく思い至ったのである。

「襲われた旗艦には、王女さまも乗っていらしたはずですよね？」

そう問いかけたとたん、アシュレイの背がこわばった。

ぎこちなくふりむいた片頰《かたほお》が、苦悶《くもん》にゆがむ。

「おそらくは、もう――」

声なく語るその瞳から、ディアナは悟らずにいられなかった。

アレクシアの命の望みは、もはやないに等しいのだと。

ディアナに与えられた、極秘のおつとめ。

それは王女アレクシアの身代わり役だった。

慣れない海の長旅では、うら若い王女がいつ体調を崩すともかぎらない。

それでもローレンシアに到着すれば、ガーランドの国威を体現する存在として、民衆や宮廷貴族に華やかな姿を印象づけなくてはならない。

蒼白《あおじろ》くやつれはて、ひとりでは歩くこともままならないような醜態《しゅうたい》をさらしたり、病のために婚礼の儀を先延ばしにするなど、もってのほか。

あげくに病弱な王女を送りこんできたと、悪意ある噂《うわさ》をたてられたりしては、このたびの婚姻《こんいん》をめぐる諸国の思惑に、みずから火種を投げこむようなものである。

そこで随行団の責任者であるグレンスター公は、一計を案じることにした。

もしもの事態に備えて、王女と背格好の似た娘をひとり、代役としてひそかに同行させようというのだ。

姿かたちが似かよっているだけではたりない。いざというときに、いかにも王女らしくふるまえるだけの演技力と、度胸のある者がふさわしい。

そこで内密に候補を選《よ》りすぐらせたところ、ディアナが目にとまったという。

エルドレッド王のひとり娘アレクシアが、もうすぐローレンシアの王太子に嫁ぐらしいことは、一庶民のディアナも知っていた。

一座の舞台で、貴族や王族を演じることもある役者の端くれとしては、生まれながらの王女さまというものに、興味がないでもない。

後学のために、一度くらいその姿を拝んでみたいものだが、大臣のおかかえ一座というわけでもなく、あくまでガーランド南部の地方都市アーデンを本拠地としているにすぎない《白鳥座《はくちょうざ》》では、御前公演など夢のまた夢。

だから座長の部屋に呼びだされ、アレクシア王女の叔父《おじ》にあたるという壮年貴族と対面させられたときも、いたずら好きの仲間たちがこぞって担《かつ》ごうとしているのではと、勘繰《かんぐ》らずにはいられなかったくらいである。

だがその貴族――グレンスター公はディアナと相対するなり、いかめしい顔つきを一変させると、

「おお……そなたが……。まさに我々の救いの女神だ」

うわごとのようにつぶやくなり絶句して、瞳をうるませすらしたのだ。

感極まったその声やしぐさに、ふしぎとわざとらしさはなかった。

役者として精進を続けてきたディアナの感覚こそが、そう告げてくるからには、疑いを解かないわけにはいかない。

なおさらとまどう彼女に、グレンスター公は熱をこめて語った。

「なにがあろうと、失敗は許されないのだ。もしもこたびの婚礼に不首尾があれば、随行団の長としてわたしは失脚を免《まぬが》れないだろうし、かわいい姪《めい》の将来に翳《かげ》を落とすことにもなる。だから我々グレンスター家の――ひいてはガーランドの行く末のために、そなたの才を活《い》かすことを承知してはもらえまいか？」

あらかじめ代役が用意されていると知れば、誇り高い王女はおそらく気分を害するだろう。だからいざという状況がおとずれないかぎりは、身を隠してもらわねばならないが、

決して粗末な扱いはしないと約束する。

「そなたのおもだちは、驚くほど王女殿下に似ている。とりわけその艶《つや》やかな金髪などはまさに彼女そのものだから、所作《しょさ》さえ身につけ、顔に薄絹でも垂らせば、近しい者ですら見紛《みまご》うことだろう」

行きの船旅では、王女にふさわしい挙措《きょそ》をひととおり伝授するので、まずはその習得に専念してほしいという。

「役者であれば演技の勘所を会得するのは早いだろうし、正式な宮廷作法を学ぶことも決して損にはならないはずだ。もちろん報酬は先払いするし、代役を立派に務めあげてくれればさらに上乗せもしよう」

グレンスター公の主張は、意外なりに納得できるものだった。

看板役者のひとりに名を連ねているとはいえ、地方都市のおんぼろ一座に属しているにすぎないディアナにあえて声がかかったのも、いかにも洗練された宮廷貴族がはるばる王都から出向いてきたのも、そうした事情なら腑《ふ》に落ちた。

候補者としてあげられたディアナを、グレンスター公みずからが吟味《ぎんみ》し、決断をくだす必要があったのだろう。

仲介役として同席していた貴族は《白鳥座》の出資者のひとりであり、長年の顔なじみが保証するからには、グレンスター公の事情にも疑うところはなさそうである。

それでもまだディアナは、言葉巧《たく》みに騙《だま》されているのではというかすかな不安を、拭《ぬぐ》いきれずにいた。

たとえばローレンシアに渡航するついでに、あちらではめずらしいという金髪の娘を売り飛ばそうともくろんでいるのではないか……。

だがそれにしては説得の理由があまりに壮大すぎるし、看板役者をしばらく借り受ける埋めあわせとして、一座には破格の謝礼が提示されていた。

容姿にはそれなりに自信のあるディアナとはいえ、小娘ひとりにつける値としてはどう考えても割にあわない買いものだった。

座長もすっかり乗り気になり、ここで有力貴族に恩を売っておかない手はないと、ディアナに耳打ちしてくる。

たしかにディアナの働きによって《白鳥座》の覚えがめでたくなれば、今後なにかと便《べん》宜《ぎ》を図ってもらえるかもしれない。

ついそんな下心が芽生えてしまうほど、グレンスター公の訴えはいたく切実で、心揺さぶられるものがあった。

奇をてらった詐欺《さぎ》でないとしたら、これは非常に魅力的な誘いだ。

ディアナのような庶民にとって、異国に渡って見聞を広める機会など、なかなかあるものではない。

それも王女の代役としておもむくというのが、ディアナの役者魂《だましい》をくすぐった。

そんなこんなで、ディアナは腹を決めたのだったが——。

「王女さまが死んでしまったんじゃあ、身代わりもなにもないわよね……」

ようやく揺れの収まってきた船室で、ディアナはひとりつぶやいた。

アレクシアが落命したのなら、代役としての自分はもはや用済みだ。

ローレンシア王太子との婚姻も白紙となり、海賊から逃げおおせた艦はこのままガーランドにひきかえすしかないだろう。

正式な宮廷作法については、まだアシュレイから教わり始めたばかりだし、ローレンシアに着いたら暇をみて、流行《はや》りの芝居のかかっている劇場に連れていってもらおうという計画もおじゃんだ。

代役の出番がないに越したことはないと承知しつつも、役者として一世一代の大舞台がおとずれることを、心ひそかに期待してもいた。

そうして役者としてひとまわりもふたまわりも成長した姿を、あいつに見せつけてやるつもりでいたのに……。

「結局、なにもしないまま帰ることになるのかしら」

ディアナがため息をついたときだった。

「落胆するのは早いだろう」

押し殺したひとことともに、ひとりの男が姿をみせた。

「グレンスター公！」

ディアナは驚きのあまり寝台から飛びあがる。

「ご無事でいらしたんですね！」

「かろうじてな」

グレンスター公は苦くつぶやき、倒れこむように円卓の席につく。

やつれた顔はひどい色で、眉根には深い皺《しわ》が刻まれていた。額《ひたい》に乱れかかった髪すらも、気にかける余裕はないようだ。

続いて入室してきたアシュレイが、閉じた扉を背にしたまま、

「きみも席に」

深刻な面持《おもも》ちでうながした。

ディアナは気圧《けお》されるように口をつぐむ。

そして残るもうひとつの椅子に、そろそろと腰をおろした。

不安な心持ちで待ちかまえていると、やがてグレンスター公が重い口を開いた。

「わたしの艦は海賊どもに奪われた。同乗していたローレンシア特使の身柄を人質にとられ、投降せざるをえなかったのだ」

「投降を……」

「生き残りの者たちは、持参品ともども艦を明け渡すことを条件に、かろうじて小舟で去ることを許された」

海賊は最新鋭の艦ごと財宝を得たことで満足したのか、他の艦には手をださずに夜の海へと消えていった。数隻の護衛艦が急いで追跡をかけたというが、おそらく捕捉するのは難しいだろうという。

現在は散り散りになった艦隊を再編成するべく、もうすぐおとずれる夜明けを待っているところだそうだ。

ひとまずの危険は去ったようだが、グレンスター親子の表情は沈鬱《ちんうつ》だ。

ディアナはいたたまれず、

「あの、でも海賊に襲われたことは、グレンスター公の落ち度にはなりませんよね？　航海の安全はリヴァーズ提督の責任ですし、持参品をまるごと盗《と》られずにすんだのも、あらかじめグレンスター公の指示があったからこそですし。王女さまが亡くなったのはお気の毒ですけど、国王陛下だってきっとそのあたりの事情は汲《く》んで──」

「王女殿下は亡くなられてはいない」

いらだたしげに、グレンスター公がさえぎった。

びくりとしたディアナに、アシュレイがひそめた声で説明した。

「じつは旗艦が火に呑まれるまえに、甲板《かんぱん》からアレクシア王女らしき人影が海に投げだされる姿が、近くの艦から目撃されているんだ」

ディアナは身をひねり、アシュレイをみつめた。

「海に？」

「続いて長身の……おそらくは彼女の護衛官であろう男が、あとを追うように飛びこんだらしい。そちらについてはとっさに主《あるじ》を救おうとしたのだとも、襲いかかる賊に斬《き》り捨てられて転落したのだとも、定かではないようだけれど」

ではそのときのふたりは、迫りくる海賊たちの刃《やいば》から逃れきれずに、逃げ道のない舷縁《げんえん》にまで追いつめられていたのだ。

ディアナはたまらず、両腕で我が身をだきしめた。

「ふたりはまだみつかっていないんですか？」

「残念ながら」

「でもその護衛官が、王女さまを助けだしているかもしれないんですね」

「ああ」

ためらいを含みつつ、アシュレイはうなずく。

「ただ視界のほとんど利かない夜更けのことだったし、襲撃と時を同じくして海は荒れだしていたから、奇跡的に生存しているにしても……」

「遠くにまで流されてしまったのかしら」

「おそらくは」

沈痛な静けさが部屋をつつみこむ。

ディアナのまなうらに、ひとつの光景が遠い雷鳴のようにまたたいた。

夜の荒波に呑みこまれる、ひとりの娘。

その命を救おうと、おのれの危険もかえりみず、とっさにあとを追ったのかもしれない護衛官。

そんなふたりの一瞬の影が、まるでまのあたりにしたかのように鮮やかに脳裡《のうり》に浮かびあがり、ディアナの胸をざわつかせた。

王女アレクシアとは、言葉をかわしたことはもちろん、姿を目にしたことすらない。所詮《しょせん》は遠い存在という意識を拭えずにいた王女が、熱い血と魂をそなえたひとりの娘として、にわかに生々しく迫ってきたのだった。

アシュレイによれば、その護衛官はラングランドとの戦役においてめざましい功績をあげたことにより、王女付きに取りたてられた青年将校で、もう六年もアレクシアのそばに仕えているという。

幼い王女と、その若き護衛官は、いったいどのような絆《きずな》で結ばれていたのだろう。

主従の義務感や、使命感を超えたなにかが、そこにはあったのだろうか……。

いずれにしろ、二十歳にも満たない身でありながら、王族の護衛官に任じられたほどの青年だ。有能で、とっさの判断にも優れているはずの彼なら、みごとにアレクシアを救いだしているかもしれない。

きっとそうだ。そうに決まっている。

ディアナは確信を深めつつ、グレンスター公に向きなおった。

「そういうことなら陽《ひ》が昇りしだい、すぐに捜索を始めるんですね？」

「——いや。王女はすでに発見されている」

「え？」

「王女殿下は海賊の魔手から逃れるために、夜の海に身を投げられたが、ほどなくこの艦に救助され、幸いにも命をとりとめられたのだ」

ディアナはとまどい、目をまたたかせた。

「でもついさっき、王女さまは行方知れずのままだって」

「アレクシア王女なら、ここにもうひとりいる。そなたこそが、そのことを誰よりもよく心得ているはずだろう」

「もうひとり？」

告げられた意味が呑みこめず、ディアナはぼんやりとくりかえすしかない。

それでもなにか、とてつもなく不穏な予感が迫りくるのを感じてアシュレイをうかがうも、彼はうしろめたそうに視線を逸《そ》らすばかりだった。

ディアナはますます不安を募らせながら、父子《おやこ》に視線を行き来させた。

「あの……いったいどういうことですか？」

「まだわからんのか！」

グレンスター公は焦《じ》れたように、ディアナを睨《ね》めつけた。

「いまこそそなたが契約を果たすときがきたのだ。いまこのときから、そなたを正真正銘《しょうしんしょうめい》の王女として扱う。そうして他の艦にも王女が生きのびたことを知らしめたうえで、即刻ガーランドに帰還する」

ディアナは息をつまらせた。

知っているはずの単語が並んでいるのに、まるで異国の言葉でまくしたてられているような心地だった。

じわりと背すじに嫌な汗がにじむ。

わかるのにわからない。わかりたくない。

それでも必死で、ディアナは喉《のど》から声を絞りだした。

「でも、それじゃあ本物の王女さまは」

「もちろん捜索はひそかに続けさせる」

「だったらどうして、なんのためにそんな嘘《うそ》を」

行方不明のアレクシア王女が、いまもこの海域を漂流しているとしても、いつ力尽きて命を落とすかわからないというのに。いまなすべきことは、総力をあげて王女を捜索することではないのか。

「なんのためにだと？」

グレンスター公の瞳が、ひらめく刃のようにぎらついた。

「決まっている。わたしの——グレンスター家の未来がかかっているからだ！」

押し殺した怒声とともに、力任せに円卓に打ちつけられた公の拳《こぶし》が、小刻みにふるえている。

「海賊の襲撃を防げなかったことについては、リヴァーズ提督の責を問えるにしても、彼はすでに旗艦とともに沈んだ。陛下にとって、怒りをぶつける相手はわたししかいないのだ。そのうえ王女の生死がわからないなどということになれば、もはやわたしの命はないだろう」

「そんな、理不尽な」

「もとより陛下は、まともな理屈の通用するおかたではない。そうでなくとも、これほどの不始末の責任は、誰かが命で贖《あがな》わねば示しがつかないのだ」

「…………」

ディアナは唖然とする。

まるでわがままな子どものやつあたりだ。

それでも流れる血で怒りを鎮《しず》めなければならないのが、エルドレッド王の支配する宮廷というところなのだろうか。

暴君が存在するのは、いにしえを舞台にした芝居の世界だけではないのだ。

「からくも賊の襲撃を逃れ、王女を連れてすぐさま帰還したという事実こそが、我々にはなんとしても必要なのだ。つまりは時間稼ぎだ。アレクシアを保護しさえすれば、おまえは自由の身だ。それまではこちらの指示に従ってもらおう。よいな？」

そう念を押されて、ディアナは我にかえった。

「ちょっと待ってください！　まさか国王陛下を騙そうっていうんですか？」

「声をおとせ」

苦々しくたしなめられるが、ディアナはかまわなかった。

「どうかしてます。遠いローレンシアの地で、ほんのいっときだけ王女さまの身代わり役をするのとはわけがちがうんですよ？　王女さまの評判を守るためでもなく、ただの保身のためにそんな嘘をつくなんて、もしもばれたらそれこそ――」

「わたしは極刑に処されるだろう。共犯のおまえも同様だ。跡継ぎのアシュレイも、一門の他の者たちもまたな。だからどんな些細《ささい》な手落ちも許されない。我々の命運は、まさしくおまえの演技ひとつにかかっているわけだ」

「……冗談はよしてよ」

うろたえるあまり、なけなしの敬語もすでに吹き飛んでいる。齢《とし》のわりに肝《きも》が据《す》わっているると評されるディアナも、さすがに冷静ではいられなかった。

「たとえそれらしい芝居ができたところで、ごまかしきれるものじゃないわ。いくらおもかげがあるからといって、朝から晩まで顔に布をかぶるわけにもいかないし」

「そのあたりはこちらでうまくやる。この艦は王都まで北上せず、まずはガーランド南岸のラグレスに寄港するつもりだ」

「ラグレス？」

ラグレスといえば、ガーランド南岸有数の港町である。

同じく南部にある《白鳥座》の本拠地アーデンからは、馬で二日がかりといったところだろうか。

「ラグレスはグレンスター家の所領だ。衰弱《すいじゃく》した王女が叔父の居城に逗留《とうりゅう》し、医師の治療を受けて心身の傷を癒《い》やすのは、不自然ではあるまい？　宮廷から遣いの者がやってきたら、病み伏せておもやつれしたとでも説明すればよい」

「それにしたって――」

「おまえは王女の顔を知っているのか」

だしぬけに問われ、ディアナはたじろいだ。

「……そんなもの、知るわけないわ。あなたが近づけさせなかったんじゃない」

「宮廷に参内《さんだい》を許された者たちにしても、その多くは同様だ。普段は内廷で暮らしているアレクシアと接する機会はかぎられているし、もっとも近しいといえる——身のまわりの世話をする者たちは、こたびの随行団に名を連ねたがゆえに、旗艦に同乗してもれなく命を落とした」

憐《あわ》れみの欠片《かけら》もない口調に、ディアナは頰をこわばらせる。

「だ、だとしても……王女さまのお見舞いのために、王都から陛下がかけつけでもしたら終わりだわ」

「その心配はない。陛下は有効な手駒《てごま》として以上の、我が児《こ》としての王女にはさほどのご関心をいだいておられないからな。素顔の王女を知る者は、もはやこの世にほとんど存在しないのだ」

ディアナは言葉をなくした。

得体の知れないさむけが、全身をかけめぐる。

本当に恐ろしいのは、成り代わりをすぐさま見破られることなのか、それとも誰ひとりとして悟る者がいないことなのか、ディアナにはわからなかった。

ディアナはついに耐えきれず、飛びのくように席を離れた。

「とにかく無理よ。こんなのは無謀すぎる。あたしは降りるわ」

だがふりむいた視線の先では、アシュレイが扉をふさいでいた。

その姿がまるで牢獄《ろうごく》の看守のようで、ディアナはごくりと唾を呑みこむ。

アシュレイはすまなそうに、首を左右にふってみせた。

ディアナはあとずさる。どれだけけんめいな抗議を続けようとも、もはや父子にはなんの意味もなさないだろうことを、悟らずにはいられなかった。

グレンスター公が冷徹に告げる。

「おまえは役者としての腕を買われたのだ。わたしはおまえの雇い主で、契約はすでに交わされている。報酬もおまえの身許《みもと》保証人にすでに支払われている。よもやそのことを忘れてはいまいだろうな？」

「…………」

忘れていた。

これが貴族のやりかただということを。

乱暴に拳をふるい、力ずくで従えるのではない。まるで遊戯盤の駒をあやつるように、優雅な手つきで相手を追いつめ、おのずと屈服させるのだ。

これは脅迫で、命令だ。

もはやディアナに選択肢はなかった。

凍りつく彼女を見かねたように、アシュレイがきりだした。

「父上。しばらくのあいだ、彼女とふたりで話をさせていただけませんか？　いきなりこのような要求を押しつけては、動揺するのもやむをえないでしょう。善き市民として、陸下をたばかるようなまねをためらうのは当然のことではありませんか？」

しばしの沈黙を挟み、グレンスター公は深々と息をついた。

「……たしかに、いくらか話を急ぎすぎたかもしれん」

「父上もお疲れでしょう。いまのうちにわずかでもお休みください」

「そうだな」

公はうなずき、よろめくように腰をあげた。

「あとはおまえに任せよう。だが長くは待てんぞ」

「承知しています」

アシュレイは半身をひねり、暗い通路に父親を送りだす。

疲れたうしろ姿が扉の向こうに消えるさまを、ディアナは目で追った。

いまアシュレイの隙《すき》をつけば、船室の外にでることはできるかもしれない。

それでも決して、この艦から逃れることはできない。

あてがわれた役を降り、この馬鹿《ばか》げた舞台から去るには、荒波にうねる海へ飛びこむしかないのだった。

ディアナは吐き捨てるようにつぶやいた。

「……海なんて大嫌い」

「大丈夫かい？」

ふたりきりになると、アシュレイはディアナに向きなおった。

「気分が悪そうだ。おちつくまで、しばらく横になったほうが――」

気遣わしげに腕をさしのべながら、歩みよってくる。

その手が肩に届こうとしたとき、ディアナはたまらずあとずさっていた。

アシュレイがはっとして足をとめる。宙に浮いた片手を所在なく握りこみ、

「すまない。さぞ驚いたことだろうね」

アシュレイはため息のようにささやいた。

「父は昔から、目的のためとなるとなりふりかまわないところがあるから。でもわかってほしい。この決断は、決して父の保身のためだけではない。父が責任を負うグレンスター一族のすべての者たちを守るためでもあるんだ」

「そのためには、平民の小娘ひとりを脅しつけることくらい、わけないってことも？」

とっさに非難が口をついてでる。

アシュレイは苦しげに目を伏せた。

「……すまない」

それでもディアナは、いらだちをぶつけずにはいられなかった。

「結局、同じ階級の相手以外は、使い勝手のいい家畜《かちく》ほどにしかみなしていないのよ。鞭《むち》をちらつかせれば黙って命令に従う、おとなしい羊の群れかなにかにね。だからこんな身勝手な扱いが、平気でできるんだわ！」

ディアナが責めたてるのを、アシュレイは身動きもせずに受けとめていた。

彼女の荒い息づかいだけが、狭い船室をひたすらに埋めてゆく。

気づまりな沈黙に、やがてディアナが耐えがたくなったとき、

「たとえ――」

ふいにアシュレイがつぶやいた。

「たとえ同じ階級の、ぼくのような身内でさえも、父にとってはたんなる手駒にすぎないと感じることがあるよ」

諦念《ていねん》を含んだその声色《こわいろ》は、戯言《ざれごと》として流すには苦すぎた。

ディアナはおもわず顔をあげ、アシュレイをうかがった。

「まるで目が覚めるようだったよ。そんな父にきみが昂然《こうぜん》と刃向かったものだから」

「あたりまえよ。あたしは臆病《おくびょう》で愚《おろ》かな羊じゃないもの」

「そのあたりまえが、ぼくにはひどく勇気のいることなんだ」

アシュレイはディアナをみつめかえした。

「だからこそ、ぼくは強く感じたよ。きみの演じる王女を、この目で観《み》てみたいと。きみがその演技の才でもって、鼻持ちならない貴族たちすらみごとに騙してのけるさまを、誰よりも近くでまのあたりにしてみたいとね」

ディアナは顔をしかめた。

不覚にも、アシュレイの告白にぐらつきそうになる自分を感じたからだ。

「……あたしをおだてて、その気にさせるつもり？」

「本心だよ」

「どうかしらね」

ディアナはそっぽを向いた。

「あなたが世話役を任されたのも、あたしみたいな小娘を手なずけるにはうってつけだとたくらんでいたからじゃないの？ 見栄《みば》えのする青年貴族が甘い瞳で甘い言葉をかけてやれば、あっというまによろめいて、苦もなく従わせることができるだろうって」

アシュレイはおもしろがるように、小首をかしげる。

「つまりこのぼくにも、きみを惹《ひ》きつけるいくばくかの魅力はあると、認めてくれているのかな？」

ディアナはまなじりを吊《つ》りあげた。

「うぬぼれないで。あなたくらいの優男なんて、役者には掃《は》いて捨てるほどいるんだからめずらしくもなんともないわ。そもそもあたしは面食いでもないし、身分なんてはなからどうでもいい。それに――」

むきになってまくしたてたディアナは、そこでようやく我にかえった。

「それに？」

興味深そうにうながされて、ひっこみがつかなくなる。

「そ……それにお芝居には、男だって惚《ほ》れるような男が大勢でてくるんだもの。なまなかな男になんて、うっかりときめいたりしないわ」

もそもそとつぶやきつつ、ディアナは頬を赤らめた。

これではまるで、恋に恋する初心《うぶ》な少女のような言いぐさだ。

けれどそんなディアナを、アシュレイはあからさまに馬鹿にしたりはしなかった。

「なるほど。たしかにそれでは分が悪そうだ」

アシュレイは頬に微苦笑をまとわせながら、空いた椅子に腰かける。

「ぼくが芝居の舞台にあがるとしたら、あてがわれるのはとるにたらない端役にすぎないだろうからね」

吐息に乗せるように、アシュレイがこぼす。

その芝居とやらの演出を担《にな》うのは、さだめしグレンスター公なのだろう。

それでもディアナは、とっさに抗議せずにはいられなかった。

「どんな端役にだって、舞台にあがる以上は大切な意味があるものよ。端役ひとりのいい加減な演技がすべてをぶち壊しにすることだってあれば、練りに練ったひとことの台詞《せりふ》が観客に深い印象を残すことだってある。とるにたらない、つまらない役なんて、どんな芝居にもいやしないわ」

声高に言い放ったとたん、アシュレイが息を呑んだ。

まるで力任せに横面《よこつら》を張られたかのように、両の瞳がみはられてゆく。

「……そうか」

アシュレイは呆然《ぼうぜん》とつぶやき、驚きの余韻《よいん》をたたえた双眸《そうぼう》を伏せた。

「ぼくはひどい心得違いをしていたのかもしれないな。きみには本当に、驚かされることばかりだ」

ことさらそっけなく、ディアナは肩をすくめた。

「たいしたことじゃないわ。芝居についてはちょっとうるさいだけよ」

べつにあなたをなぐさめようとしたわけでもないのだし。

胸の内でそうつけたしたディアナだったが、真実そのつもりがなかったのかどうか、すでに本心の在《あ》り処《か》はあいまいになっていた。

ディアナはアシュレイの向かいに座った。

「……あたしをうまく説得して、あなたたちに協力させることができなければ、あなたはどうなるの？」

「さてね。役たたずの駒は首をへし折られて、焚《た》きつけのたしにでもされるかもしれないな」

アシュレイはそんなふうに冗談めかしてみせる。

だがふと笑みを消し去ると、

「そんな父でも、まるきり情というものに欠けているわけではないんだよ。とりわけ自身の姉——ぼくの伯母《おば》のことは深く愛していてね」

「ずいぶん昔に亡くなられた王妃さまのこと？」

グレンスター公の姉は、エルドレッド王のひとりめの正妃だ。

彼女が娘のアレクシアを遺《のこ》して世を去り、ほどなく娶《めと》ったふたりめの妃が王太子エリアスの生母にあたる。そのエリアスが当年とって九歳になるので、他界してからすでに十年は経《た》つはずだ。

「グレンスター家のメリルローズ。ガーランド宮廷の《黄金の薔薇《ばら》》さ」

「黄金の薔薇？」

「みごとな金髪をそなえた、華やかな美貌《びぼう》からそんなふうに評された伯母のことを、父はいまでも心から敬愛しているんだ」

アシュレイの伯母なら、さぞや美しい女性だったことだろう。

ディアナは円卓に頬杖をついた。

「それならアレクシア王女のことも、いつも気にかけていらしたの？」

「そうだね。伯母が亡くなってからはなおさら、そば近くで姪の成長を見守りたいと切望していたよ」

最愛の姉の忘れ形見――それも姉のおもかげを残した娘ときたら、愛《いと》おしさもまた格別だろうか。

そのアレクシアが生死不明といういまの状況では、公が平静でいられないのも当然かもしれない。

「もっともそうした望みを、父があえて宮廷で表明することはなかったのだけれど」

「どうして？」

「姪とはいってもアレクシアはれっきとした王族で、王位継承権も所持している。そんな彼女とグレンスター家が結びつきを深めては、宮廷にいらぬ波風をたてることになりかねないからね。どういう意味かわかるかい？」

まったく察しがつかず、ディアナは首を横にふる。

「王太子の外戚にあたるバクセンデイル家が、後見役《こうけんやく》としてエリアス殿下を支えているように、グレンスター家が積極的にアレクシアを庇護《ひご》することで、王位継承をめぐる対抗勢力とみなされかねないということさ」

「ええと、つまり……」

ディアナは額に手をあてて、けんめいに理解を追いつかせた。

「あなたたちがエリアス王太子をさしおいて、血のつながりのあるアレクシア王女を次の王……女王に推すつもりでいると、疑われるかもしれないっていうこと？　だけど女王が即位するなんてことが、そもそもありえるの？」

「ガーランドの法では、女王が国を治めることを禁じてまではいないからね。もちろん異を唱える者が大半だろうけれど、病がちなエリアス殿下の治世を不安視する勢力をうまく取りこめば、継承順位の入れ替えも不可能とはいえない」

「姉と弟が、玉座をめぐって争うことになるのね」

アシュレイはうなずいた。

「たとえ当人に野心がなくとも、その気になりさえすれば玉座に手の届く王族が、政敵に幽閉されたり処刑に追いこまれたりするのは、この国では決してめずらしくはない。現にエルドレッド王の実弟――ケンリック殿下も、謀反《むほん》の罪で十年まえに斬首《ざんしゅ》されているくらいだからね。アレクシアを守るためにも、グレンスター家の者がみずから不穏の種をまくようなふるまいは、慎重に避けてこなければならなかったんだ」

それならこれまでアレクシアは、いざというときに頼れる庇護者もいないままに、さまざまな欲望のうずまく宮廷で生きてきたのだろうか。

海に転落したアレクシアと、その若き護衛官のおぼろげな影が、ディアナの脳裡にふたたび浮かんでは、にじむように消え去った。

「だからぼくも、従妹《いとこ》のアレクシアと頻繁《ひんぱん》に顔をあわせてきたわけではないんだ。こんなふうにきみと気安く語りあっていると、彼女と急に親しくなったようで、なんだか奇妙な気分になるよ」

そのひとことでディアナはうろたえる。おもいがけない状況に動転するあまり、相手が貴族の御曹司《おんぞうし》だということも、すっかり忘れていたのだ。

「ご、ごめんなさい。あたしったら、さっきからひどい口の利きかたを……」

「かまわないよ。きみがこれからアレクシアを演じるなら、それくらい遠慮のない態度でいてくれたほうが、こちらとしてもやりやすいからね」

ディアナは黙りこんだ。

いくら対等にふるまうことを許されようと、いまの自分が檻《おり》に閉じこめられた獣も同然の身であることは変わらない。

仕込んだ曲芸を、おとなしく観客に披露するなら、おいしい餌《えさ》をくれてやる。だが牙《きば》を剝《む》き、あくまで抵抗を続けるつもりなら、そのときは……。

ディアナは目をあげ、アシュレイを見据えた。

「やるわ」

あえて言葉遣いはあらためなかった。

「あなたたちの望むとおりに、アレクシア王女を演じてみせる」

「ディアナ！」

アシュレイが嬉しそうな声をあげる。

「でもひとつだけ条件があるの」

腰を浮かせかけたアシュレイを、ディアナは片手で押しとどめた。

「もしものことがあっても、決して《白鳥座》のみんなにだけは迷惑がかからないようにしてほしいの。それだけは約束して」

「もちろんだとも」

アシュレイはためらいなく同意する。

そして真摯《しんし》な瞳で、ディアナの視線をとらえなおした。

「ぼくたちのほうこそ、こんなことにきみを巻きこんでしまった責任がある。なにがあろうと、この命に代えても、きみを守り抜くと誓うよ」

ディアナはおもわず息をとめる。

まるで芝居のような科白《せりふ》は、下手をすれば滑稽《こっけい》にもなりかねないものだった。にもかかわらずその声は、これまでにささやかれたどんな真摯な愛の台詞よりも胸の奥深くに響きわたり、幾重にもこだましてディアナを惑わせた。

「あなたもなかなかの役者のようね」

「ぼくはそう器用な人間ではないよ」

アシュレイはほのかな笑みをかえす。

ディアナはつれなく目をそむけ、なんとか心をおちつかせた。

不本意であろうとなかろうと、ひとたび舞台にあがれば、役者は覚悟を決めなければならない。

そのしぐさひとつ、言葉ひとつで観客に夢をみせること。

誘いこんだ夢を、夢と悟らせないこと。

それが役者の誇りなのだから。

2

天の星々にすら、見放されたような夜だった。

アレクシアが船倉からようやく解放されたとき、港は暗がりに沈んでいた。

空も海も墨を流したように溶けあい、すでに夜半をまわっているのか、かろうじて帆柱《マスト》の影のうかがえる帆船《はんせん》の群れも、静まりかえっている。

どろりとした水面《みなも》に点々とゆらめく灯火《とうか》が、息をひそめてこちらをうかがう妖魔の瞳のようで、ひどく不吉だった。

新鮮な風を肺にとりこみ、いくらか人心地ついたのもつかのま、アレクシアたちは桟橋《さんばし》を急《せ》きたてられ、埠頭《ふとう》に並ぶ倉庫の裏まで連れこまれた。そこに隠れるように待機していた幌《ほろ》馬車に、順に乗りこむよう命じられる。

娘たちの身柄をとどこおりなく移すために、あらかじめ手筈《てはず》が整えられていたらしい。その周到さからして、エイムズの一味がこの悪行に手を染めたのは、一度や二度のことではなさそうだ。

アレクシアはふらつく足で、なんとか荷台によじのぼる。

ガーランド沖を漂流してから二日が経っていた。エイムズに捕らわれたのちも、わずかな水を与えられたきりで、ともすれば意識が遠のきそうになる。

それでも気力をふりしぼり、アレクシアは幌の陰《かげ》から外の様子をうかがった。

隣に腰をおろしたシャノンが、不安げにつぶやく。

「ここ……いったいどこの港なのかしら……」

「そなたがあの者らにかどわかされたのは、ウィンドローの町の近くだったな」

「ええ。あの砂浜までそれほど離れていないはずよ」

シャノンが船倉でぽつりぽつりと語った経緯によれば、彼女はウィンドロー近郊の農村に家族と暮らしているという。そして市のたつ日に、籠《かご》をさげて町まででかけたところ、その帰途を狙った一味に拉致《らち》されたのだった。

「ウィンドローから西か東に、帆船でおおよそ一日の距離にある港か……」

アレクシアはひとりごちながら、脳裡にガーランド南岸の地図を思い浮かべた。

西をめざしたならシルヴァートン。

逆に進路をとったならラグレスあたりだろうか。

あるいはしばらく沖に停泊して、夜が深まるのを待った可能性もある。港に船をつけたエイムズたちは、あきらかにひとめを忍んでいた。

アレクシアはこれまで幾度か父王エルドレッドの巡幸に付き従い、ガーランド各地の主要な都市におもむいた経験がある。それぞれの町の特色となる、大聖堂や城などを望むことができれば見当のつけようもあるのだが、この暗さではそれも難しかった。

それでも幌の陰から、アレクシアは外の様子をうかがった。

エイムズが水夫らに指示をだしているが、内容までは聴きとれない。

そこに灯《あか》りをさげた男がひとり近づいてきて、親しげにエイムズと挨拶《あいさつ》をかわした。男の襟《えり》に縫いつけられた記章が、きらりと光を反射する。

「あの襟章はたしか……」

青地に銀の錨《いかり》がかたどられた襟章は、王都の河港《かこう》でも見かけたことがある。港に出入りする不審な船舶や人物を監視し、取り締まる権限を与えられている検閲《けんえつ》官のものだ。

エイムズは懐《ふところ》をあさり、相手になにかを手渡す。

ちゃり——とかすかな音がしたのを、アレクシアの耳はとらえた。

「そういうことか」

アレクシアはくちびるをかみしめる。

あの役人は賄賂《わいろ》を受け取って、エイムズの所業を黙認しているのだ。

ガーランド国王の名において、港を守る義務を負っている者が、みずから不正の片棒を担ぐとはなんという堕落《だらく》だ。

燃えるような怒りが、疲れきったアレクシアの身体《からだ》をかけめぐる。

だがアレクシアはなすすべもなく、動きだした馬車のかたすみで、激しいめまいに耐えることしかできなかった。


それから十分ほど馬車に揺られただろうか。

遠く近く、喧噪《けんそう》の断片が風に吹かれてくるなか、馬が足並みをおとしたのは、ひとけのない小路だった。紅《あか》い角灯をさげた石造りの門を抜け、ほどなくして馬車が停《と》まる。

「さあて。お嬢さまがたの宮殿に、ようやくご到着だ」

駅者台《ぎょしゃだい》のエイムズが、おどけた調子で幌越しに声をかけてくる。

娘たちはもはや怯《おび》え騒ぐ気力すらなく、見張り役の水夫に追いたてられるままに荷台を降りた。

そこは意外に広々とした、内庭のかたすみだった。

木造の三階建てが、馬車の並んだ石敷きの庭を、廻廊《かいろう》のようにとりかこんでいる。

立ちすくむアレクシアの裸足《はだし》の足を、擦り減った敷石がいっそう冷たくこわばらせた。

「ここは……」

こうした造りの建物に、アレクシアは見憶《みおぼ》えがあった。

巡幸のお供で各地を旅したさい、しばしば天候の悪化などで、逗留を予定していた城や館に至る町での足どめを余儀なくされた。そのとき一行が休息をとった宿屋などに、よく似ていた。

すなわち一夜の寝床を求める客には、快適にととのえられた上階の個室を。

腹を満たしたい客には、食堂であたたかな料理や酒を提供する施設である。

だがもちろんエイムズは、娘たちの疲れを癒やすために、わざわざ宿まで連れてきたわけではないはずだ。

つまりここでは、客の望むもてなしの種類が、いくらか異なるのだろう。

そもそも宿屋と娼館《しょうかん》の境はあいまいで、食堂の給仕女が上階では客の相手もするような店もあるのだと、物知りな女官《にょかん》がひそかに教えてくれたことがある。

エイムズに続いて、馬たちのつながれた厩《うまや》のそばから、裏口らしい扉に向かう。

呼び鈴を鳴らしてしばらくすると、

「あら。しばらくじゃないの、エイムズ船長」

扉にしなだれかかるように、燭台《しょくだい》を手にした若い女が顔をだした。

とたんに鼻先をかすめたのは、アレクシアにはなじみのある匂いだった。

宮廷での夜会につきものの、むせかえるような酒と香水と白粉《おしろい》の香りだ。

派手なガウンをしどけなくひっかけた女の肩越しに、狭く暗い通路がうかがえる。

ここは客の目にはふれない棟なのだろうか、そこかしこに染みついた汗とよどんだ黴《かび》の臭いが、じめついた屋内から押しよせてくるようだった。

「リリアーヌか。今晩は客がつかなかったのか？」

「冗談でしょ」

リリアーヌと呼ばれた金の巻き毛の女は、はすっぱに鼻を鳴らした。

「今夜はろくな客がいないから、こっちから蹴ってやったのよ。あたしには金払いのいい先約のお得意さまがいるってね」

「さすがは売れっ妓《こ》のリリアーヌ嬢だな」

エイムズが笑い、リリアーヌの頬を指先でなぞる。

「おれも一晩おつきあい願いたいものだね」

「ひとでなしの相手はごめんよ」

リリアーヌはうるさそうに、エイムズの手を払いのけた。

「つれないな」

エイムズは残念がってみせるが、おたがいに慣れたやりとりなのか、それ以上からもうとはせずに、

「ルサージュ伯爵夫人はご在宅か？」

「もう何日もお待ちかねよ」

リリアーヌはけだるげに、娘たちを一瞥《いちべつ》した。

「またあんたがかき集めてきた売りもの？」

「苦労したぜ。おまえさんみたいな上玉は、そうそう転がっちゃいないからな」

「ふうん」

リリアーヌは押し黙った娘たちから目をそらすと、顎《あご》でエイムズをうながした。

「ついてきて」

リリアーヌの先導に従い、エイムズとその手下に挟まれたアレクシアたちも、とぼとぼと暗い廊下を歩いていく。

シャノンが両手に顔をうずめ、絶望のうめき声をあげた。

「もうおしまいよ！　いったん娼館に閉じこめられたら、とんでもない借金を背負わされ

て、死ぬまで二度と外にはでられないんだわ」

「そんなことはない。きっとなにか手だてはあるはずだ」

アレクシアは小声でなだめる。

「この娼館の女主人が、そのルサージュ伯爵家とやらに縁のある者なら、どうにかしてわたしが話をつけることもできるかもしれない」

暮らしに窮《きゅう》した伯爵家の未亡人が、築きあげた人脈を活かし、上流の紳士《しんし》を相手にした高級娼館を営んでいるのだろうか。だとしたら交渉の余地がないともいえない。向こうが貴族なら、その思惑もいくらか読みやすい。

「まさか知りあいなの？」

「残念ながら、そのような家名には憶えがない。けれどまがりなりにも貴族なら、地位のある知人の名を持ちだすなりして、こちらに有利な判断を導きだせるかも——」

そのときすぐそばで、くくと喉を鳴らすような音があがった。

「本当にどうしようもない世間知らずね」

驚いて顔をあげると、船倉でアレクシアに食ってかかってきたあの娘が、片頬に冷笑を浮かべていた。燃える夕陽のような赤毛の彼女は、たしか他の娘たちからエスタと呼ばれていたはずだ。

「そんなもの、その女が自分の店に箔《はく》をつけようと、勝手に名乗ってるだけに決まってるじゃないの」

エスタはあざけるように言い放った。

アレクシアは乱暴な口調にたじろぎつつ、

「そんなことが許されるのだろうか。利益のために身分を詐称する行為は、罪に問われるはずでは……」

「は！　許されるもなにも、役者や大道芸人なんかが派手な芸名で売りだすようなものでしょうよ。あたしたちだって、きっといかにもお客を呼べそうな妓名《ぎめい》をつけられることになるわ」

「おのれの名まで奪われるのか？」

「たぶんね。だけどそのほうがましってものだわ」

「なぜ？」

王女の名をなくしたら、アレクシアにはなにも残らない。

だがエスタはたちまち、怒りの焔《ほのお》を瞳にひらめかせた。

「それくらい自分で考えなさいよ」

「………」

忌々《いまいま》しげに吐き捨てたきり、エスタは顔をそむけて歩きだす。

その冷たい背を、アレクシアは途方に暮れて追うしかなかった。

隣では、シャノンが嗚咽《おえつ》をこらえるように、くちびるをかみしめている。

なんとかはげましてやりたかったが、一歩また一歩と館の奥に踏みこむごとに、希望が遠のいていく心地がするのは、アレクシアとて同じだった。

ぎしぎしときしむ階段をのぼり、行く手をふさぐ扉を抜ける。

するとその先に続く廻廊は、様子が一変していた。内庭に面したちいさな窓には硝子《ガラス》が嵌《は》めこまれ、並ぶ扉には意匠《いしょう》をこらした彫りこみがほどこされている。どうやらこちらの区画は、客の目を意識した造りになっているようだ。

やがて足をとめたリリアーヌが、とある扉を叩いてエイムズの来訪を告げると、

「おはいり」

やがて部屋の奥から、くぐもった中年女の声が届いた。

しわがれたその声音《こわね》は、ひどく冷ややかに聴こえた。

「お行儀よくしてろよ。そのほうが身のためだ」

無力な囚人《しゅうじん》の怯えを楽しむように、エイムズが猫なで声で釘《くぎ》をさしてくる。

列をなした娘たちは、おずおずと室内に足を踏みいれた。

それはまるで毒々しい悪夢のような部屋だった。

けばけばしい色彩の絨毯《じゅうたん》やタペストリー、長椅子や花瓶《かびん》などがそこかしこでちぐはぐな存在感を放ち、目を移すたびにめまいを誘われる。

なかでもひときわ目を惹く、壁一面のタペストリーの絵柄は、極彩色の花が咲き乱れる楽園の光景かとみれば、そこには無数の女がひしめき、白い裸体を淫《みだ》らにからませあっているのだった。

アレクシアは度肝を抜かれ、おもわず目を泳がせる。すると扉の正面——書斎机の奥に腰かけた、おそろしく肉づきのよい女が目にとまった。

応接室と執務室を兼ねているのだろうか、褪《あ》せた鳶《とび》色の髪を結いあげたその女は、机に広げた帳簿のようなものからおもむろに顔をあげると、

「今回の船旅は、ずいぶんとおくつろぎだったようだね」

にこりともせずに、エイムズに非難のまなざしをぶつけた。

肉に埋もれた細い瞳が、底冷えのする光を放っている。

そのかんばせには、かつての美貌の残骸《ざんがい》のようなものがうかがえるだけに、荒《すさ》みきった美からかもしだされる凄味《すごみ》があった。

だがエイムズはひるむこともなく、

「そう責めてくれるなよ」

気安いしぐさで机の隅《すみ》に腰かけると、女の両頰にくちづけを落とした。

「このところ狩りの噂が広まりだして、仕事がやりにくくなってきたのさ。そろそろまた港の替えどきかもしれないな」

「弁解はけっこうだよ」

女は杖を手にすると、億劫《おっくう》そうに席をたつ。

「それで？　待たせただけの収穫はあったんだろうね？」

「もちろん、望みどおりにとりそろえてやったぜ。背丈も髪も瞳の色も、お好みのままに選り取り見取りだ」

エイムズが得意げに語り、アレクシアはようやく気がついた。

たしかにここに連れられてきた娘たちの容姿は、それぞれに個性がきわだっていた。

織物商がさまざまな素材や紋様の反物《たんもの》をそろえるように、娘たちはまさに一夜の寝床を彩る商品として、どんな客の要望にも添えるように選び抜かれていたのだ。

その意図をまざまざと実感させられて、アレクシアはあらためておぞましさに身をふるわせる。

ルサージュ伯爵夫人は机をまわりこみ、うつむきかげんに並んだ娘たちを、端から順に検分にかかった。

「……ふん。悪かないが、どうにも痩《や》せぎすばかりだね」

「しかたないだろう。おれが相手にするのは、食いつめて娘を売るような輩《やから》が多いんだ。それに南部はここしばらく、疫病《えきびょう》や不作が続いているからな」

ルサージュ伯爵夫人は舌打ちした。

「まともな身体つきまで肥《ふと》らせるのに、よけいな金がかかるんだよ。あんまりみすぼらしいと、ろくな買い手がつかないからね」

「あんたにはたいした痛手じゃあないだろう。あちこちから法外な金を巻きあげて、たんまり儲《もう》けてるんだ」

「人聞きの悪いことをお言いでないよ。まっとうな商売さ」

ぴしゃりとかえし、伯爵夫人はシャノンの正面で足をとめる。

杖の握りでぐいと顎をあげさせ、片頬の腫《は》れと乾いた血の跡を認めると、たちどころにエイムズを睨《にら》みつけた。

「顔に傷をつけたのかい？」

「あんまり騒ぎたてるもんでね」

「いかにもおとなしそうな娘にかぎって、強情なものさ。まあ、磨けばそれなりになるだろう」

その視線がついに、シャノンの隣のアレクシアに流れる。

アレクシアはこくりと唾を呑みこんだ。偽《にせ》の伯爵夫人なら、こちらの正体を悟ることもないだろうが、下手にめだつのは得策ではない。

アレクシアはさりげなく目を伏せようとしたが、

「この娘は？」

肉にうずもれた双眸に射すくめられて、身動きができなくなった。

息をとめたアレクシアの頭から爪先《つまさき》にいたるまでを、伯爵夫人は疑り深そうな目つきで舐《な》めまわしていく。

「ひとりだけ毛色が違うのはどういうわけだい？」

「朝の浜をうろついていたところを、ついでに調達してきたのさ。航海のさなかに略奪に遭って、沖から流れついたそうでね。たいした拾いものだったぜ」

やがて伯爵夫人の瞳が、欲のにじんだ興奮でぎらつきだす。

アレクシアのまとう衣裳《いしょう》をなでさすり、

「どうだい！　こんなに鮮やかな真紅の布地なんて、めったにお目にかかれるものじゃないよ」

たしかにこの緞子《どんす》の織り糸には、ローレンシアから輸入した高価な染料が使われているはずだった。

伯爵夫人は指輪のめりこんだ指で、アレクシアのおとがいをつかみあげた。

たまらずよろめきそうになるのを、アレクシアはなんとか踏みとどまる。

「肌も真珠みたいになめらかだ。それにこの髪ときたら、まるで光に溶けるようじゃないか。これほどの長さなら、髪だけでそこらの娘ひとりの値がついてもおかしかないね」

肩に垂れたアレクシアの髪のひとふさに、伯爵夫人はうっとりと指をからませる。

「この娘は正真正銘のお姫さまだよ」

息を呑みかけたアレクシアは、なんとか平静をよそおった。

相手のくちぶりからして、姫とは深窓の令嬢というほどの意味にすぎないだろう。それでも跳ねあがった鼓動《こどう》は、不穏な高鳴りをひそめてくれない。

「あんたの船に連れこむまでに、派手な騒ぎでもおこしちゃいないだろうね？　厄介《やっかい》ごとはごめんだよ」

「心配しなさんな。こいつの供の者とやらが同じ海岸に打ちあげられたらしいが、大怪我を負って死にかけていたようだ。それでおれたちに助けを求めてきたんだが、いまごろはもうあの世に旅だっているだろうさ」

「──っ！」

たちまちアレクシアの四肢《しし》を、濁流《だくりゅう》のような激情がかけめぐる。

それでも抗議の声をあげるのを、アレクシアはぐっとこらえた。

否定の声をエイムズたちにぶつけたところで、ただ絶望と後悔が深まるだけだ。

「そうそう、賢《かしこ》い子だね。お姫さまにはここでの新しいご身分ってものを、きっちりわきまえてもらわなくちゃあね」

伯爵夫人はにやりと笑うと、残る娘たちの品定めに移った。

頭陀袋《ずだぶくろ》に放りこまれ、意識をなくしたままの娘には眉をひそめたものの、アレクシアの調達で不手際も帳消しになったのか、機嫌を損ねることまではなかった。

「――まあ、こんなものだろう」

おおむね満足した様子でうなずくと、

「あんたたちは幸せだよ。いまはどこの店も若い新顔を欲しがってるからね。きっとひっぱりだこさ」

幸せ。

アレクシアは無言のままくちびるをかみしめる。

いまの自分たちにとって、これほど皮肉な言葉もないだろう。

「ご苦労だったね、エイムズ船長。今晩はうちに泊まっていくかい？」

「そうさせてもらうよ」

「リリアーヌ。案内しておやり」

そう指示しながら、伯爵夫人は呼び鈴を鳴らす。

すると部屋をあとにするエイムズらと入れ替わりに、四十がらみのやつれた風情の女が姿をみせた。ごわついた木綿《もめん》のカートルに、汚れたまえかけをつけただけの飾り気のない身なりからして、どうやら下働きとして雇われている女のようだった。

「この娘たちを連れておいき」

「いつもの屋根裏部屋ですか？」

「ああ。鍵をかけるのを忘れるんじゃないよ」

伯爵夫人は腰にさげた鍵束をさぐり、そのうちの一本を女に預けた。

無愛想な女に従い、悄然《しょうぜん》と部屋を去った娘たちは、ふたたび裏階段から上階に追いたてられた。三階からさらに続く狭い階段の入口を、鍵のかかる扉がふさいでおり、どうやら普段は閉めきられているらしい屋根裏に、ひとまとめに監禁されるようだった。

「ここと隣の部屋を使いな」

燭台を手にした女は、ぞんざいに顎をしゃくった。

「いいかい。あたしのことはドニエ夫人とお呼び。ここに置いてやるあいだは、あたしがおまえたちの世話を任されてるんだ。言いつけに逆らったらただじゃおかないからね」

するとあとをついてきた水夫が、下卑《げび》た口調でからかった。

「傷痕《あと》の残らない痛ぶりかたにかけちゃあ、誰もあんたにはかなわないからな。痛い目をみたくなけりゃあ、せいぜいいい子でいることだ」

「おだまりよ。さっさとその荷をおろしてきな。このうすのろめ」

意識のない娘を担いだ水夫は、にやつきながら肩で扉を押しあけた。

よどんだ湿気と黴の臭いが、たちまち鼻腔《びこう》に忍びこみ、アレクシアは身震いする。

乏《とぼ》しい灯りに浮かびあがる部屋は、あの漁師小屋ほどの広さだった。だが左右の壁際に押しつけられた粗末な寝台が、床のほとんどを埋めつくしているのと、奥に向かってすべり落ちるような天井のせいで、いっそう狭く息苦しく感じる。

寝台の足許からのぞいている影は、用をたすための壺だろうか。

他にはなにもない、まるで牢獄のような部屋だった。

否《いな》――ここはまさに牢獄なのだ。両手足が鎖でつながれていないだけましだと、ありがたがるべきなのかもしれない。

水夫をともない、階段をおりていくドニエ夫人は、もちろん手燭を残していってくれるはずもなかった。今夜は空腹も、喉の渇きも癒やせないまま、暗闇《くらやみ》のなかで明日を待つしかないのだ。

扉がきしみ、がちゃりと鍵のかかる音が、無情に耳を打つ。

足音が遠ざかるなり、まっさきに動いたのはエスタだった。

凍えた枯れ木のように、身動きできぬままでいる娘たちを押しのけ、さっさと奥の部屋に姿を消す。怪我人の介抱までさせられては、たまらないとでも考えたのだろうか。

そちらの部屋も、様子は似たようなものだった。

のろのろと、三人の娘が足をひきずるように、エスタに続く。

奇《く》しくもそのすべてが、エイムズの船に先に乗っていた顔ぶれだった。

買われた者と、攫《さら》われた者。おたがいの境遇の差が、すでに視《み》えない壁を築きつつあるのだろうか。

「向こうが四人なら、あたしたちはこの部屋ね」

シャノンのささやきに目を戻せば、通路に残る人影はふたりだけになっている。

アレクシアはうなずきかえし、たがいの身を支えあうように部屋に踏みこんだ。

さきほどの意識のない娘は、寝台に無造作に投げだされていた。もうひとつの寝台の縁には、ふたりの娘が放心したように腰かけている。

大柄な黒髪の娘と、小柄な金髪の娘だった。

どちらも齢は十七、八くらいだろうか。

「寝台の数がたりないが……」

アレクシアがそうつぶやくと、背の高いほうの娘が顔をあげた。

「それがどうかした？　床で休まなくてもいいなんて、たいしたもてなしじゃないの」

肩を並べたもうひとりの娘も、投げやりに同調する。

「そうよね。あんたみたいなお嬢さまには耐えられないんだろうけど、寝床が狭いくらいあたしにはなんてことないわ。子どものころからずっと姉さんと、古い毛布にくるまって寝てるんだから」

そんなあてこすりも、力なくかすれていては、痛々しさがきわだつばかりだ。それでもさんざん理不尽な扱いを受けてきた怒りを、誰彼かまわずぶつけずにはいられないのかもしれない。

アレクシアはあえて明るい声を意識した。

「わたしも平気だ。誰かと寄り添って眠るのには慣れているから」

すると奇妙な沈黙をおいて、ふたりが身を乗りだした。

「あんたってまさか人妻なの⁉」

「それとも恋人と寝てるの⁉」

「え……？」

ふた呼吸ほどおいて、アレクシアはようやくなにを問われているのか理解した。

「と、とんでもない！」

ふたりが思い浮かべた光景を想像して、みるまに顔が熱くなる。

「そもそもわたしは殿方と……その……深い仲になるとか、そういったこととはまったく縁がないのだ」

アレクシアはしどろもどろに訴える。

すると相手はためらいなくうなずいた。

「でしょうね。あんた、女の色香ってものが全然ないもの」

「そのしゃべりかたも、なんだか男受けしなさそうだしね」

「………………」

そうあっさり納得されるのも、いかがなものだろうか。

ついつい考えこみそうになり、アレクシアは我にかえった。

「と、ともかくそういうことではなくて！　わたしは子どものころから、齢の離れた弟にしばしば添い寝をしてきたんだ。弟は生まれつき身体が弱くて、ことに体調が優れないときは人恋しい心持ちになるのか、見舞ったわたしといつまでも離れたがらないものだから、しのびなくて……」

エリアスが流行りの風邪をひいたときなどは、病が伝染《うつ》らないよう見舞いを控えさせられたが、それでもそば仕えの者たちの目を盗み、こっそり弟の寝室にもぐりこんだことが幾度あったことか。

黒髪の娘が、編み垂らした毛先をもてあそびながらささやく。

「あたしにもちびの弟がいるわ。生意気で憎たらしいけど、人一倍さみしがりやだから、急にあたしがいなくなっていまごろきっとめそめそしてる」

「それは……さぞやそなたの身を案じていることだろう」

アレクシアは目を伏せ、こみあげる想いを隠した。

いまごろ宮廷には、どのような知らせが届いているだろうか。

涙を呑んで送りだした姉が生死不明という状況を知れば、エリアスはどれほど心を痛めることか。そのせいで体調を崩したりはしないだろうか。

「あの子のためにも、一刻も早くこの牢獄から脱けださなければ……」

アレクシアがつぶやくと、黒髪の娘が顔を跳ねあげた。

「ねえ。それ本気なの？」

「え？」

「だから、本気でここから逃げるつもりなのかって訊いてるの」

ふいをつかれたアレクシアは、慎重に相手の表情をうかがった。

ただやみくもに逃げだそうとしても、きっとうまくはいかない。逃亡をくわだてる娘はこれまでにも大勢いて、相手も警戒を怠《おこた》ってはいないはずだ。

それこそ敵の裏をかくような、大胆な策を講じなければ、自由を望む者をそろって救いだすことなどできないだろう。入念な計画と、おそらくは下準備も必要になる。

だがそれも、秘密を共有する誰かひとりにでも密告されてしまえば、すべてがおしまいだ。監視はますます厳しくなり、脱出の可能性はかぎりなく遠ざかる。

だからこの部屋にいるのが、かどわかされてきた者ばかりなのは、むしろ都合が好《よ》いともいえる。

たとえ目的を同じくしていても、陰謀は些細な感情のもつれからほころびが生じるものだ。そのようにして内から蝕《むしば》まれ、自滅した反逆者たちは、ガーランドの歴史においても数多くいた。

アレクシアはひとことずつ、かみしめるように伝える。

「できることならば、わたしはみなで力をあわせて、この館から去りたいと考えている。それはそなたたちの望みに反するだろうか？」

「まさか！　こんなところ、とっととおさらばしたいに決まってる」

「あたしだって、いますぐにでも家に帰りたいわよ！」

金髪の娘も、巻き毛の跳ねる勢いで主張する。

アレクシアはとっさに、ひとさし指をくちびるにあてた。

「わかった。ではその話は、あらためて明日にしよう」

いっそう声をひそめ、ふたりをおちつかせる。

「あの女主人のくちぶりでは、わたしたちが実際に売りにだされるまでには、しばらくの猶予《ゆうよ》があるはずだ。それまでは従順をよそおっているかぎり、無体な扱いをされることはないだろう」

「子豚《こぶた》は太らせてから売ったほうが、高い値がつくってわけね」

「それに生娘《きむすめ》のほうがお客に喜ばれるなら、手をつけられることもない？」

金髪の娘がすがるようにアレクシアをみつめる。

アレクシアはその肩に手を添えながら、

「あの強欲そうな女主人が目を光らせているかぎり、そのような勝手は許さないだろう。とにかくいまはあせらず、身体を休めることだけを考えよう。疲れきっていては、名案も浮かびそうにないからな」

　四人は視線をかわし、無言のままに深くうなずきあう。

「いまさらだが、わたしの名はアレクシア。彼女はシャノンだ」

　黒髪の娘はカーラ。

　金髪の娘はマディと名乗った。

　カーラは意志の強そうなきりりとしたまなじりの黒い瞳が美しく、マディは垂れぎみの菫《すみれ》色の瞳とちいさなくちびるが、いかにも少女めいてかわいらしい。

　対してシャノンはというと、あたたかな栗《くり》色の髪と瞳がおっとりとやさしげで、かすかに刻まれるかたえくぼが愛らしかった。

　そして誰からともなく、寝台に横たえられたままの娘をふりむいた。

　アレクシアは寝台に腰かけ、娘の手首をとり、口許に耳を寄せる。

　うしろからのぞきこんだシャノンが、おそるおそるたずねた。

「息はしてる？」

「……ん。かすかだが脈もある」

「かわいそうに。まだほんの子どもなのに」

　身体つきからして、十五に届くかどうかというところだろう。

　子どもだからこそ、こんな仕打ちを受けるほど必死で抵抗したのかもしれない。狩人《かりうど》の本当の怖さを知らない獣の仔《こ》が、鋭い鏃《やじり》に向かってけんめいに牙を剝くように。

あどけないその顔に、アレクシアはかつてめぐりあった貧《まず》しい少女をかさねた。

息を呑むほどアレクシアに似ていたもの乞《ご》いの少女は、さびれた聖堂に置き去りにされた死者のようだった。それでもあの少女は、生命の力に満ちた緑の瞳で、まっすぐにアレクシアをみつめかえしたのである。

だからこの少女も、きっと死の淵《ふち》からよみがえる。

遠く離れたガイウスだって、命をとりとめているはずだ。

アレクシアはすべての希望を託すように、少女の手を握りしめる。


だが切なる祈りもむなしく、夜が明けると少女は冷たくなっていた。

藁《わら》を敷布にくるんだだけの狭い寝台に身を添わせ、手を握りしめていたアレクシアも、その静かな死に気がつくことはできなかった。

あまりに疲れはて、すでにアレクシアの体力も限界だったのだろう。

シャノンとともに横になるなり、気絶するように意識をうしない、小鳥のさえずりに目を覚ましたときには、少女はすでに息をしていなかったのだ。

「最期《さいご》を看取《みと》ってやることすら、できなかったなんて……」

「あなたの励ましは、きっとこの子にも伝わっていたわ」

シャノンが気の毒そうになぐさめてくれる。

それでもどうしようもない無念が、ひと呼吸ごとに骨を削いでゆくようだった。

窓の木戸の向こうから朝の光が忍びこみ、二度とほほえむことのない少女の頬を静かに照らしている。

せめて身づくろいだけでもしてやらなければと、アレクシアは乱れた少女のスモックに手をかける。襟ぐりからのぞいた無垢《むく》な肌には、手酷く打ちすえられたらしい痣《あざ》があちこちに散っていた。

「……っ！」

アレクシアはくちびるをかみしめる。そしてできるだけ痣が隠れるように、美しく胸許をととのえ、脚《あし》をそろえ、両手を胸に組ませてやった。

痛ましそうにシャノンがささやく。

「あたし……この子があいつらに手荒なまねをされているとき、たまらなくなって顔をそむけてしまったの。でも殴り飛ばされた勢いで、地面に頭から倒れこんで、それきり悲鳴すらあげずに動かなくなったから……」

「そのときに頭を打ったのが、致命傷になったのかもしれないな」

頭から血は流れていないが、おそらく頭蓋《ずがい》の内に傷が生じたのだろう。

落馬の事故などで、めだった外傷や骨折がないにもかかわらず命を落とす者もいるのだと、宮廷侍医に教わったことがある。強い衝撃による脳からの出血で、生命を維持するのに必要な機能が停止してしまうのだ。

そのような傷は、どれほど高名な医師でも手のほどこしようがないという。

だからアレクシアにも他の誰にも、どうすることもできなかった。

それでも苦い後悔が薄れることはない。

たとえあのドニエ夫人という世話役の女に打たれることになっても、怪我人に水を与えるべきだと主張すればよかった。渇ききった喉をうるおしてやれば、いくらかでも安らかな心地で逝《い》くことができたかもしれないというのに。

そんなことすら、昨夜のアレクシアは考えつきもしなかったのだ。

いつしか残るふたりの娘たちも起きあがり、動かない少女の横顔をみつめていた。

やがてどこからともなく、ゆるやかな鐘の音が流れこんできた。

いまだまどろむ空の吐息のような、聖教会の鳴らす時鐘《じしょう》だった。

アレクシアは誘われるように窓辺をめざし、両開きの木戸に手をかける。幸いにも、窓は錠《じょう》や釘でふさがれてはいなかった。

おもいきって木戸を押しあけたとたん、

「ん……」

強い光に射られた瞳が、ずきりと痛む。

たまらず目許に手をかざしたアレクシアは、おそるおそる視線をあげ——飛びこんできた眺望に目をみはった。

朝陽にきらめく青い海。

港を埋めつくす大小の帆船。

漆喰《しっくい》のまぶしい木骨造りの家々。

市場や港をめざして大路をひしめく、荷馬車や家畜の群れ。

活気に満ちた港町の朝の光景が、そこに広がっていた。

たちどころに魅せられたアレクシアにつられて、

「すごい……ウィンドローの何倍もにぎやかな町だわ」

シャノンが窓枠から身を乗りだし、カーラとマディも次々に驚きの声をあげた。

「あんな数の帆船がひとつの港に集まってくるなんて、信じられない」

「見て！　お城みたいな石造りのお屋敷が、あっちにもこっちにもあるわ」

アレクシアは港から大路をたどり、市街の中心に目を凝《こ》らす。

そしてほどなく、優美な薔薇窓をそなえた大聖堂に目をとめた。

「ここは……フォートマスの町だ」

ぽつりとこぼしたとたん、三人の視線がアレクシアに集まる。

「どうしてわかるの？」

シャノンに問われて、アレクシアは遠くにそびえる尖塔《せんとう》を指さした。

「あの大聖堂に見憶えがある。滞在したことはないが陛……父にともなわれて南部の都市をまわっていたときに、船からながめた都市のひとつだ」

南岸の主要な港町のひとつとして、近年はますます人口も増えているはずだ。

アレクシアが船に連れこまれたあの海岸は、ウィンドローの町の近郊だという。

そのウィンドローからの距離と、中型船の速度を考えあわせてみても、ここがフォートマスというのはまちがいなさそうだ。

「船は海岸沿いに、西に進路をとったようだな」

だとしたら目的地はシルヴァートンの町だろうかと予想したが、フォートマスはそのやや東に位置する。やはり沖のどこかで、陽が落ちるのを待っていたのかもしれない。

せめてウィンドローから東に向かってくれていれば、グレンスターの叔父にも助けを求めやすかったのに。グレンスター公爵家の所領は、大陸との海峡《かいきょう》に面したガーランド南部の東端を占めているのだ。

だがいまの状況で、そんなことを気にしていてもしかたがない。

するとカーラがいきなり、アレクシアの腕をつかんだ。

「それ、たしかなの？」

いつしか顔色を変えたカーラは、問いつめるようにたたみかけてくる。

「本当に、ここはフォートマスの町なの？」

「そ、そのはずだが」

「だったら近くにアーデンの町がある？」

「アーデンというと……」

アレクシアはとまどいつつ、記憶の地図をたどった。

「ここから街道を北東に、馬を飛ばせば半日といったところだろうか」

港町フォートマスのにぎわいには及ばないものの、王都に至る街道の要所として、古くから栄えてきたはずだ。

カーラは声が洩《も》れるのを警戒するように、窓に背を向けた。

逆光に沈む顔のなかで、黒い瞳だけが光を放っている。

「アーデンにはあたしの親戚が住んでるの」

「親戚？」

「父の姉よ。実家のあるウィンドローから、アーデンの織物商に嫁いだの」

アレクシアは目をみはり、すばやく考えをめぐらせた。

「その伯母君とは、いまでもつきあいが？」

「ええ。伯父《おじ》は商売のついでによくウィンドローに顔をだすし、ウィンドローで死斑《しはん》病が流行りだしたとき、姉弟《きょうだい》そろって伯母夫婦の家にしばらく預けられたこともあるわ。伯母夫婦には息子ばかりで娘がいないから、姪のあたしのことをずいぶんかわいがってくれてるの。弟たちの世話が手を離れたら、花嫁修業をかねて近々手伝いにこないかって誘われてるくらい」

アレクシアは声をひそめた。

「それなら……もしもここから脱けだして、なんとかアーデンまでたどりつくことができたら、ご夫妻にかくまってもらえるだろうか」

カーラはうなずいた。

「きっと力になってくれるはず」

たちまちマディが飛びつくように、

「あたしは？　あたしたちのことも助けてもらえる？」

「もちろん。事情が事情だし、また攫われでもしたらたまらないから、ウィンドローまで送り届けてくれると思う。それは商用のついでになるかもしれないけど」

「なんでもいい！　家に帰してもらえるなら、お礼に雑用でもなんでもやるわ」

「あ、あたしも。掃除でも洗濯でも、あたしにできることならいくらでも！」

シャノンともども、口々に約束するふたりの瞳に、希望の光がともる。

アレクシアもまた、心が浮きたつのを隠せなかった。

首尾よく館から逃げだせても、ろくな所持金もない身では、とたんに路頭に迷うことになってしまう。

王女の身分を明かすことさえできるなら、すぐさま市庁舎にでもかけこみ、保護を頼みたいところだが、やむをえずその道を採ったとしても、アレクシアを王女だと認識できる者は、このガーランドにほとんどいないのだ。

下手に名乗れば、王族を騙《かた》る不届き者として投獄される可能性すらある。

だから脱出のその先に続く、明るい道が照らしだされたことの意味は大きい。

そして少女の死にとらわれかけた心が、そろって未来を向いたことの意味も。

そのとき通路のほうから、階段のきしむ耳障《ざわ》りな音が近づいてきた。

億劫そうな足音の主は、世話役のドニエ夫人だった。

朝から不機嫌きわまりない顔つきで、両手にさげていた手籠のひとつをぞんざいに足許に放りだす。手籠には欠けた水差しと、乾いたパンの切れ端が投げこまれていた。

ドニエ夫人はじろりと室内を睨めまわし、寝台の亡骸《なきがら》に目をとめる。

「その娘はまだ目を覚まさないのかい」

「…………」

押し黙ったままの三人に代わり、アレクシアは告げた。

「もう二度と、彼女が目を開くことはない。すでに息をひきとったから」

いつ、どのように亡くなったのか、語る言葉を持たないことに、胸がきしむ。

だがドニエ夫人の顔に、わずかでも憐憫《れんびん》の情が浮かぶことはなかった。

「なんだって？」

少女の死を知るなり舌を打ち、文句を垂れ始める。

「まったく。ついてないったらないよ。また死体を始末しなきゃならないじゃないか」

はっとしたアレクシアは、問いたださずにいられなかった。

「始末とはどういう意味だ？　墓地に埋葬してはやらないのか？」

「埋葬だって？」

ドニエ夫人は黄ばんだ歯を剝きだして、せせら笑った。

「これから一エルも稼ぎやしない小娘のために、そんな金をかけてやる馬鹿がどこにいるんだい」

「それなら彼女の遺体は……」

「頭陀袋に放りこんで、海に捨てちまうのさ。浮かんできて騒ぎにならないよう、土産《みやげ》に重石《おもし》をつないでやってね」

「そんな」

いずれエイムズに拉致の実態を白状させ、ウィンズロー近郊の住人に丹念な訊きこみをすれば、名もわからない少女の身許をつきとめることはできるかもしれない。けれど遺体が海に投げこまれてしまえば、彼女を家族のもとに帰してやるというせめてもの希望も潰《つい》えてしまう。

「葬儀をあげてほしいとまではいわない。だがせめて遺体の在り処がわかるようにしてやらなければ——」

「生意気な口を利くんじゃないよ！」

ドニエ夫人は忌々しげに一喝してのけた。

「この娘の身の代を、おまえたちにかぶせて取りたてることだってできるんだ。そうされないだけありがたいと思うんだね」

だみ声で吐き捨て、靴先で手籠を蹴りつける。

「わかったなら、とっととこいつをたいらげちまいな」

水差しから跳ねた水が、埃《ほこり》まみれの床板に飛び散った。

「次の鐘が鳴ってもまだぐずぐずしてたら、承知しないよ。あんたたちには、これから晩まで仕事が待ってるんだからね」

そのひとことで、たちまち部屋の空気が張りつめた。

マディが壁際にあとずさる。

「あ、あたしたちに、なにをさせようっての？」

「おや。夜のおつとめが待ちきれないかい？」

くくくと悪趣味な笑いを洩らし、

「あの因業婆《いんごうばばあ》が、無料《ただ》で飲み食いなんてさせてやるはずがないだろう。まとめて売りにだすまで、館の経費をきりつめるために下働きとしてこき使ってやるつもりなのさ。なにしろ雑用なら、掃いて捨てるほどあるんだからね」

因業婆というのは、ルサージュ伯爵夫人のことか。たしかにあの女主人なら、動かせる手足のある者たちを、無為《むい》に遊ばせておきはしないだろう。

立ち去りかけたドニエ夫人が、つと足をとめてふりむいた。

「そうそう。忘れるところだった」

意地の悪いまなざしは、まっすぐアレクシアに向けられている。

「うるわしのお姫さま。あんたにはまず、その洒落《しゃれ》たお召しものを一切合財よこしていただきましょうか？」

「え？」

「さっさと服を脱いで、こいつに着替えるんだよ」

そして小脇にかかえていた、古布の塊《かたまり》のようなものを投げつけた。

とっさのことにとまどい、受け取りそこねたそれがアレクシアの胸にぶつかり、くたりと足許に落ちる。そこには裾《すそ》の擦りきれた粗末なカートルや、ぼろぼろのペチコートなどが折りかさなっていた。情け深い贈りものとばかりに転がりでてきたのは、仔犬が戯《たわむ》れにかみつぶしたような、ひしゃげた革靴だった。

「上等な絹もレースも、いまのあんたには必要ないものだろう？」

勝ち誇るようなドニエ夫人に、アレクシアはなにも言いかえすことができなかった。

3

王女アレクシアの衣裳は、驚くほどしっくりと身になじんだ。

まるで袖先《そで》から裳裾《もすそ》まで、ディアナのために誂《あつら》えられたかのように。

「よく似あっているよ」

しきりと襟許をなでるディアナに、アシュレイがささやく。

ふたりを乗せた四輪馬車は、純白の岸壁にそびえる城をめざしていた。

ラグレス城。

海からの敵に対する最強の楯《たて》として、いにしえより要塞港ラグレスとともに《ガーランドの鍵》と呼びならわされてきた城塞だ。

「寸法がぴったりなだけじゃない。きみの金の髪も緑の瞳も、銀糸で縁を飾ったその藍《あい》のガウンにすばらしく映《は》えている」

「それは何度も聞いたわ」

「お世辞ではないよ」

「それもわかってる」

ディアナは気もそぞろに、流れる景色を追いかける。

隊列はすでに市街地を抜け、城に向かって蛇行《だこう》する坂をのぼりつつあった。

ぐらぐらと馬車が左右にふられるたびに、ディアナの不安の波も高さを増していく。

「そうかまえずに、気を楽にして。きみはすでにここまで、立派にアレクシアの代役をやりとげてきたじゃないか。艦隊の者たちも、港の民衆も、きみのたおやかなたたずまいに熱狂していただろう?」

ディアナはすでに二度、アレクシア王女を演じていた。

アレクシアは賊に襲われて海に転落したものの、すぐさま救助されたとして陽が昇るやいなや完璧な装いで甲板にあがり、旗艦が沈んで混乱の極みにある艦隊に、奇跡的な生還を知らしめたのだ。

そのときにディアナが身にまとったのが、アレクシアの持参品として艦に積まれていたこの衣裳である。

犠牲者を悼《いた》み、かつ苦難のときにも決して華やぎを失わない王女として、これ以上ないほどにふさわしい装束《しょうぞく》だった。

大役を終えたディアナは、ふたたび船室にこもり、次なる出番を待った。

アシュレイがたびたび状況を知らせてくれたところによれば、艦隊は生存者の捜索隊を残してすぐさま艦首をかえし、王都ランドールに向けて北に進路をとったという。

やがてディアナの艦と護衛の数隻が離脱し、ラグレスに入港したのが翌朝のこと。

あらためて王女になりきった彼女も、アシュレイに支えられながら艦を降りた。

朝のラグレス港は、すでに大勢の人々でにぎわっていた。

先触れによって用意された馬車に乗りこむまでは、ほんのわずかな距離にすぎなかったが、寄り添うアシュレイに片手を預けて慎重に歩を進めるディアナの姿は、王女の体調が万全でないことを印象づけるには充分だったはずだ。

そしてディアナが踏み台にかけた足をとめ、固唾《かたず》を呑む群衆に控えめなほほえみを送ると、ため息の広がるような歓声があがった。

「あのときのきみの表情には、ぼくもおもわず見惚《みと》れてしまったよ」

「……おおげさね」

ここまでなんとか乗りきれたのは、豪華な装いの威力があればこそだろう。

アシュレイの助けを借り、それらしく着付けたにすぎなかったが、極上の布地はしなやかな肢体《したい》をいっそうのびやかにみせ、また身の内からは意匠にふさわしい凛然《りんぜん》とした所作《しょさ》が湧きでてくるような、ふしぎな感覚に酔わされた。

着心地よりも見栄え重視の舞台衣装では、こうはいかないものだ。

だがおもいがけない発見に、いつまでも心とらわれてはいられない。

「問題はここから先よ。よけいなことを口走って、あっというまにお里が知れるかもしれないし……そもそもグレンスター家のお城には、王女さまのおそば近くに仕えていた家臣だっているんでしょう？」

「といってもアレクシアがこの城にしばしば滞在していたのは、生母のメリルローズ妃が存命だったころまでだから、かれこれ――」

「十年は経っている？」

「おおよそね」

それだけの月日が流れていれば、なんとか見破られずにすむだろうか。

「それに艦できみに伝えたとおり、無理を押して気丈にふるまってきた王女もついに床に臥《ふ》して、絶対安静を余儀なくされるという設定だ。近隣諸侯の見舞いも受けつけないし、王女の私室にはごく少数の者しか近づけさせない。きみなら充分に乗りきれるよ」

「ずいぶん楽観的なのね」

「能天気に聞こえるかい？　でも失敗したときのことばかり考えていても、怖気《おじけ》が増すだけだよ。だったらきっとやりとげられるはずだと、自信を持って臨《のぞ》んだほうがむしろ結果がついてくるものではないかな？」

ディアナは窓から目を離し、アシュレイをみつめかえした。

「昔……似たような助言をもらったことがあるわ」

「そう？　誰からかな？」

「《白鳥座》の先輩よ。若手男優の看板をこなしながら、うちの舞台にかける脚本も手がけてるの」

「それはずいぶんと多才なんだな」

「まあね」

「信頼しているんだね、彼のこと」

「いいえ、まったく」

ディアナが即答すると、アシュレイはおかしそうに片眉をあげた。

「それなのに、昔の助言をずっと忘れずに覚えているのかい？」

「……芝居にかかわることは特別なのよ」

「いつか詳しく教えてほしいものだな」

いつかなんてときが、本当にあるのかしら。

ディアナは胸の内で、そんなふうにひとりごちる。

いくら親しげな口を利いていても、身代わり役が終われば生きる世界の異なる相手だ。しがない芝居役者と宮廷貴族の嫡子《ちゃくし》が顔をあわせる機会など、そうそうありそうもない。

それが残念というわけでもないけれど……。

ディアナはなんとなく、言葉にしきれない感情をもてあます。

「さて。そろそろ到着のようだ」

隊列はすでに幾重もの門を抜け、足並みをゆるめた馬たちが城館の正面に横づけするところだった。

「すごいお城……」

さすがは一族の娘を、王に嫁がせた家柄だけある。

窓からのぞいただけでは、城館の全貌はとてもうかがえない。

はるか上空ではグレンスター公爵家の鷲《わし》の旗がひるがえり、視界いっぱいにそびえる石壁はまだらに黒ずみ、全霊で他所者《よそもの》をこばんでいるかのようだ。

それでいてひとたび壁の奥に取りこまれれば、二度と下界に戻れないような不吉な予感が押しよせて、ディアナはらしくもなく身をすくませる。

ついに揺れがとまり、外からあわただしい足音が近づいてきた。

するとみかねたように、アシュレイが身を乗りだした。

「ディアナ。目を閉じて」

「え？　どうして？」

「いいから」

とまどうディアナの膝裏に、アシュレイはやにわに片腕をさしいれると、華奢《きゃしゃ》な身体をひと息にだきあげた。

「ちょ、ちょっと――」

「ぼくがきみをかかえていくから、きみは力を抜いておとなしくもたれかかっているだけでいい。こうすれば顔もいくらか隠せるし、王女の衰弱が激しいさまを印象づけることもできる。名案だろう？」

「そ、そうかもしれないけど、こんなの無理よ」

「大丈夫。ぼくはそこまで非力ではないから」

「そういう意味じゃなくて！」

だがいつまでもじたばたしてはいられなかった。

窓に人影がさし、ディアナはとっさに目をつむる。

「若さま」

外のざわめきが流れこむなり、壮年男性が息せき切って呼びかけた。

「お怪我はございませんでしたか？　艦隊が賊に襲われたとの報には、まったく肝が冷えましたぞ」

「ぼくならかすり傷ひとつ負ってはいないよ。父上もほんの軽傷だ」

「それはなにより重畳《ちょうじょう》でございました」

「気がかりなのは彼女の容態のほうでね」

「ではそちらが……ああ、なんとおいたわしい」

相手は胸を打たれたように声をふるわせる。その視線は、いままさにディアナに注がれているのだろう。感極まった口調からして、子ども時代のアレクシアと面識があるのかもしれない。

たちまちみじろぎしたくなるのを、ディアナはなんとかこらえた。

すかさずアシュレイが、

「王女殿下はぼくが寝室までお連れする。詳しくはのちほど父上から下知《げち》があるはずだ」

「かしこまりました」

応じる声には、すでにおちつきが戻っていた。

「ではこちらに。お部屋のご用意はできております」

「ああ。助かるよ」

馬車から降りたアシュレイは、ディアナをうやうやしげにかかえなおす。

そして危うげのない足取りで歩きだしながら、

「いまのが家令のメイナードだよ」

ディアナの耳許でささやいた。

弾む息にこめかみをくすぐられ、鼓動が跳ねあがる。

アシュレイの肩に預けた頬が、にわかに熱を孕《はら》むのを、ディアナは息を殺すようにしてやりすごした。

「ここは伯母の娘時代の居室なんだ」

案内役のメイナードが去り、ふたりきりになると、アシュレイはそう説明した。

「きみにはしばらくのあいだ、その寝台ですごしてもらうことになるけれど、居心地はどうかな?」

寝台に腰かけたディアナは、口をつぐんだまま首を縦にふる。

アシュレイはくすりと笑い、

「もういつもどおりの口を利いてもかまわないよ。いまごろ父が、許可なくこの部屋には近づかないよう、城の者たちに厳しく命じているはずだから」

「よかった……」

ディアナはそろそろと息を吐きだした。

あらためて寝室に視線をめぐらせ、たちまち目を奪われる。

まるで琥珀《こはく》の欠片を敷きつめたように、飴《あめ》色にかがやく寄木《よせぎ》張りの床。

艶やかな支柱に支えられた寝台は天蓋《てんがい》つきで、蔓《つる》紋様の彫りこみが美しい長持《ながもち》も、優雅な脚の円卓も、鏡のように磨きこまれていて、いったいどれほどの価値のものなのか想像すらつかない。

大きな窓には高価な硝子が嵌められ、朝の陽が室内に涼しげな光を投げかけていた。

「あたしには豪華すぎて、なんだかおちつかないみたい」

「すぐに慣れるよ」

「努力はしてみるわ」

下手にさわると、汚したり壊したりしてしまうかもしれない。そんな不安が、しばらくは頭から離れそうになかった。

「舞台の書割《かきわり》とか、小道具の参考になるように、しっかり観察させてもらうつもり」

「どうぞご存分に」

「いまは他の誰かが、この部屋を使ってるの？」

急いでととのえたにしては、調和のとれたたたずまいの部屋だが、かといって長年閉めきられていたような空気のよどみも感じられない。

「いや。この部屋だけは、メリルローズ妃が暮らしていた当時のままに残してあるんだ」

「そんな昔から、いままでずっと？」

「デュランダル王家に嫁がれてからも、この城にはたびたび滞在なさっていたからね」

「それにしたって」

メリルローズ妃が亡くなって、もう十年になる。

「そんな大切な部屋を、あたしが使ってしまっていいの？」

「だからこそさ。きみに——つまりアレクシア王女にとっては、かつてじつの母親が生活していた部屋になるわけだからね。傷ついた身と心をおちついて癒やすために、ふさわしい環境といえるのではないかな」

「あ……そういえばそうよね」

九死に一生を得たアレクシアにとっては、幼いころに亡くした母の寝台に身をゆだねることが、なによりの安らぎになるのかもしれない。

孤児のディアナには、母親に対する子の慕情がいかばかりのものか、想像に頼るしかなかったが。

「ここでのきみの扱いについて、父と打ちあわせたのだけれどね」

アシュレイはそうきりだしながら、寝台の支柱に肩をもたせかけた。

「家令のメイナード。侍医のシェリダン先生。そしてメリルローズ妃の乳姉妹《ちきょうだい》のヴァーノン子爵夫人にだけは、あらかじめ事情を知らせておくことになった」

「わかったわ」

次々に挙げられた名を、ディアナは頭に刻みつけた。

「誰より信頼のおける、グレンスター家の忠臣たちだ。彼らの口から秘密が洩れることは決してないから、きみも心を許してくれてかまわない」

「その人たちは、アレクシア王女と会ったことがあるの？」

「そのはずだよ。けれど家令のメイナードは、きみがアレクシアだとすっかり信じきっていたようだね」

「……次に顔をあわせるのが気まずいわ」

「あの状況で、きみの正体を疑える者もそうそういないよ」

「でも面と向かって話をしたら、きっとすぐに見破られたんじゃないかしら。すごく有能そうな声だったもの」

「もしもおちこんでいたら、そう伝えておこう」

アシュレイは楽しげに請けあった。

「身のまわりのことは、そのヴァーノン夫人の手を借りることになるのかしら」

「そうだね。わからないことがあれば、遠慮せずにどんなことでも彼女に訊いてほしい。とても聡明で優しい女性だから、きみを気遣ってくれるだろう」

「頼りにさせてもらうわ」

「もちろんぼくも、なるべくきみのそばにいるようにする。特に今晩は、夜が明けるまでここできみに付き添っているつもりだよ」

ディアナはぎょっとした。

「な、なんのために？」

「なんのためにって、もちろんアレクシア王女の看病のためにだよ。医師に任せきりでいるより、ぼくみずからが看たほうが、より従妹《いとこ》を案じているさまが伝わるだろう？　それだけ王女の容態が予断を許さないという演出にもなるし、いざというときの対処もしやすい。もちろんきみがおちついて休めそうにないというなら、シェリダン先生と隣室にでも待機しているけれど」

「ええと……そのほうがありがたいかしら」

他意はないとわかっていても、いまさら安眠などできそうになかった。

なにしろこれまでディアナには、夜をともにすごすほど深い仲の恋人など、ひとりもいたためしがないのである。

動揺をごまかすように、ディアナはあたふたと問いをぶつける。

「でもそもそもそんなことが許されるの？　王女さまはもうすぐローレンシアの王子さまと結婚する身なのに、他の男と同じ寝室で一晩すごすなんてまずいんじゃない？」

「ぼくはきみの従兄《いとこ》にあたるから、問題にはならないよ」

「そういうものなの？」

「従兄はもれなく、身内の男とみなされるからね。一族の女性に対しては、責任をもって庇護する義務がある。そうでなければ、そもそもふたりきりで馬車に同乗したり、こんなふうに部屋にこもったりするのも、あってはならないことだよ」

「ふうん」

ガーランド宮廷では、婚約者でもない未婚の男女がふたりきりでいるだけで、とんでもなくふしだらなふるまいとみなされてしまうこともあるという。

そのときふと疑問が浮かんだ。

「でも実際のところ、従兄妹《いとこ》同士が結婚することは決してめずらしくないわよね。だからそんなふたりなら、その……なにかあってもおかしくない関係ということにはならないのかしら？」

アシュレイはディアナから視線をはずした。

「そう。従兄妹というのは、じつに使い勝手のいい身分なんだ」

窓を見遣《みや》り、ひとりごちた声には、ほのかな翳りがにじんでいるようだった。

アシュレイにとって、アレクシア王女とはどのような存在なのだろうか。

たとえ従兄妹でも、ふたりは決して対等な関係にはなりえない。

いずれ異国に嫁ぐ王女が、色恋の対象になることもありえない。

三歳差の従兄妹が、おたがいに慕い慕われていずれ夫婦となることも、世にはままあるだろうに。

アシュレイの視線は、ひたすら窓の外に向けられている。

高く昇りだした陽に、すべての希望を託すように。

ディアナはそっとささやいた。

「王女殿下……早く発見されるといいわね」

アシュレイはわずかに肩をふるわせる。

そしてかみしめるようにうなずいた。

「そう祈るばかりだよ」

4

「ああもう、だめだめ！」

ついに耐えかねたように、マディが声をあげた。

「まったく手つきがなっちゃないったら。そんなこすりかたじゃあ、汚れなんていつまでたっても落ちやしないわ。ほら、こっちに貸して」

アレクシアの手から手巾《しゅきん》をもぎとり、洗濯板にごしごしと押しつけ始める。

力強く、けれど力任せというわけでもないマディの絶妙な力加減で、肉料理のしつこい油染みがみるみるまに薄れていく。

そのみごとな手際に、アレクシアは目を奪われるばかりだ。

「ざっとこんなもんね。あとはそっちの盥《たらい》にきれいな水をたっぷり注いで、しっかり石鹸《せっけん》のぬめりを洗い流すこと。いい？」

夢中でマディの手許をのぞきこんでいたアレクシアは、

「ちょっと！　すすぎまで全部あたしにやらせるつもり？」

絞った手巾を腕に押しつけられて、ようやく我にかえった。

「あ……すまない。そなたの手さばきについ見惚れてしまって」

マディはめんくらって、目をぱちくりとさせる。

「あんたって変わってるわね」

「そ、そうだろうか」

アレクシアはたじたじとなりながら、

「努力はしているのだが、見よう見まねではなかなかうまくできないものだから」

「そういう意味じゃないんだけど」

「というと？」

「いいの。気にしないで」

マディはひらりと片手をひとふりしてあしらい、

「ほんの数日であたし並みまで腕をあげられたら、それこそ本職の名が泣くってものよ。そうでしょ？」

「ん……たしかに」

ウィンドローの隣町で生まれ育ったマディは、幼いころから家計を助けるために、近隣の住人の洗濯を請け負ってきたという。

シャノンやカーラもそれなりに手慣れた様子だったが、マディが小柄な身体をめいっぱい動かして、誰よりもたくさんの洗いものの山をもりもりとかたづけていくさまは、爽快《そうかい》ですらあった。

フォートマスの町に連れてこられて、すでに三度めの朝を迎えていた。

この娼館はどうやら《黒百合の館《くろゆり》》と呼ばれているらしい。

脱出の機会をうかがうため、協力を誓いあった四人は、アレクシアを主導に各々《おのおの》できるかぎりの情報収集に努めていた。

ルサージュ伯爵夫人は《黒百合の館》を営むかたわら、エイムズに調達させた娘たちを同業者や得意客に斡旋《あっせん》して、懐を肥《こ》やしているようだ。

昨年の冬から春にかけて、フォートマスでは性質《たち》の悪い流行り病が広まり、多くの娼婦《しょうふ》もまた犠牲になったという。そのためどの店でも働き手不足が続いていて、伯爵夫人は上機嫌で、娘たちの値を吊りあげる算段をたてているらしい。

「きっとあの女将《おかみ》、零落《おちぶ》れたご令嬢がお好みの変態成金に、あんたを高く売りつけようとしてるのよ。死んだあの娘の身代《しんだい》も上乗せしてね」

そんな不吉なことをささやいてきたのは、みすぼらしい姿のアレクシアにさっそく目をとめたエスタだったが、あながち的はずれでもなさそうだ。

ともかくアレクシアたちが大切な売りものであるかぎり、殺されたり、傷痕の残る折檻《せっかん》を受けたりせずにすみそうなことだけは救いだった。あいかわらず狭い屋根裏に押しこめられてはいたが、おかげで好色な客たちの魔の手から守られているともいえる。

それに質素ではあるものの、朝晩の食事は欠かさず与えられていたので、空腹に苦しむこともなかった。あまりに貧相な娘では、ろくな値がつかないと考えてのことだろう。

そんな魂胆が透けてみえてはいたが、日に一度は肉の切れ端の浮いたスープがでること に、同室の三人はいたく驚いていた。村でも町でも、肉はとても貴重なものなのだ。ときには卵や、チーズの欠片まで添えられていることもある。

とはいえその食い扶持《ぶち》は身体で稼いでもらうとばかりに、娼館の奥向きをきりまわしているドニエ夫人の指示で、娘たちはそろってさまざまな雑用にかりだされた。

泊まり客がすべて送りだされると、まずは膨大なリネン類の洗濯。

厨房《ちゆうぼう》にさげられた食器を洗い、磨きあげること。

娼婦たちの湯浴みのための水汲みに、内庭の掃き掃除。

そして乾いたリネンを取りこみ、屋根裏で繕《つくろ》いものをかたづける。

次々と命じられる作業をこなすうちに、またたくまに二日が経ってしまった。

「アレクシア。新しい水を汲みにいきましょう」

シャノンに声をかけられ、アレクシアは腰をあげた。

それぞれ桶《おけ》を片手に、裏庭のかたすみの井戸に向かう。

すると隣に並んだアレクシアを、シャノンがうかがった。

「大丈夫？」

「え？」

「一昨日から働きづめで、あちこち痛むんじゃない？　あんまり無理しないで、ちょっとくらい手を抜いたってかまわないのよ？　あたしなんかと違って、あなたはこんな力仕事には慣れてないでしょう」

「そなたの気遣いはありがたいが、みなが耐え忍んでいるというときに、わたしだけそのような卑怯《ひきょう》なまねはできないよ」

アレクシアはかすかに笑み、足許に目をおとした。

「わたしは……わたしには、洗濯がこれほどまでに大変なものだなんて、想像すらできなかった」

まずは台所で湯を沸かし、裏庭に並べた盥に流しこみ、裾をからげたあられもない格好で、じゃぶじゃぶと踏みつける。

しつこい汚れは、石鹸と洗濯板でていねいに押し洗い揉《も》み洗いをする。

何度か水を替えて石鹸液をしっかり流したあとは、ふたりがかりで絞った敷布をぴんと張り、左右に渡した紐《ひも》にかけて天日《てんぴ》にさらす。

　手足は酷使するし、肌は荒れるし、なぜ洗濯女が最下層の女性の職業とみなされているのか、知識として理解していたことが、いまになってようやく実感できた気がする。

「だがきれいになった布が、いっせいに風にひるがえっているさまは、なんともすがすがしいものだな」

「ああ！　それよくわかるわ」

　汗やら酒やら、正体不明の染みやらがこびりついた布には及び腰になったが、それらがすべて洗い流され、生まれ変わったように白くはためいている様子には、心まで清められるようだった。

「あたしの村みたいな田舎ではね」

　水を汲みあげながら、シャノンが語る。

「晴れた日には洗いたての布を広げて、ひなたの草地や生け垣に並べて干すの。そうすると布に匂いが移って、夜でも陽だまりにいるような気分になるのよ」

「陽だまりに……」

　たちまちアレクシアは魅せられた。

「そんな夜は、幸せな夢がみられそうだな」

「だからいつもは夜更かししたがる子どもたちが、みんな一番乗りで寝台に飛びこもうとするの。おかしいでしょう?」

アレクシアはうなずき、ほほえんだ。

「わたしの弟も、ぜひそんな敷布で休ませてやりたいものだ」

宮廷の寝具はもちろんいつでも清潔で、美しく皺がのばされていたり、かぐわしい香草が焚きしめられていたりする。けれど素朴《そぼく》な陽の匂いにくるまれて眠ることが、エリアスにはなによりの薬になるような気がした。陽の降りそそぐ草原を力いっぱいに走りまわる夢こそが、あの子の生命力を呼びおこしてくれるのではないか。

「家に帰ったら、試してみるといいわ」

「きっとそうする」

「きっと?」

「絶対に」

アレクシアが訂正すると、シャノンが片頰にえくぼを刻む。

シャノンは信じているのだ。アレクシアの導きで、この館から逃げだすことができるはずだと、信じたがっている。

だからこそ、その希望を打ち砕くようなふるまいをしてはならないのだと、アレクシアはあらためて気をひきしめる。

ふたりが桶をさげて、井戸からひきかえしてきたときだった。

裏庭に面した上階の窓から、ひとりの女が顔をだしているのに気がついた。けだるそうに頰杖をついてこちらをながめおろしているのは、見憶えのある金の巻き毛の女だった。《黒百合の館》の一番の売れっ妓だというリリアーヌだ。

「ねえ。そこのお嬢さん」

甘ったるい酒のような声で、リリアーヌは呼びかけた。

「いまあんたたちが水を汲んできた、その井戸の謂《いわ》れを知ってる？」

「謂れ？」

ふたりはおもわず足をとめ、いぶかしげな視線をかわす。

リリアーヌは蠱惑《こわく》的に、紅の残るくちびるをひきあげた。

「昔この館に連れてこられた女の子が、おつとめの辛さに耐えかねて、ある晩その井戸に身投げをしたの。それからよ。夜な夜な井戸の底から、哀《かな》しげな啜《すす》り泣きが這いのぼってくるようになったのは。そんな呪いの井戸の水を浴びるとね、そのうち肌は火傷《やけど》のように爛《ただ》れて、目鼻は醜《みにく》く崩れて、お客が悲鳴をあげて逃げだすようなおぞましい姿に変わり果てて……」

「ひっ！」

とたんにシャノンが桶を取り落とした。

「つめたっ！」

「ちょっとやだ！」

カーラとマディがまともに水をかぶり、悲鳴をあげた。

近くの盥にかがみこんでいたエスタたちまで、飛び散った冷たい水を浴びて、たちまち大騒ぎになる。

「ご、ごめんなさい！」

シャノンはおろおろと身をすくめ、アレクシアもどこから収拾したらよいものか、唖然と立ちつくすしかない。

すると厨房から飛んできたドニエ夫人が、おかしそうに騒動を見物するリリアーヌに向かって、怒りの拳をふりあげた。

「くだらない法螺《ほら》を吹いてるんじゃないよ、リリアーヌ！　そんな老け顔さらしてる暇があるなら、とっとと部屋にひっこんで肌の手入れでもしておきな」

「なんですって⁉」

「このところ上客がつきにくいからって、若い妓を脅して憂《う》さを晴らすなんて、あんたも堕《お》ちたもんだね。新顔に客を取られるのが、そんなに怖いかい？」

リリアーヌは一瞬かえす言葉につまり、

「だ、誰がこんな冴えない田舎娘なんかを怖がったりするもんですか。この死にぞこないの耄碌《もうろく》ばばあ！」

憤然と舌打ちを響かせて、窓から消えた。

続いてドニエ夫人がこちらを睨みつける。

「ぼんやりしてないで、しっかり手を動かしな。石鹼を無駄遣いするんじゃないよ。おまえたちにはもったいないような高級品を、わざわざ使わせてやってるんだからね」

嫌味たらしいひとことをつけたして、ドニエ夫人が立ち去るなり、

「威張んないでよね。あんたに使われてるわけじゃないっての」

「そもそもあたしたちの服を洗濯してるわけでもないのにさ」

そこここで抗議のささやきがかわされる。

船内では悄然と、打ちのめされるばかりだった娘たちにも、いまでは不満を口にできるだけの気力が生まれているようだった。

「でもたしかに、こんなにきれいな石鹼は、使ったことないわ」

洗濯の手を休めたマディが、石鹼を鼻先に近づけた。

そのまま深呼吸をひとつして、ほうとため息をつく。

「いい匂い。安い石鹼だとこうはいかないのよね」

興味を惹かれ、アレクシアはたずねる。

「原料が異なるのだろうか？」

「そうよ」

マディは得意げに説明してみせた。

「質の悪い石鹸は鯨油《げいゆ》やら獣脂《じゅうし》やらでできていて、しかも黒ずんでるから、それが布に汚らしく色移りするの。肌も爪《つめ》も傷《いた》んでぼろぼろになるしね。だからあたしは、頼まれものには上等なオリーヴ油の石鹸を使うことが多いわ。こんなふうに白い石鹸はいっとう高くて、とても手がだせないけど。きっとローレンシアからの輸入品ね」

アレクシアの心臓が不穏に鳴った。

「ローレンシア」

「そ。最高級の石鹸は、たいていローレンシア産なのよ。だから貧しい女の子は、みんな憧れてるわ」

「……そうか」

アレクシアがローレンシアに嫁ぐことで、ガーランドとの友好関係が安定すれば、そうした高級品もいくらか庶民の手に届きやすくなるはずだ。

そのための人身御供となれる者は、アレクシアしかいない。

ガーランドの王女は、この世にただひとりしかいないのだから。

「ローレンシア産の石鹸が、より求めやすい価格になれば、ガーランドの女人《にょにん》はみな喜ぶだろうか……」

アレクシアのひとりごとに、マディは勢いこんだ。

「もちろんよ。それがまさか、こんなところで手にすることになるなんてねえ。逃げだすまえに、持てるだけくすねてやろうかしら」

「さ、さすがにそれは」

アレクシアがたじろぐと、マディはたちまち噴きだした。

「冗談よ。あいつらに怪しまれそうなことは、できるだけ避けるようにしなくちゃ。そうよね？」

マディの菫色の瞳が、秘密のきらめきを放つ。

アレクシアはうなずきかえし、さりげなく視線を逃がした。

そこには背丈の倍ほどもある煉瓦《れんが》塀が、厳然とたちはだかっている。

ローレンシア行きの艦隊が全滅をまぬがれていれば、すでに宮廷にも第一報が届いていることだろう。どこからかアレクシアの安否《あんぴ》にまつわる情報が洩れて、混乱が広がるまえに、一刻も早く生存を伝えなければならない。

そんな使命と焦燥《しょうそう》がたがいの燃料となって、身を焦《こ》がす焔の渦《うず》を燃えたたせているようだった。

そのときふと、アレクシアは顔をあげた。

とたんにこちらを睨みつけるエスタと視線がぶつかって、どきりとする。

無造作に結ばれた赤い髪が、怒りの焔のように風に揺れていた。

「どうかした？」

マディの声で我にかえる。

アレクシアは首を横にふった。

「いや……なんでもない」

越えねばならない壁は、どうやらひとつきりではないようだった。


「すごい。縫い目がきれいにそろってる。あなたって繕いものはとっても上手なのね」

シャノンがアレクシアの手許をのぞきこみ、しきりと感心する。

マディもすかさず身を乗りだして、

「へえ。意外に器用なのね。洗濯はてんでだめなのに」

アレクシアは苦笑いした。

「刺繍《ししゆう》は幼いころから、必須の素養として身につけさせせられてきたからな」

「淑女《しゆくじよ》のたしなみってやつ？」

すべるように針を布に潜らせながら、そうたずねたのはカーラだ。

「そんなところかな。社交の席で刺繍を刺すのは、会話が手持ち無沙汰《ぶさた》になるのを避けるためでもあるんだ。だからカーラの手さばきには到底かなわないよ」

「当然ね。繕いを商《あきな》いにするには、なにより速さが求められるもの」

そう断言するのもそのはず、カーラは本職のお針子なのである。

カーラの家業は仕立屋で、伯母がアーデンの町の織物商に嫁いだのも、そもそもは商いの縁がきっかけだという。

子どものころから家業を手伝ってきたカーラにとって、寝具や肌着の繕いなどお手のものなのだ。

「ウィンドローではけっこう繁盛してるのよ。あなたみたいなお貴族さまからの依頼が舞いこむことは、めったにないけど」

持ちこまれた布地を注文に応じて仕立てるだけでなく、長らく着つけて寸法があわなくなった服の直しや、細々とした繕いものも請け負っているという。

そしてできあがりの品を得意先まで届けるカーラの姿に、エイムズたちは目をつけたらしい。届けものを終えたカーラがひとりで店に帰ろうとしていると、いきなり路地にひきずりこまれ、わけもわからないうちに幌馬車で連れ去られたのだという。

「そういえばあなたがあいつらに盗られたあの衣裳、すごかったわね。あんな緞子は店でも扱ったことがないわ。もっとちゃんと目に焼きつけておけばよかった」

マディもうんうんとうなずいた。

「あたしも気になってたの。普通に洗ったらきっと縮んでしまうけど、海水を流さないわけにはいかないじゃない？　だったら水に浸して塩気を抜いてから、熱い石をあてて皺をのばせばなんとかなるかしらなんて」

「あの手の服はいったん裏地をはずして、それぞれ洗って乾かしてから縫いなおすこともあるわよ」

「ああ、なるほどね！　そのほうが縒《よ》れがでにくくていいかも」

洗濯を任されているわけでもないのに、マディとカーラは真剣に考えこんでいる。

ふたりとも布にかかわる仕事をしているだけに、上等な布の扱いは気にかかるようだ。

「みんなすごいのね。それぞれに得意なことがあって」

シャノンがおもむろにため息をつく。

「あたしには、誰かに胸を張れるようなものなんて、なにもないもの」

「そうと自覚していないだけではないか？」

沈むシャノンの横顔を、アレクシアはうかがった。

「きっとわたしなど足許にもおよばないような知恵や技を、日々の暮らしで身につけているはずだ。そうだな……たとえばわたしは香草や花の知識こそあるが、野菜の育てかたについては疎《うと》いから、世話を任されてもきっとすぐに枯らしてしまうだろうし」

「でもそんなことは、田舎育ちなら誰でも知っていてあたりまえだから」

いたたまれないように、シャノンはうつむく。

するとマディがきりだした。

「そういえば毎年うちでは、姉妹そろって近くの村までホップ摘《つ》みとか麦の刈り入れの手伝いにいくの。ちょっとした出稼ぎね。でもあたしたちがもたもたしてるあいだに、村の子はみんな倍くらいの麦束を刈り取ってしまうのよね」

「麦刈り……」

ぽつりと洩らしたシャノンのまなざしに、たまらない郷愁がにじむ。

「あたし……夏の麦畑が大好き。一面が黄金の海みたいに輝いて、風が吹き抜けるたびにきらきらしたさざなみが走るの」

夢みるようなまなうらには、故郷の麦畑の光景が浮かんでいるのだろうか。

「収穫は大変だけど、刈り取った麦のひと粒ひと粒がおいしいパンになると思えば、苦にはならないわ。パンを焼くのも大好き。砕いた胡桃《くるみ》とか、向日葵《ひまわり》の種とか、市で奮発したオレンジの皮を混ぜた焼きたてのパンをふるまうと、みんな喜んでくれて」

「いいじゃない。あたしパンの焼きかたはわからないわ。町ではたいてい、パンは近所のパン屋で買うものだもの。ね？」

カーラがマディに同意を求める。

「そうそう。みんなに喜ばれるほどのパンが焼けるなんて、立派な特技じゃない」

「そんな……たいしたことじゃ……」

頬を赤らめるシャノンを、アレクシアはほほえましく見守る。

「いつかシャノンお手製の、焼きたてパンを食べてみたいものだな」

「あたしも。なんにしろパンは焼きたてにかぎるわよね、やっぱり」

ため息まじりのマディに、カーラも深々とうなずく。

「あたしたちにまわされてくるあのパンって、乾ききった残りものばかりよね。黴こそ生えちゃいないけど、しっかりスープに浸さないとかみきれたものじゃないし」

「スープの味は悪くないけど、いつも冷えてるしね。絶対に嫌がらせよ」

「あんなにまずいパンは、いっそ鳩《はと》と雀《すずめ》と鼠《ねずみ》の餌にしてやりたいくらい」

「鼠だって見向きもしないかも」

「ありえるわね」

不満が積もりに積もっていたのだろう、ふたりの愚痴《ぐち》はとどまるところがない。

アレクシアも内心では同感をおぼえつつ、

「それでもいまは、残さず食べておいたほうがいい。いざというときに備えるためにも。それにせっかくの美人も、やつれていてはだいなしだからな」

娘たちを勇気づけるように笑いかけると、

「アレクシア……」

「あなたってやっぱり」

「ものすごく変わってるわ」

三人はおののくようにつぶやいたきり、そろって絶句した。

アレクシアはそんな反応にとまどい、

「……なにか気にさわっただろうか。これまでわたしには、そなたたちのような同年代の者と親しく接する機会がほとんどなかったものだから……もしも知らず失礼なふるまいをしていたらすまない」

「気にさわるだなんて、そんなことは全然ないけど」

シャノンはもじもじと頬を赤らめながら、ふと興味を惹かれたように問う。

「でも、それならこれまではいったいどんな相手とつきあってたの？」

「そうだな……高齢の教授たちや、八歳離れた弟や、それに若いくせにじじむさい護衛官が常につきまとっていたが」

「だからそんなしゃべりかたなのかしら」

「やはりおかしいだろうか」

おのれの挙動について、市井《しせい》の娘たちの率直な意見を耳にする機会など、これまであるはずもなかった。おずおずと三人をうかがうと、

「いいんじゃない？　小気味よくて、あたしは好きだけど」

カーラがさばけたしぐさで口の端をあげる。

マディもおもしろがるように、

「ちょっと古めかしいけど、そういえばお芝居にでてきた王女さまも、そんなしゃべりかたをしてたわね」

「な、なるほど」

さりげなく飛びだした王女のひとことに、アレクシアは内心どきりとする。

だがなんとかやりすごしたのもつかのま、さらなる驚きが襲いかかった。

「お芝居……そうよ！　やっとわかったわ」

急に晴れやかな声をあげたのは、針を握りしめたカーラだった。

「ずっと思いだせなかったのよ。アレクシアとは、いつかどこかで会ったことがあるような気がしてたんだけど」

ますますどきりとしたアレクシアに、だがカーラは意外なことを告げた。

「あなたって《白鳥座》の役者にそっくりなんだわ！」

「え……役者？」

アレクシアはぽかんとした。

「そう。若い舞台女優よ。ちょうどあたしたちと同じ齢ごろのね」

今年の春先、アーデンの伯母夫妻の家をたずねたときに、町で評判の劇場に連れだしてもらったのだという。

「客席から観ただけだし、化粧もしてたから、素顔になったらそれほどでもないのかもしれないけど、身体つきとか、その金髪もすごく似てたわ」

「わたしに似た女優……」

「ただ美人なだけじゃなくて、演技も上手《うま》いから、芝居好きのうるさがたにもなかなか人気があるらしくてね。たしか……そう、ディアナなんとかといったかしら」

ディアナ。

声になりきらない声で、アレクシアはくりかえす。

脳裡に浮かぶのは、六年まえの冬の日に王都の聖堂でめぐりあった、名も知らぬ少女の姿だった。

まさかあのときの少女なのだろうか。あの枯れ枝のような、明日にも身売りを強《し》いられる境遇の少女が、アレクシアの無謀な提案を現実にしてのけたなどという奇跡が、本当にありえるのだろうか。

「なんでも十歳そこそこで王都から流れついた孤児だったのが、飛びこみで《白鳥座》の座長に演技を披露して、一発で採用されたっていう逸話の持ち主らしいわよ。当時からとびきりの才能だったのね」

アレクシアはおもわず口許に手をあてた。

その指先がしだいにふるえだす。

まちがいない。あの子だ。

あの子――ディアナという名の少女はあの苦境から独力で脱けだし、生きのびて、たぐいまれな演技の才を活かして舞台で活躍するという未来をつかんでみせたのだ。

たちまち目の奥から熱いものがこみあげ、あふれだしそうになるのを、アレクシアはけんめいにこらえた。

「アレクシア？」

気がつくと、カーラが気まずげにこちらをうかがっていた。

「女優とそっくりだなんて、ひょっとして気を悪くした？」

アレクシアは急いで首を横にふる。

「とんでもない。ただ……わたしと変わらぬ姿で、さまざまな役柄が演じられている様子を想像してみると、なにやら感慨深いような気分になって」

そんなふうに説明してみせると、シャノンが興味深そうに続けた。

「おもしろいわね。お芝居の世界に、いつのまにか自分も飛びこんでしまったような気がするものかしら」

マディも身を乗りだして、

「ねえねえ。それってもしも彼女がアレクシアのふりをしたら、誰にも偽者とはわからないかもしれないってことにならない？」

「え……」

アレクシアは目をみはる。

その刹那《せつな》、張りつめた弦を弾《はじ》いたような、かすかな波紋が胸をかけぬけた。

興奮にも動揺にも似たその余韻は、けれどアレクシアが耳をすませるのを待たずに消え去ってしまった。

すかさずカーラが提案した。

「だったらこうしない？　みんなでアーデンの町までたどりつけたら、ついでに《白鳥座》ものぞいてみるの。あたしが案内してあげるわ」

それは楽しみだと、三人はたいそう盛りあがっている。

アレクシアはひとり胸に手をあて、高鳴る鼓動をなだめた。

なんというふしぎなめぐりあわせだろう。

アレクシアがこんな境遇に陥らなければ、成長した少女の消息を知る機会など、おとずれはしなかった。ローレンシアに向かったアレクシアは、よほどのことがないかぎり二度とガーランドの地を踏むことはなかったはずだからだ。

そう考えると、この試練はまるで祝福であるかのように感じられてくる。

あの冬の日に自分の為《な》したことは、まちがっていなかった。

そしていまこそ、少女の輝かしい姿をまのあたりにできるのかもしれない。

それこそが視えない手に導かれた定めなら、かならずや自由の身となり、アーデンの町までたどりつけるはずだ。

そんな確信に裏打ちされた希望が、胸に芽吹いて枝葉を広げてゆくようだった。

シャノンもしみじみと語りだす。

「なんだかいまだに信じられないわ。あたしなんてウィンドローの町より遠くにでかけたことすらなかったのに、いまはフォートマスにいて、これからアーデンに逃げこんで劇場をたずねる計画までたててるなんて。悪い夢なら早く醒《さ》めてほしいって祈ってばかりいたけど……でもあたし、いまになってちょっとわくわくしてる。あのまま村で暮らしていたら、一生こんな冒険をすることなんてなかったかもしれないもの」

アレクシアもうなずき、姿勢を正した。

「わたしもそなたたちと知りあえたことに、いまでは心から感謝している。わたしの人生における、かけがえのない糧《かて》になるはずだから」

「なんだか大仰ね」

「やっぱりあなたたって」

「ものすごく変わってるわ」

くすくすと笑いあう三人につられて、アレクシアも頬をゆるめる。

そのときだった。

ふいに扉が叩かれ、四人はびくりと肩を跳ねあげた。

なごやかな空気が、一瞬にして霧散《むさん》する。そろって息をひそめていると、いらだたしげな叩扉《こうひ》が二度、三度とくりかえされた。

ドニエ夫人が次の仕事を言いつけにきたのだろうか？　だがいつもの彼女なら、断りなどなしに部屋に踏みこみ、あれこれと指図をしてくるはずだった。

不審さに身がまえつつ、アレクシアが応じる。

「……どうぞ」

すると扉の向こうから顔をだしたのは、隣室のエスタだった。そちらの娘たちも、いまは同じく繕いものをこなしているはずである。

「そこのお嬢さまに話があるんだけど」

鋭いエスタの視線は、まっすぐアレクシアに向けられていた。

「わたしに？」

「そこまで顔を貸せってことよ」

エスタはついと顎をあげ、扉の外をさしてみせた。

「べつに取って喰《く》いやしないんだから、さっさとしてくれない？」

あざけるような口調に、アレクシア以外の面々がたちまち気色《けしき》ばんだ。

カーラは反感もあらわに、

「ちょっと。その口の利きかたはなによ」

マディもまた、不快そうに耳打ちしてくる。

「あんな娘の言うなりになることなんてないわよ」

そんなふたりを、アレクシアは急いで押しとどめた。

「──いいんだ。わたしも彼女と話をしたいと思っていたところだから」

心配そうなシャノンに、アレクシアはうなずいてみせる。

そしてエスタの鳩羽《はとば》色の瞳をみつめかえした。


「あんたたち、ここから逃げだすつもりでいるわね」

暗い通路で向かいあうなり、エスタが核心にきりこんだ。

アレクシアはほのかに笑んだ。

「やはり悟られていたか」

とたんにエスタはまなじりを吊りあげ、アレクシアを壁に突き飛ばした。

肩を走り抜ける痛みに、アレクシアは息をつまらせる。それでも一瞬たりとも、エスタから目を逸らしはしなかった。

「あんた……馬鹿にしてるの？」

アレクシアの襟許を、エスタは力任せにつかみあげる。

「このあたしが、あんたたちのしようとしてることをあいつらにばらしたら、あんたたちは終わりなのよ」

青磁《せいじ》のようなエスタの白眼に、赤い罅《ひび》が無数に走っている。

敵意の熱を孕んだその視線を、アレクシアは静かに受けとめた。

「だがそなたは密告などしていないのだろう?」

「だから！　いつでもそうしてやれるってことよ」

「そのつもりなら、なぜわざわざわたしに忠告を?」

「忠告?」

「そなたは用心をうながしにきたのではないか?　もしも逃げる機会をうかがっているのなら、そのもくろみを館の者たちに勘づかれないようにふるまうべきだと。つまり些細な油断からわたしたちの望みが打ち砕かれることを、そなたは憂慮しているんだ」

「くだらないわね。誰があんたたちの望みなんかにかまうもんですか」

「そうだろうか?」

アレクシアは揺るぎない口調できりかえす。

エスタが気圧されたようにみじろぎした。

「だとしたらそなたはただ、脇の甘いわたしたちが自滅するのを待てばいいだけだ。あるいはわたしたちが脱走の計画を詰め、まさに決行しようとしているときを待って密告すれば、より深い絶望を味わわせることもできるだろう。だがそなたのしていることは、まるで逆だ」

「あ、あたしは――」

くちごもったエスタが、やにわに身を乗りだした。

まさか手をあげるつもりなのか――と壁を背にしたアレクシアが、つい身をすくませたときである。

エスタは距離をつめた勢いのままに、アレクシアにしなだれかかった。

「……エスタ？」

そのままくたりと膝を折り、崩れ落ちようとするエスタを、アレクシアはとっさに受けとめる。そしてなんとか上体を壁にもたせかけると、かたわらに片膝をついて顔をのぞきこんだ。

「どうした？　気分でも悪いのか？」

「……るさい……ほっといて」

「そんなわけには」

エスタはうるんだ瞳をぼんやりとさまよわせている。

その額にアレクシアは手をふれさせて、

「ひどい熱だ」

たちまち目をみはった。

「いつからこんな症状が?」

「知らない……」

エスタはとりつくしまもない。

「ともかく部屋で横にならないと」

隣室の娘たちを呼んで、手を借りたほうがよいだろうか。

アレクシアが迷っていると、

「おまえたち、こんなところでいったいなにをしてるんだい」

折り悪しく屋根裏に姿をみせたドニエ夫人が、すかさずふたりを見咎《みとが》めた。

「繕いものはもうかたづけたんだろうね? 手抜きなんてしていたら、針で足裏を突いてやるよ」

エスタをかばうようにだきよせ、アレクシアはけんめいに事情を伝えた。

「彼女が高熱に苦しんでいるんだ。伯爵夫人に頼んで、医師を呼んでやってはもらえないだろうか?」

「医師だって?」

ドニエ夫人はさもおかしそうにせせら笑った。

「そんなごたいそうなもの、小娘ひとりごときのために調達してやるわけがないだろう」

「ならば薬種屋の者でもかまわない。彼女を高く売りたいのなら、病で死なせては元も子もないはずだ」

アレクシアはやむをえず、相手の損得勘定に訴えてみる。

だがドニエ夫人は相手にしようとしなかった。娘たちを部屋から追いたて、娼婦たちが湯浴みをするための水汲みと、野菜の皮むきを命じる。

そしてエスタをだきしめたままのアレクシアに、

「おまえもぐずぐずするんじゃないよ。役たたずは床に放っておき」

「待って。せめて誰かがついて、看病をしてやらないと」

アレクシアは隣室の娘たちに目を向けた。

エスタと気心の知れている誰かが、名乗りをあげてくれるものと期待したのだ。エスタもきっとそのほうが、アレクシアに世話をされるよりも嬉しかろう。

だが三人はエスタを遠巻きにして、眉をひそめるばかりだった。

「いやだ。伝染《うつ》る病気じゃないでしょうね」

「まさかこっちの部屋に連れこむつもり？」

啞然とするアレクシアに目をくれ、ドニエ夫人は鼻で笑う。

「ご親切なお友だちばかりで、けっこうなことじゃないか。そんなに気になるなら、おまえさんが看てやればいい。代わりに残りのそいつらには、ふたりが抜けた穴を埋めるだけの働きをしてもらうがね」

「…………」

打ちのめされた心地で、アレクシアは視線をあげる。

シャノンたちが気の毒そうにうなずいた。

こちらのことは気にしないで。

そう語る三人のまなざしだけが、唯一の救いだった。


「おそらく流感《りゅうかん》のたぐいではないはずだ」

アレクシアは水で冷やした手巾を絞り、エスタの額にのせた。

「知らぬまに溜まり続けた疲労が、ついに限界に達したのだろう。できるかぎり身と心を休めて、しっかり栄養を摂《と》るよう心がければ、じきに快方に向かうはずだ。といっても、いまの状況では難しいかもしれないが……」

寝台に身を横たえたエスタは、意外にもしおらしかった。

あれこれと世話を焼くアレクシアをうるさがることもなく、おとなしくされるがままになっている。エスタを休ませているのは、普段はアレクシアとシャノンが使っている寝台なのだが、そのことに文句をつけるつもりもないらしい。

それほど体調が優れないというよりは、ぎりぎりまで張りつめていた心の膜が、先刻の騒動ですっかり弾けてしまったとでもいうように放心しきっていた。

「さあ、これを飲んで。熱のあるときは、なるべく水分を多く摂ったほうがよいものだ」

アレクシアが木の器《うつわ》に注いだ水を、エスタはさしだされるままに受け取った。

「……妙に手慣れてるのね」

半分ほどを飲みくだし、いくらか人心地ついた様子でつぶやく。

「それに病気の診《み》たてまでできるなんて。あんたみたいなお嬢さまは、病人の面倒なんて看たことないのかと思ったわ」

「そんなことはない」

アレクシアは苦笑した。

「わたしには生まれつき病がちの弟がいるんだ。寝台を離れられずに一日を終えることもしばしばで、その病の床に長らく付き添ってきたものだから」

「……いつのまにか慣れきっていた？」

「そうならずにいられたらよかったのだが」

アレクシアは吐息まじりに、窓の外に目をやる。

塀の向こうの、暮れなずむ空の果てに、遠く離れた王都の影はうかがえない。

残りの水を飲みほすと、エスタがおもむろにたずねた。

「それなら駄々っ子をなだめるのもお手のもの？」

アレクシアはエスタをふりむき、片眉をあげてみせる。

「それはどうかな。弟はとても出来た子で、わがままでわたしを困らせることなどめったになかったから」

「ふうん」

天井をみつめたまま、エスタがぽつりとこぼす。

「昔のあたしは駄々っ子だった」

アレクシアは無言でエスタをうかがった。

「ひょっとして……そなたにも姉がいるのか？」

「自慢の姉だった。美人で、優しくて、ちっとも偉ぶったところがなくて、いつもいつもあたしをかわいがってくれた」

エスタはなぜ、それを過去のことのように語るのか。

アレクシアは口を挟まず、息をひそめるように続きを待った。

「商売に失敗した父が、姉さんを倍も年嵩《としかさ》の金貸しに嫁がせたの。背負った借金を帳消しにしてもらう代わりとしてね。でもそいつにとっては、はした金も同然の値だった」

エスタはだるそうに片腕を持ちあげ、両の目許を覆《おお》い隠した。

「安く手にしたものは、安い扱いをしてもかまわない。そんなふうに考える、下品で最低な男だった。若くてきれいな妻をみせびらかすみたいに、あちこち姉さんを連れ歩いてるうちはまだよかった。でもじきにひどい扱いをするようになって……肺を病んだ姉さんを医者に診せようともしなかった。どうしてだかわかる？」

エスタは腕をのけて、潤んだ瞳をのぞかせた。

「姉さんが邪魔になったからよ。あいつは没落貴族に貸しつけた借金の形として、その娘を手に入れようとたくらんでいたの。たとえ零落れていても、貴族の妻は平民のあいつにとって、喉から手がでるほど欲しいものだったのよ」

それならエスタの姉は、夫に見殺しにされたも同然なのだ。

肺の病は完治させるのが難しい。それでも裕福な金貸しなら、気候のおだやかな土地で療養させてやることもできただろうに。

「父は死んだ姉さんをなじったわ。うまくやれば、あの男からもっと金をむしりとってやれたかもしれないのにって」

そんな金をあてにした商売が、もとより持ちなおせるはずもない。エスタの父親はほどなく身を持ち崩し、結局はふたたび娘を売ることにしたのだった。今度はよりあからさまな方法で。

「だからあたしは決めたの。あたしは絶対に姉さんみたいにはならない。男たちをあたしの虜《とりこ》にさせて、湯水のように金を使わせてやるって。それがあたしの——」

まるで嗚咽のように、エスタは息を継いだ。

「あたしの復讐《ふくしゅう》で、姉さんの弔《とむら》いだから」

「エスタ……」

「そんな娘はもう死んだわ」

かつてエスタは語っていた。

自分たちが売りにだされるときは、きっと夜の娘にふさわしい新しい名をつけられることになるだろうと。そんなふうに名をなくしたほうが、ましなのだとも。

「でもあたしはあいつらに殺されるんじゃない。自分で自分を殺すの」

そして生まれ変わるのだ。

身分も財産もないみじめな娘が、伝説の不死鳥のように男たちを幻惑し、夢中にさせ、支配してのけるために。

「それぞれ事情はあっても、こういうところに流れついた娘は、いずれみんな過去を忘れて生きる覚悟を決めるものよ。そのためには昔の名なんて早くなくしたほうがいい」

過去を断ち、縁《よすが》となる名すら捨て去ること。

それが深い絶望を呑みこんで生きてゆくすべなのだろうか。

その境遇を、我が身のこととして真剣に考えてはいなかったことを、アレクシアは痛感させられた。

アレクシアには王女としての使命がある。

王女であるからこそ、いつまでも囚《とら》われの身でいるわけにはいかないし、王女であるからこそ、虐《しいた》げられているガーランドの民を守らなければならない。

その想いこそが、朝も夕も変わらず、アレクシアの意志を奮いたたせていた。

王女であることが、アレクシアのすべてだった。

それ以外の生きかたを、想像することすらできない。

そこに広がるのはただ、真なる空のような暗闇だけだ。

「だからいつまでたってもぐずぐずと、くだらない望みにしがみついてるだけのあんたたちには、反吐《へど》がでるわ！」

語気も荒く吐き捨て、エスタは顔をそむける。

黙りこんだまま歯を食いしばるさまは、みずからが放った棘《とげ》の痛みに必死で耐えているかのようだった。

本気でアレクシアたちを憎んでいるのなら、逃亡の望みを打ち砕く方法はいくらでもあるはずだ。それでもエスタはこちらを陥《おとし》れようとはせず、むしろ油断をたしなめるためにやってきた。

持て余されたエスタのいらだちが、救いを求めるように身の裡《うち》まで忍びこみ、じりじりと肺の腑を握りつぶしてゆく。

押しひしがれた胸をなだめるように、アレクシアは深呼吸をした。

「そういうことなら、わたしとそなたの利害は一致しているな」

努めて気楽な口調できりだすと、エスタはいぶかしげに目をあげた。

「え？」

「そなたの野望を実現するには、金満家に身請《みう》けされるのが一番の近道になる。だとしたらそなたにとっては、競争相手となる娘が減ったほうが都合が好いはずだ。売れ残らずに望みの相手をつかまえられる確率が、それだけ高まるのだからな」

アレクシアは肩をすくめてみせた。

「特にわたしなどは、消えるにまかせたほうが得策だ。なにしろそなたの予想では、わたしは零落《れいらく》した貴族の娘がお好みの変態成金に、高く売りつけられるに決まっているそうだから」

「……根に持つわね」

意地の悪いまねをした自覚はあるのだろう。エスタは恨めしげにアレクシアを一瞥すると、やがて心を決めたように身をおこした。

額からこぼれた手巾を、指先でもてあそびつつ問う。

「本気でここから逃げだす気なの？」

ひそめた声から、馴《な》れあいの響きは消え去っていた。

それを察し、アレクシアも表情をひきしめる。

「こちらの部屋の三人とは、すでに同意ができている。だがそなたたちも望むなら、ぜひともに――」

「望みやしないわ。攫われてきたあんたたちと違って、こっちには帰るところなんてありはしないんだから。必死で家に逃げこんだって、すぐに追っ手がつかまえにくる。あたしたちはもう、あの女将に借りのある身だもの。親だって迷惑をかけられるまえに、進んでさしだそうとするでしょうよ」

「だがその借りは、そなたの作ったものではないはずだ」

「それがなに？　たとえ親が死んだって、遺された借金は子どもが肩代わりするのがあたりまえじゃない。子どもはいつだって親の言うなりよ。あんたみたいなお嬢さまだって、親の許しがなきゃ結婚相手すら自由に決められないんじゃないの？」

「それは……」

アレクシアは反論できなかった。アレクシアにとって、父王エルドレッドの命にそむくなど、考えられないことだ。

エスタは目を伏せ、手巾を握りしめた。

「ふたりは貧しい村の生まれで、飢《う》えずにいられるここのほうがまだましだって。残りのひとりは兄夫婦の家でこき使われて、手まであげられて、でも逃げだしたところで道端で身売りをするか、追い剝ぎの情婦にでもなるしかないから、なかなか決心がつかなかっただけだって。だからあんたの誘いに乗ることは絶対にないわ」

「それでも、説得をすれば気が変わるかも——」

「無駄ね」

エスタは迷いなく告げた。

「さっきあんたも居あわせたでしょう。あの娘たちがまっさきに気にしたのは、あたしの身体の心配じゃなくて、あたしの病気が伝染るものかどうかってことだった。だけどあの娘たちだって、べつに人並みはずれて性根が腐《くさ》ってるわけじゃない。ただ自分を守ることに精一杯なだけ」

エスタは淡々《たんたん》と語り続ける。

「だからこそ、あんたたちの計画を告げ口したほうが得になると判断したら、ためらいなくそうするでしょうね。知っていて見逃したと疑われたら、ひどい折檻《せっかん》が待ってるかもしれない。あの娘たちの誰かひとりでも、そんなふうに巻き添えを喰うのだけはごめんだと考えだしたら、なにもかもおしまいよ」

「…………」

アレクシアは口をつぐみ、うつむいた。

おそらくエスタの指摘は正しい。彼女のように、すでにおのれの境遇を受け容れている者にとって、あくまで抗《あらが》おうとする者はめざわりであり、なんとかつかみとろうとしている安寧《あんねい》すら、おびやかす存在にもなるだろう。

いまこそアレクシアは、限界を見極めなくてはならなかった。ともに自由になるというシャノンたちとの約束を果たすために、これ以上の危険を冒《おか》すことはできない。

エスタの慧眼《けいがん》に、アレクシアはいまさらながら胸を打たれていた。

辛辣《しんらつ》ではあるが冷笑には陥らず、感傷に流されることも憐憫に溺《おぼ》れることもなく、おのれの境遇をまっすぐにみつめている。無慈悲な荒波に押し流されるような人生と、身ひとつで闘う覚悟を決めた者の、凜然とした勇ましさがそこにはあった。

アレクシアは賛嘆《さんたん》の吐息をついた。

「一国の王女には、そなたのような者こそふさわしいのかもしれないな」

エスタが不可解そうに眉をひそめる。

「なによそれ。馬鹿にしてるの？」

「とんでもない。ただそなたの美貌と賢明さがあれば、異国の王太子すら虜《とりこ》にできるかもしれないと思って」

「あんたに褒められたところで、嫌味にしかならないわね」

エスタはふんと鼻先であしらい、

「そういうあんただって、その顔とご身分があれば、いくらでも上等な男を手玉に取れるでしょうに。惚れこんで追いかけまわしてくる男なんて、いままで掃いて捨てるほどいたんじゃないの？」

「まさか。そんなものはひとりもいたためしがない」

「冗談でしょう？」

「婚約者ならいるが……」

「なんだ。それを先に言いなさいよ」

「だが幼いころに父の決めた縁談で、相手は小娘のわたしになど興味はないんだ。十五になって顔をあわせたとき、彼にはすでに何人もの愛人がいたようだったし」

「うわあ……噂以上にえげつないのね、貴族の世界って」

おもいきり頬をひきつらせたエスタは、普段のおとなびた美しさがだいなしで、アレクシアはなんだかおかしくなる。

だがそれもつかのま、

「そんな男のために、あんたは処女を守ってきたの？」

唐突に問われて、おもわずむせかえった。

「な……なんてことを訊くんだ！」

「まさかひそかに経験済み？」

「ない！　ない！」

「どうせ愛されっこないってわかってるなら、独り身でいるうちに恋人のひとりやふたりくらい、こさえてやりなさいよ」

あけすけな発言に、アレクシアはたじたじとなる。

「……そういうわけにもいかないのだ」

「あんたっていかにも融通が利かなそうだものね」

おもしろくないとばかりに鼻を鳴らされては、苦笑いするしかない。

ふと気が向き、アレクシアは核心を伏せたまま打ち明けた。

「じつをいうと、わたしはその婚約者のもとに向かうところだったんだ。婚礼のために故郷をあとにして、弟とも今生《こんじょう》の別れになる覚悟で船に乗りこんだ。その船が事故に遭い、供の者が大怪我を負って、どこともわからぬ海岸でとっさに助けを求めた相手が――」

「エイムズだったの？　ひどい災難ね」

「わたしが迂闊《うかつ》だったんだ」

「しかたないわよ。相手は悪党なんだもの。若い娘をだましてのけることなんて、お手のものでしょ」

そっけないなぐさめが、なんだかこそばゆい。

「ねえ。もしもあんたが故郷に帰り着けたとして、その結婚はご破算になるの？」

「きっとそうはならないだろう」

「でも花嫁がいっときでも娼館に連れこまれてたなんて知れたら、とんでもないことになるんじゃないの？」

「うん。だから夫には隠しとおすことになるはずだ」

エスタはいらだたしげに口許をゆがめた。

「いっそ洗いざらいぶちまけてやればいいのに。それでどれだけ下種《げす》な噂が広まったとしても、あんたの言い分を信じて、守ってくれるような男と結婚すればいいじゃないの。そのほうがよっぽど幸せになれるってものよ」

アレクシアははっとした。

なにがあろうとアレクシアを信じてくれるだろう、ただひとりの男。

もはや生きているかどうかもわからないガイウスは、アレクシアがいかなるときも王女として正しい選択をすることを信じているはずだ。

その信頼を、踏みにじるわけにはいかない。

「それはできない」

アレクシアはゆるやかに首を横にふった。

「わたしがわたしの名を捨てられずにいるかぎり」

「つまらない女」

「期待に応《こた》えられずにすまない」

　エスタはあてつけるように、これみよがしのため息を吐きだした。

「それで？　どうやってここから逃げだすつもり？　まさかなんの手だてもなしに、あたしにまで誘いをかけてきたわけじゃないんでしょう？」

「逃げるつもりはない」

「は？」

「ドニエ夫人から屋根裏の鍵を奪うのも、夜に窓から壁を伝い降りて塀を越えるのも難しい。かといって裏庭での作業のさなかに、誰にも見咎められずに門を抜けるのは、なおさら望みが薄いだろう。なにしろひとりならまだしも、四人がそろってこの町から逃れられなければ意味がないのだから」

「そうよ。あいつらだって馬鹿じゃない。女の子たちを逃がさないように、あちこちから目を光らせてるに決まってるわ」

「だからあちらから手放させる」

「え？」

「そう仕向ける方法が、ひとつだけあるんだ」

　困惑するエスタに、アレクシアはふわりと笑いかける。

「そなたのおかげで、準備はほぼととのったようなものだな」

5

潮の香る青空に、白い夏羽の鷗《かもめ》たちが舞っている。

荷揚げを待つ漁船の魚を狙っているのだろうか。

「軍艦が停泊した形跡はないか……」

落胆のにじむ声で、ガイウスはつぶやいた。

朝のウィンドローは、すでに大小の船でにぎわっている。

だが予告もなしに軍艦が寄港したばかりというような、浮き足だった様子はうかがえなかった。

ガーランド南岸を捜索していた艦隊が、あの砂浜でアレクシアを救助したのなら、近くの港に姿をみせているかもしれない。そんな期待をかけていたのだが、どうやら甘かったらしい。

アレクシアの行方についても、艦隊の被害状況についても、まずは他港の情報を集めるところから始めるしかなさそうだ。

ガイウスは気をとりなおし、桟橋に降りたったティナに向きなおる。

「かさねがさね世話になったたな。港まで送り届けてもらうことになるとは」

ガイウスがアレクシアを腕にだきかかえ、ようよう海岸にたどりついたのは一昨々日《さきおととい》の夕刻のことである。

その翌朝、姿を消したアレクシアの安否もわからぬままに昏倒した彼は、海辺の集落に住むティナとその祖父の介抱によって、命をとりとめたのだった。

一昼夜の漂流と、深い刀傷のためだろう、憔悴《しょうすい》はひどいものだったが、のんびりと回復を待ってはいられない。

もはやいてもたってもいられず、陽がのぼりしだい近くの港に向かうと決めたガイウスをみかねて、ティナの祖父が漁のための舟をだしてくれたのである。

「いいのよ。ちょうど兄さんにも会いたかったし、そのついでだから」

ウィンドローの港では、ティナの兄のロニーが働いている。

《メルヴィル商会》という海運会社の支店で、積み荷の管理をしている彼なら、この海域の最新の情報にも詳しいかもしれない。

ガイウスはそう考え、兄の仕事先に案内するというティナの厚意に、甘えることにしたのだった。

「こっちよ。ついてきて」

ティナはかろやかに身をひるがえす。

小舟に残ったティナの祖父に、ガイウスはあらためて礼を述べた。

「心より感謝します。素姓《すじょう》もわからない他所者を泊めてくださったこと」

「かまわんさ」

無骨な老人は、厚い肩をひきつらせるようにすくめた。

「むしろ孫のわがままにつきあわせてすまないな」

「ティナの？」

「おまえさんのような若い都会者と知りあう機会などめったにないもんで、舞いあがっていてな。あれこれ世話を焼くのが楽しくてたまらんのだろう。昨晩も、無理にでもおまえさんをひきとめたほうがいいんじゃないかと、ごねておった。あの子に気を持たせるようなことをしないおまえさんなら、信用して長く泊めてやってもよかったんだが……どうやら先を急いでおるようだったからな」

「すみません」

ガイウスはあらためて、彼の気遣いに恐縮した。

「ティナは……ご両親を相次いで亡くしたばかりだそうですね」

「ああ。町で暮らしたほうがあの子のためになるんだろうが、この爺《じじい》がくたばらんかぎりは、あのあばら家を離れないと言い張って聞かなくてな」

「彼女らしいですね」

老爺《ろうや》は目尻の皺を深めた。

「誰よりかわいい自慢の孫さ」


ティナは慣れた足取りで、倉庫の建ち並ぶ区画をめざす。

ガイウスも背に負った布袋をかつぎなおし、あとに続いた。

布袋にはアレクシアの残した衣裳や、ティナが持たせてくれたパンやチーズなどが詰めこまれている。

海水に浸かったガイウスの軍服は、縮んでごわついていたものの、なんとか腕をとおすことができた。ティナがちくちくと縫いあわせてくれた上衣の裂けめは、なかなか物騒なめだちかたをしていたが、穴がふさがっているだけありがたかった。

人夫や荷車の波をかわしながら、ティナがとある棟をひょいとのぞきこむ。

見ればその入口には《メルヴィル商会》の商標がかかげられていた。

「あ。いたいた」

ティナの視線の先には、ずらりと積まれた樽《たる》を数えながら、帳簿のようなものをつけている、二十歳くらいの青年がいた。

長身だがひょろりとしていて、たしかに漁師にはあまり向いてなさそうだ。

「兄さん。兄さん」

するとティナの声にふりむいたロニーが、たちまち目を丸くした。

「ティナか？　いきなりどうしたんだ」

「ちょっと兄さんに用があってね」

「ま、まさかじいさんになにかあったのか？」

「縁起でもないことはよして。ぴんぴんしてるわよ」

「そうか。だったらなんでわざわざ……」

首をかしげたロニーは、ガイウスの姿を認めたとたんに、

「そいつは？」

あからさまに胡乱《うろん》げなまなざしになった。

「わけあって、ここ数日うちに泊めてあげたのよ。人を捜してるそうだから、兄さんが役にたつかと思って案内したの」

「泊めただって？」

ロニーは目を剝き、口をぱくぱくとさせる。

美人の妹と離れて暮らしている兄としては、まあ当然の反応だろう。

このままでは険悪なことになりそうだと、ガイウスは急いで釈明した。

「事故で負傷して動きがとれずにいるところを、彼女たちに救われたんだ。これ以上の迷惑をかけることはないから、どうか安心してくれ」

「その服装……ひょっとして将校なのか」

ガイウスは迷ったが、正直に告げることにした。

「ああ。しばらく軍務からは離れているが」

「それにしては、いやにくたびれてるな。まさか前線から脱走してきたんじゃないだろうな？」

「兄さん！　彼は連れの女の子とはぐれて、ものすごおく困ってるの。その娘の行方をつきとめたいだけなんだから、つまらない穿鑿《せんさく》はよして協力してあげてよね！」

「わ、わかったから、おちつけって」

ティナが咬《か》みつく勢いでまくしたてると、ロニーはひるんだようだった。

普段のふたりの関係をうかがわせるやりとりにおかしさがこみあげるが、ここで笑ってはますます心証が悪くなることだろう。ガイウスはつとめて無表情を保った。

ロニーはついに観念した様子で、

「ここで待っててくれ。休憩の許可をとってくるから」

隣の倉庫に向かって歩きだすロニーに、すかさずティナが続いた。

「だったらあたしもごあいさつするわ。いつもうちの兄が、みなさんにご迷惑おかけしてすみませんって」

「迷惑なんてかけてない！　それよりどういうことだよ。あんな得体の知れない男を泊めてやったなんて」

「だってそうでもしなきゃ、おじいちゃんの漁師小屋で野垂れ死んでたかもしれないのよ？　そうしたら死体をどこかに埋めなきゃならないし、見殺しにしたのを恨まれて祟《たた》られたりしたら怖いじゃない」

「それにしたってな」

「兄さんこそ、自分より強そうな男をすぐ目の敵《かたき》にするのって、みっともないからやめたほうがいいわよ」

「違う！」

　こそこそとやりあいながら兄妹《きょうだい》は隣の倉庫に消え、しばらくして戻ってきたのはロニーひとりだった。

「ティナがいなくて残念だったな。うちの上司と話が弾んでるんだ。ティナはかわいくて性格もいいから、みんなの人気者なのさ」

「きっと嫁の貰《もら》い手には困らないだろうな」

　ガイウスのおちつきぶりに、ロニーは不機嫌そうに舌打ちした。

「それで？　おれがどうあんたの役にたつって？」

「商船の積み荷の管理を任されているきみなら、近隣の港の情報にもいち早く通じているのではないかと思ったんだ」

それとなく相手を持ちあげつつ、ガイウスはきりこんでいく。

「ここ数日の港の動きで、なにか変わったことはなかったか？　どんな些細なことでもかまわない。怪しい商船が出入りしていたとか、嵐にやられた船が流れついたとか、南岸の近海で海賊らしい船団が目撃されたとか」

「ああ……そういやローレンシアに向けて発ったばかりの艦隊が、海賊の襲撃を受けてひきかえしてきたらしいって噂は聞いたな」

ガイウスは息を呑んだ。まさに求めていた情報だ。

「アレクシア王女殿下の随行団か」

「そうそう」

「その情報はどこから？」

「ラグレスの港を経由してきた商船さ」

「ラグレスというと、グレンスター家の所領だな」

当主のグレンスター公はアレクシアの母方の叔父にあたり、こたびの随行団の責任者でもあった。王都に帰還する艦隊のうち数隻のみが、海峡の入口にあるラグレスに寄港したという。

「損害はどれほどだったのだろうか」

「さあ、そこまでは。けど王女さまは無事だったみたいだぜ」

「え？」

「なんでもそのグレンスター家の居城で、しばらく静養させることになったらしい。甲板から夜の海に投げだされてあわや死にかけたところを、奇跡的に助けだされたんだとさ」

ガイウスは目をみはった。

海に転落したアレクシアは、たしかに生きのびた。

ほかならぬガイウスこそが、命がけで救ったからだ。

ではそのアレクシアが、いまはラグレス城にいるというのもまた事実なのか。

「艦から降りてきた王女の気品に、男も女も呆《ほう》けたように見惚れていたってさ。まるで兄妹みたいに、王女とよく似た金髪の若い男がかたときも離れずに支えているさまが、また絵になったって――」

「誰だそいつは！」

気がついたときには、ロニーの襟首をつかんでいた。

ロニーはびくつきながら、

「お、おれが知るわけないじゃないか。おおかた王女付きの護衛官かなにかだろう？」

「だが――」

それはわたしだ。

大声で宣言したいところを、ガイウスはこらえる。王女の護衛官が、満身創痍《まんしんそうい》でこんなところをうろついていると知られることそのものがまずい。

ガイウスはなんとか心をおちつかせた。

ともかくもアレクシアはあの海岸で、護衛艦に救助されたのだ。

その経緯についてはわかりかねるが、ティナが砂浜から見かけたという船影は、やはり沿岸を捜索していた艦だったのかもしれない。

自力で波打ちぎわまで向かったらしいアレクシアだが、衰弱のあまり状況をうまく伝えきれなかったとしたら、ガイウスが漁師小屋に取り残されたのも理解できる。

そんな容態で船旅を続ければ命取りにもなることを考えれば、ひとまずラグレスで静養させるというのも、まっとうな判断といえる。

情報のひとつひとつを吟味し、順に並べて意味づけをほどこすうちに、喉をふさぐような焦燥のかたまりが、徐々に溶け落ちていくようだった。だがアレクシアと実際に対面をはたすまでは、この不安が完全に拭い去られることはないだろう。

いずれにしろ、王女の護衛官として自分の為すことはひとつ。

一刻も早く、護《まも》るべき主人のもとにかけつけるだけだ。

「だけどさ、よりにもよって正規のガーランド艦隊が、たかが海賊にやられて尻尾《しっぽ》を巻いて逃げ帰ってきたなんて、頼りなくて不安になるよな。もしラングランドや大陸の列強と海戦になったら、あっけなく惨敗するんじゃないかって」

それはガイウスも感じていたことだった。

どうやら艦隊は、壊滅的な損害を受けたわけではないらしい。

急ぎ進路を変更したのも、肝心のアレクシアが生死不明では、ローレンシア行きそのものをみあわせざるをえなかったからだろう。

それでもあれほどやすやすと賊の接舷《せつげん》を許してしまったのは、いくら戦闘海域でないとはいえ信じがたい。

それこそ内通者でもいたと考えたほうが、よほど納得できるほどに。

そんな懸念をひた隠し、ガイウスは名誉のために弁護した。

「おそらく海賊どもは、相当に卑怯な手を使って奇襲をかけたのだろう。通常の海戦になれば、攻防いずれにおいてもガーランド海軍は随一《ずいいち》の力を誇るはずだ」

「そんなものかな。まあ、将校のあんたとしちゃあ、身内の失態をかばいたくもなるんだろうけど」

ロニーは勢いづいて、他にもあれこれと情報を流してくれた。

とりたてていまのガイウスの役にたつ事柄ではなかったが、王女の消息を知ったとたんに興味をなくすのも不自然なので、神妙に相槌《あいづち》を打ってやりすごす。

そのうちにふと思いつき、たずねてみた。

「そういえばこのところ、町の内外で若い娘たちが姿を消しているそうだが」

「ん？　ああ、人攫いだか人買いだかがうろついてるって噂だろ？　どっちにしろ、娼館あたりに売られることになるんだろうな。かわいそうに」

「集めた娘は、船で大都市に連れ去られるわけか」

「まとめて売りさばくつもりなら、そうだろうな」

「そうした輩を取り締まることはできないのか？」

「難しいだろうね。すべての船に、抜き打ち監査でもしないかぎり。買われた女の子たちが、ただ奉公《ほうこう》先に向かうところだとでも証言したら、罪状のつけようもないし」

ため息をついたロニーは、なぜか激しく顔をひきつらせた。

「まま、まさかあんた、ティナを売り飛ばすつもりで近づいたんじゃ――」

あわあわとガイウスを指さしたとたん、ロニーは悲鳴をあげてうずくまる。

見ればティナが、ロニーの足の甲《こう》をぎりぎりと踏みつけていた。

「うちの兄が馬鹿すぎてごめんなさい」

「気にしてない」

「ティナ……おれはおまえのことを心配してだな……」

ティナは悶絶する兄を無視し、気遣わしげに問いかける。

「なにか手がかりはあった？」

「ああ。きみの兄さんのおかげで、連れの行き先の目星がついた」

「本当に？」

「さっそく駅馬を調達して、追いかけるつもりだ」

これからラグレス行きの船を探しだして、乗船の交渉をするよりも、そのほうが早いだろう。今日中には無理でも、明日にはたどりつけるはずだ。

だがガイウスは詳しいことは語らず、たずねる余地も与えずに、生家の紋章の刻まれた短剣を腰から抜いて、ティナにさしだした。

「なんの礼もできないが、これを受け取ってくれないか」

このまま感謝をかたちにせずに立ち去るのは、忍びなかったのだ。色気のかけらもないものだから、気を持たせることにはならないはずだ。

「金に換えてくれてもいいし、なにか困ったことがあれば、王都のアンドルーズ家の屋敷をたずねてくれたらいい。それを持っていれば、家の者が取り次いでくれるはずだから、かならず力になると約束しよう」

ティナは勇ましい狼《おおかみ》の意匠に目を奪われながらも、

「だけど大切なものなんじゃないの？」

「それなりには。だが替えは利く」

ティナは目を伏せたままささやいた。

「……あなたの捜してる娘は、そうじゃないのね」

「誰だって、誰かの代わりになどなれはしないさ」

ティナはしばらくのあいだ、剣に手をのばさずにたたずんでいた。

やがてなにかをふっきるように息をつくと、

「ありがとう。もらっておくことにするわ」

両手で剣を握りしめ、ふたたびひたとガイウスをみつめる。

「でも……本当にひとりで大丈夫なの？　まだふらふらしてるじゃない」

「船酔いのせいだ。じきによくなる」

「……強がっちゃって」

「それが武人の性《さが》だからな」

ティナはおもしろくなさそうに地面を蹴った。

「次に行き倒れても、また誰かが世話してくれるとはかぎらないんだからね」

「肝に銘じておく」

頬に微苦笑をまとわせたガイウスは、なごりおしげなティナに背を向けて歩きだした。

やがてその笑みは薄れ、消え去って、紺青《こんじょう》の瞳が鋭さを増してゆく。

もしも今回の襲撃が、ローレンシアとの同盟をめぐる陰謀によるものなら。

かならずや首謀者をつきとめて、息の根をとめてやらねば気がすまない。

怒りに燃えるガイウスの心は、すでにラグレスに向かって飛んでいた。

王女アレクシアの待つはずの、ラグレスの城へ。

6

燃えさかる黄金の空に、淡い群青《ぐんじょう》の帳《とばり》がおり始めている。

今日も王女生存の知らせはないまま、陽が暮れようとしていた。

ディアナがグレンスター家のラグレス城にやってきて、四度めの夜である。

「きっと生きているわ」

ディアナは寝台からアシュレイをはげました。

窓腰かけに背をあずけたアシュレイは、片膝をかかえて夕空をみつめている。

その空から伝令鳩によってもたらされるのが吉報か凶報か、待ちわびつつ恐れてもいるように。

「潮に流されて、いまごろ海岸のどこかに流れついてるのよ。だとしたら王女がこの城に移されたことを風の噂に知って、ラグレスをめざそうとするんじゃないかしら。グレンスター公の考えで身代わりをたてたことに、すぐ気がつくはずだもの」

熱心に訴えると、アシュレイはようやくふりむき、ゆるやかに笑んだ。

「そうだね。悪い想像ばかりするものではないと、きみに助言したのはぼくのほうだったというのに、これではいけないな」

「そのとおりよ」

とはいえ日が経つにつれ、アレクシア生存の望みが薄れていくのも、また逃れられない現実ではあった。

ディアナはあえて力強く請けあってみせる。

「なんといってもアレクシア王女には、長年の護衛官がついているんだから、荒波くらい乗り越えられるわよ。とても優秀な騎士なんでしょう？」

「ああ。ぼくなどとても太刀《たち》打ちできないようなね」

おだやかではあるが、どこか屈託を感じさせる口調だった。

誰よりも従妹アレクシアのそばにいたはずの青年は、アシュレイにとって複雑な感情をいだかせる存在なのだろうか。

「さて。そろそろ夕餉《ゆうげ》を運ばせようか」

アシュレイは窓から降りたち、扉をめざして歩きだす。

「今晩の主菜はたしか舌鮃《したびらめ》のフライと、羊肉のパイだったかな」

「あらおいしそう……」

ついいろめきたってしまってから、ディアナは腹のあたりをなでさする。

「あたしったら、ここに来てからろくに動きもしないで食べてばかりで、あと何日かしたら本気で豚になりそう」

慣れない環境で、しかも失敗の許されない大役を任されて、すっかり食欲も失《う》せはてるものかと思いきや、豪華な食材をふんだんに使った料理のあまりのおいしさに、毎度ぺろりとたいらげてしまうのだった。

そのずぶとさには、我ながら感心してしまうほどである。

もっともそれは、付き添い役のアシュレイが、なにくれとなく気遣ってくれるおかげもあるだろう。

グレンスター家の歴史や、彼自身の子ども時代のことなど、ディアナの興味を惹きそうな話題を披露して楽しませてくれるため、身体はなまりつつあるが、決して退屈することはなかった。

アシュレイがそんなふうに至れり尽くせりの扱いをしてくれるのは、アレクシアの身代わり役を務めるディアナに、知らず知らずアレクシアのおもかげをかさねているからなのかもしれないが。

「不自由をさせてすまない。宮廷の使者をやりすごすまでは、できるだけ慎重を期すべきとの父の指示でね。今日あたり、そろそろあちらからの反応があってもおかしくはないのだけれど」

足をとめてふりむいたアシュレイを、ディアナは不安げにうかがった。

「まさかそのまま宮廷に連れて帰るなんて流れにはならないわよね？」

ディアナの懸念を、アシュレイはすぐに汲みとったようだった。

「その点は安心してくれていい。もしも使者がそうした下命を受けていたら、とても王都までの移動に耐えられる容態ではないと説明するから。代わりに父がただちに召喚されることにはなるだろうけれどね」

「王都まで出向いたら、投獄されてしまうんじゃないの？」

「それはわからない。陛下のお怒りがどれほどのものか、それに父を擁護《ようご》してくれる重臣がどれほどいるかにもよるだろうな」

「期待は持てそう？」

「それもわからない。弁明の機会にそなえて、我々から根まわしをしている余裕はないからね。バクセンデイル家がこちらについてくれれば、あるいは」

「バクセンデイル家といえば、たしかエリアス王太子の外戚ね」

ここ数日で頭に投げこんだばかりの知識を、ディアナはせわしなく呼びだした。

「でも姉と弟で王位を争うなら、それぞれのうしろ楯として敵同士になるはずの相手なんじゃないの？」

「きみは呑みこみが早くて、本当におそれいるよ」

アシュレイはそう感心してみせると、

「現在の両家は、決して反目しあう仲ではないんだ。王位継承については色気をださない姿勢を、こちらが堅持《けんじ》してきたこともあってね」

「アレクシア王女とエリアス王太子も、すごく仲好しなのよね」

「ああ。そしていずれ王位を継ぐエリアス王太子にとって、ローレンシアに送りこまれた姉は、外交政策において誰よりも重要な駒となる。アレクシアとレアンドロス王太子の婚約が破棄されたり、無効になったりしないかぎり、その叔父にあたるぼくの父を重罪人として処刑すれば、アレクシアをとりまく状況に悪影響を及ぼすのではないか。バクセンデイル伯なら、そんなふうに陛下をなだめてくれるかもしれない」

「それならなおさら、使者に身代わりを見抜かれるわけにはいかないのね……」

グレンスター公の未来は、アレクシアの命があってこそなのだ。

「とはいえどれだけ重臣の進言があったところで、陛下が怒りに任せてみずから剣をふりおろすことも、充分に考えられるけれど」

「そう……」

そんなエルドレッド王を相手に芝居を打とうとしていることの大胆不敵さが、いまさらながら身にしみて感じられてくる。

両腕でかかえこんだ膝に、ディアナは頬を押しつけた。

気遣わしげなアシュレイが、寝台の支柱に手をかける。

「ごめん。怖がらせてしまったかな」

「ちょっとね」

顔をのぞきこむアシュレイに、ディアナは笑ってみせた。

「でもまだ憧れのほうが強いかしら。いつかは宮廷に呼ばれて、御前公演で喝采《かっさい》を浴びるのが、舞台役者としての誉《ほま》れだもの。もちろん夢のまた夢なのはわかってるけど、目標は高く持ったほうが楽しいでしょ？」

「ではいつかは王都に打ってでるつもりも？」

「もっと修業を積んで、そのうち機会に恵まれればね。ただ王都では昔いろいろあったから、そうそう出向く気にもなれないんだけど」

「というと？」

アシュレイはとまどうように小首をかしげる。

そういえば十一歳でアーデンに流れつき、座長に直談判《じかだんぱん》して一座に加わるまでの過去について、グレンスターの人々に詳しく語ったことはなかった。

「あたしは孤児で、そういう子たちの吹き溜まりみたいなところで暮らしてたの。だけど十一になったころ、子どもたちをとりまとめてる男が、あたしを娼館に売り渡そうとしてるのを知ってね」

「十一だって？」

アシュレイが啞然とする。

「そんな……まだほんの子どもじゃないか」

「だけどそういうのが好きな客もいるのよ。そこまで若い妓だと、たいていは下働きから始めるらしいけど、たぶんあたしは早々に客を取らされることになったはず。やわらかい金髪の、まるで生きた人形みたいな女の子をお望みの上客がいるらしかったから」

「なんてことだ……」

アシュレイは口許に手をあて、顔を蒼ざめさせている。

「あなたにはちょっと刺激が強すぎた？」

そう問う声に、あえてからかいを混ぜてみる。けれど途方に暮れたようなアシュレイのまなざしを受け、ディアナも続ける言葉をなくしてうつむいた。

そう。あの日のディアナもまた、ひとり途方に暮れていた。

冷たい雪のちらつく、冬の午後のことだ。

ぽつりぽつりと、ディアナは語り始める。

「それを知ったとき、急になにもかも嫌になって、近くの聖堂に逃げこんだの。神頼みをするつもりでもなかったんだけど。そうしたらとてもふしぎなことがあったの。あまりのひもじさに夢をみたんじゃないかって、いまでも半分は疑ってるくらい」

「夢を？」

「だって気がついたら、目と鼻の先からもうひとりのあたしが顔をのぞきこんでいたんだもの」

「もうひとりの……きみ？」

「ええ。あたしとそっくりの顔だちをした女の子。だけどその子はあたしみたいに痩せてもいなければ、いまにも風に吹き飛ばされそうな襤褸《ぼろ》をまとってもいなかった。頬は薔薇色で、あたたかそうな毛皮の外套《がいとう》に身をくるんでいて」

だから天使やなにかがあえてこちらの似姿を選んでみせたのか、それとも脱けかかった自分の魂が、おのれの姿を望むままの幻に変えているのかもしれないという考えすら、頭をよぎった。

「ちょうど泣き疲れて、眠りこんでいたところだったしね。でも一瞬の驚きが去ってしまえば、相手はあきらかに生身の少女だったの」

アシュレイはぎこちなくうなずき、息を殺すように続きをうながした。

「あたしの境遇を知ったその子は、勇気をふりしぼるようにあたしに告げたの。逃げられるのなら逃げたらいい。芝居が好きならそれで身をたてればいい。自分は与えられた役割を放りだすことはできないけど、あたしなら——あたしさえその気になれば、どこにでも行けるし、何者にでもなれるはずだって」

そして豪華な外套を、惜しげもなくディアナにさしだしたのだ。

どのような事情があったのか、あんなさびれた聖堂にひとりきりでいたが、裕福な商家か貴族の家柄の娘だったのだろう。

「故買屋《こばい》に持ちこんだら、店主がしばらく絶句するほどの品だったわ。だいぶ買い叩かれたはずだけど、それでも受け取ったのは当時のあたしには充分すぎる大金だった。それでまっさきにまともな古着と靴を手にいれて、王都から逃げだしたの」

とかく人は人を身なりでのみ判断するものだ。うす汚れた格好をしていては、たとえまとまった金を持っていたところで、馬車に乗せてもらうこともできない。

「とにかく王都から遠ざかることだけを考えて……追っ手をかけられる恐怖と、あたしの人生はここから始まるんだっていう希望で、胸が破裂しそうだったのを憶えてる」

慣れない昔語りを終えて、ディアナは息をついた。

「いまとなっては、その子がどれほどあたしに似ていたのかもわからない。奇跡みたいなめぐりあいを、もっとかけがえのないものにしたくて、知らぬまに記憶をゆがめているのかもしれないし」

アシュレイは圧倒された様子で、ディアナの数奇な邂逅《かいこう》に耳をかたむけていた。

やがて遠い過去の余韻に耳をすませるように、さぐるまなざしで問いかける。

「ディアナ。その少女は、きみに名を告げなかったのかい？」

「そういえばおたがいに名乗りはしなかったわね。知りたいとも思わなかった。あのときのあたしたちには、そんなもの必要なかったのよ。あたかも相手が自分の分身みたいな気がしていたからかもしれない」

「そう……」

「あ。でも外套の隠しからでてきた手巾だけは、あれからずっと手放さずにいるの。お金に困ったときにでも売ろうと手許に残しておいたんだけど、いつのまにかそんな気も失せてしまって」

ディアナは枕と敷布のあいだから、折りたたんだ布をひっぱりだした。

「これよ。いまではほとんどお守り代わりみたいなものね」

幅広のレースで縁どられ、隅に刺繍のほどこされた亜麻織《キャンブリック》の手巾は、とても普段使いできる品ではないので、身につけるのは舞台の初日くらいのものである。そのためややくたびれた程度で、いまだ当時の美しさは保たれていた。

神妙に手巾を受け取ったアシュレイは、片手のひらにしなやかな布を広げたとたん、目をみはった。

「まさか……本当にこんなことが……」

「どうしたの？」

「これはアレクシアのものだよ」

「え?」

「この刺繍をよくごらん。これはアレクシア王女の名と身分を、装飾的にかたどった印章なんだ。ほら、Aを中心にして、綴《つづ》りが組みあわされているのがわかるかい?」

アシュレイの指の動きを追い、ディアナは驚きの声をあげた。

「すごい! たしかにそのとおりだわ」

「この紋章をアレクシア以外が使うことは許されていない。つまりこの手巾を所持する者がいるとしたら、それは王女から近づきの印《しるし》にでも贈られたか、あるいは当の王女自身ということになる」

「それなら……」

アシュレイがいったいなにを告げようとしているのか、じわじわと迫る予感にディアナはおののき、こくりと唾を呑みこむ。

「ディアナ。きみはすでにアレクシアと対面を果たしている。かつてきみの苦境を救ったのは、ほかならぬアレクシアだったんだ」

アシュレイの瞳は、畏《おそ》れにも似た色をたたえていた。

ディアナはとっさに、その真実を否定したい衝動にかられる。

「だ、だけど聖火も絶やしたような聖堂に、お供も連れずにひとりでいたのよ? 王女がそんな扱いを受けるなんてことが、考えられる?」

「なにかよんどころない事情があったんだろう。馬車がぬかるみに嵌まったとか、しばらく雨宿りをする必要があったとか。アレクシアはときおり王女付きの護衛官のみを連れたお忍びに繰りだしていたらしいから、ありえないことではないよ」

「そんな……」

にわかには信じがたかった。

だが本当にあの少女がアレクシアなら、代役としてディアナが熱望されたのも腑に落ちる。背格好や、おもざしが似かよっているという程度ではない。奇跡的なめぐりあいから六年を経たいまでも、ふたりの容姿はよほどそっくりなのだ。

そのときだった。

ふいに扉が叩かれ、ふたりは口をつぐむ。

アシュレイの誰何《すいか》に応えたのは、ヴァーノン子爵夫人だった。彼の伯母メリルローズの乳姉妹で、身代わりの秘密を心得ている腹心のひとりである。

入室をうながしたアシュレイが、おだやかにたずねた。

「もう夕餉の仕度ができたのかな」

「はい……いえ。それが……」

おちついた物腰の彼女にはめずらしく、声に狼狽《ろうばい》がにじんでいる。

「ついさきほど、ウィラード殿下が早馬でおみえになられまして」

とたんにアシュレイが顔をこわばらせる。

「なんだって？」

「まずは旦那《だんな》さまからご報告を受けておられますが、ほどなく王女殿下との面会を求めてこちらに向かわれるかと」

「よりにもよって、殿下みずからお越しになるとは……」

アシュレイは額を押さえ、動揺をかみつぶすようにささやいた。

「しかたがない。なんとか乗りきるしかないな。できるかぎり殿下の足どめをして、時間を稼いでもらえるかい？　そのあいだに準備をととのえるから」

「かしこまりました」

もはや一刻の猶予もないとばかりに、ヴァーノン夫人は踵をかえして退室する。

ディアナはおずおずとたずねた。

「なにかあったの？」

アシュレイは寝台の端に腰かけ、ディアナに打ち明けた。

「宮廷の使者が到着したそうだ。ウィラード殿下——アレクシアの異母兄殿が、わざわざ馬を駆って王都からいらしたらしい」

「異母兄？　じつのお兄さんってこと？　そんな……だめよ。いくらなんでも見破られるに決まってる。もうおしまいだわ！」

うろたえたディアナは、たまらず両手に顔をうずめる。

「ディアナ。ディアナ。おちついて」

アシュレイはその手首をつかみ、ひきよせて顔をのぞきこんだ。動揺にわななく視線を至近からとらえ、

「大丈夫。きみはただ眠りこんでいるふりをしてくれればいい。話しかけられても、揺さぶられても、深い眠りについていて目を覚まさないんだ。きみの容態についてはぼくから殿下に説明して、決して長居はさせないから」

「……それしかきり抜ける方法はないの？」

「ああ。きみならかならずやりとげられる」

「あたしなら」

「その姿と、その度胸があればね」

そうだ。自分は見ず知らずの王女のふりをするのではない。かつて王都で出逢《であ》い、いまふたたび人生が交錯することになった、あの少女を演じるのだ。

溌剌《はつらつ》としていて、でもどこかかたくなで、さみしげな、それでもディアナの演技に感激してくれたあの少女が、たしかに生還した証《あかし》を残すために。

ディアナの胸に、みるまに闘志が湧いてきた。

「耐え抜いてくれるね？」

「わかったわ」

ディアナがすぐさま寝台に横になると、乱れた寝具をアシュレイがととのえ、天蓋から垂れた紗《しゃ》をすべて閉ざして、せめてもの目隠しにした。

それを見届けたディアナは目をつむり、ひたすら深呼吸をくりかえす。

ほどなく耳慣れない音が近づいてきた。高い足音が、かつかつと石壁に響いて、静寂《せいじゃく》を蹴散らしていく。ウィラードだ。

矢も盾もたまらずかけつけるほどに、妹の身を案じているのだろうか。

けれど乱れのない歩調から受ける印象はむしろ……行く路をさえぎる蟻《あり》の行列を、躊躇《ちゅうちょ》なく踏み潰《つぶ》して気にもとめないような冷酷さだった。

ついにアシュレイが足音の主を部屋に迎える。

「ウィラード殿下。このような遠方にまで、ご足労いただきまして――」

「妹の容態は？」

アシュレイの労《ねぎら》いをさえぎる声は、決して粗暴ではなかった。だが冬のリール河から吹きあげる風のような、ひやりとする冷たさを含んでいた。

「それが城にお連れするなり寝つかれて、めったにお目覚めにはなりません。意識が戻られても朦朧《もうろう》となさるばかりで、なんとか薬湯だけはお飲みいただいておりますが……」

「怪我はないのか。顔に疵《きず》は？」

「打撲傷《だぼくしょう》や擦過傷《さつかしょう》がいくらか。ですがいずれも痕が残るほどのものではありません」

「そうか」

とりたてて感慨もなくつぶやくと、ウィラードはさっそく寝台に足を向けた。

「ご苦労だった。ではしばらくさがっているように」

「お待ちを！　申しあげたとおり王女殿下はご憔悴が激しく、お声をかけるのはどうかご遠慮ください」

「わたしに命じるつもりか」

「とんでもありません。ですが医師も安静がなにより肝要と——」

「わかっている。ただ妹とふたりきりになりたいだけだ。なにしろ奇襲の第一報が届いてからというもの、あれの身を案じて生きた心地がしなかったものだからな」

「……お察しいたします」

アシュレイがさらなる訴えを呑みこむのがわかった。たしかにこれ以上くいさがったところで、そうまでして遠ざけたい理由でもあるのかと、逆に怪しまれかねない。

「では隣室に控えておりますので」

「なにかあればすぐに呼ぼう」

衣擦《きぬず》れの音が近づき、やがてかすかな空気の揺らぎが、紗がめくられたことを伝えた。

痛いほどに鼓動が鳴っている。

五秒。十秒。二十秒。

気の遠くなりそうな沈黙を、ディアナは耐え続けた。

「アレクシア」

ウィラードが呼びかける。

そしてふいに枕許に身をかがめると、ディアナの頬に手をふれさせた。

おとなの男の、しなやかな手のひらが片頰をつつみこみ、ゆるりと顎の線をなぞって頸《くび》まで滑り降りる。そしてディアナの華奢な喉に、やわらかく指先をあてがった。

「死にぞこなったか」

ウィラードはささやいた。

脈打つディアナの紅い血に、蒼ざめた毒を注ぎこむように。

第4章

1

いつまでたってもふるえがとまらない。

ウィラードは部屋を去り、すでに城をも発《た》ったという。

それでもディアナのさむけは、まるで鎮《しず》まってはくれなかった。

「なんなのよ……あの男」

寝台にうずくまり、ディアナはうめく。

あのとき──無防備なディアナの喉《のど》に添えられた指先に、あとほんのわずかでも力がこめられていたら、悲鳴をあげていたかもしれない。

殺されていてもおかしくはなかった。

そんな戦慄《せんりつ》の余韻《よいん》が、尖《とが》った氷の破片のように血をかけめぐり、ディアナを凍えさせていた。

「よくしのぎきってくれたね」

アシュレイがディアナの手を取り、青磁《せいじ》の器《うつわ》を握らせる。

「香草で淹《い》れたお茶だ。香りを嗅《か》ぐだけでも、気分がおちつくはずだから」

お茶ごときで、この動揺をなだめられるはずもない。

いつものディアナなら、そう叫んで器を払いのけていたかもしれない。

けれどいまはそんな力もないほどに、身も心もすっかりかじかんでいた。

甘い林檎《りんご》と、さわやかな檸檬《れもん》に似たほのかな香りが、ふわりと鼻先にたちのぼる。

「……………いい匂い」

「加密列《カミツレ》の花と、香水木《レモンバーベナ》の葉を乾燥させたものだよ」

ディアナを安心させるように、アシュレイがほほえみかける。

冷たい指先で、ディアナはおずおずと器を持ちあげた。

目をつむり、ひとくち含めば、懐かしい陽《ひ》だまりの光景が脳裡《のうり》に広がる。

孤児のディアナがかつて身を寄せていた、のどかな片田舎の修道院。その石積みの壁に守られた菜園では、小鳥のさえずりと飛びかう蜜蜂《みつばち》の羽音が、ささやかな重奏をかなでていたものだった。

ずいぶん昔の、かすかな記憶がよみがえるとともにじわりと身の内があたたまり、こわばりがほどけてゆくのがわかった。

アシュレイに見守られながら、ディアナは時間をかけて香茶を飲みほした。

「あいつ……あれで本当にアレクシア王女のお兄さんなの？」

やっとのことでたずねると、アシュレイはうなずいた。

「陛下がまだ正式な妃――グレンスター家のメリルローズを迎えていないころ、宮廷女官《にょかん》とのあいだに儲《もう》けられたお子なんだ」

それなられっきとしたエルドレッド王の息子なのだ。

「でも王太子の座についているのは、弟のエリアス王子のほうなのね」

「ウィラード殿下は王族として認められてはいるけれど、あくまで庶子《しょし》の扱いになるからね。といっても決して冷遇されているわけではないんだよ」

幼いころより宮廷に居室を与えられ、一流の教育を授けられ、やがては政務にもたずさわるようになり、いまでは父王の右腕といえるほどの存在だという。

「ここ数年は、ご体調を崩されがちな陛下の補佐役として、ますます多忙を極めているご様子だ。だからこそ、陛下があえて使者として遣わされるとまでは、予想していなかったのだけれど……」

「それほど有能なのに、玉座につく可能性はないの？」

「そうだね。よほどのことがないかぎりは」

「よほどのことって？」

「エリアス王子とアレクシア王女が、どちらも子を生《な》さないまま他界して、デュランダル家の直系の血がことごとく絶えるようなことがあれば、あるいは。それでも越えなければならない壁は、山とあるだろうけれど」

ディアナは黙りこんだ。

血の繋《つな》がった弟や妹が、生まれながらにあたりまえに与えられているものに、自分だけは手が届かない。動かしがたいその現実とともに、ウィラードはなにを感じながら生きてきたのだろうか。

「つまりあの男には、弟や妹を疎《うと》むだけの理由があるのね」

「それは」

ディアナはくちごもるアシュレイを一瞥《いちべつ》する。

そして不吉な占い師のようにつぶやいた。

「あいつ……きっと自分から使者の任務を買ってでたんだわ」

「え？」

「ローレンシア行きの艦隊が襲われたのを、あいつはひそかに喜んでいたのよ。表向きは妹の容態を気にかけているふりをしながら、内心では彼女がどれだけ死にかけているかを早くその目で確かめたくて、うずうずしていたんだわ。だからああして一目散に、ラグレスまでかけつけてきたのよ」

「ディアナ」

たしなめるように名を呼ばれたとたん、我慢ならなくなった。

「だって！　あいつはあたしの首に手をかけたのよ？　まるで心の底から、妹に死んでいてほしかったみたいに。いまなら衰弱死《すいじゃく》にみせかけて殺してやれるかもって、きっと本気で迷っていたんだわ！」

おそらくは、ほんの数呼吸のあいだにすぎなかったのだろう。

ウィラードはほどなく、興が醒《さ》めたように身をひるがえし、立ち去ったのだった。

それでも、あのときまともに息ができていたかどうかすらわからないほどに、ディアナの心は恐怖に塗りつぶされていた。

「あいつがその気になっていれば、あたしは縊《くび》り殺されていてもおかしくなかった。あのまま喉を絞《し》めあげられていたら、あなたを呼ぶこともできなかった。誰にも助けてもらえないまま、ひとりで死んでいたかもしれないのよ。あんな奴だとわかっていて、ふたりきりにさせるなんて！」

「ディアナ」

ふいにアシュレイが身を乗りだし、ディアナの肩をひきよせた。

息を呑《の》んだディアナの手から、空の器がこぼれ落ちる。

「ごめん。恐ろしい目に遭わせて本当にすまなかった」

呆然《ぼうぜん》とするディアナを、アシュレイはいっそう深くかきいだいた。

「でも信じてほしい。きみの身に、どんな危険がふりかかってもかまわないと思っていたわけじゃない。あの状況で、殿下が本気できみに危害を加えるとは考えられなかった。そうでなければ、決してきみから目を離したりなどしなかったよ」

「…………」

ディアナはされるがままになっていた。

なぜかはわからない。ただ……アシュレイの気遣いをはねつけるのが、しのびなかっただけ。それだけだ。

寝巻き越しに、なだめるように背をなでる手が、あたたかくてやさしい。

「殿下の真意ははかりがたいけれど、これまでのご兄妹《きょうだい》にめだった確執がないこともまた事実なんだ。王位継承をめぐる陰謀は、ガーランド国王に対する反逆ともみなされる。だからたとえひそかに野心を育《はぐく》んでいらしたとしても、それを匂わせる言動は殿下にとって命取りになる。ましてやみずから妹を手にかけたと疑われるような危険は、絶対に冒《おか》されないはずだ」

「だからあたしは安全だと？」

「殿下がきみに疑いを持たないかぎりはね」

アシュレイは身を離し、ふわりとディアナに笑いかけた。

「その点については、きみならかならずやりとげてくれるはずだと信じていたから」

「……呑気《のんき》なものね」

てらいのない口調に、ディアナは毒気を抜かれた。

呆《あき》れ混じりのため息をつきながら、

「とにかくウィラード殿下とは、もう会わなくていいのよね？」

「ああ。父からの聴取は済んでいたから、あのあとすぐに城を発たれたよ。かたちばかりひきとめはしたけれど、正直なところおかげで助かった。妹の意識がはっきりするまで、幾度も面会を求められても困るからね」

「まったくだわ」

ディアナは心の底から安堵《あんど》する。

「グレンスター公の処遇についてはどうなったの？」

「追って沙汰《さた》あるまで待つようにと。おそらく召喚状をたずさえた伝令鳩《ばと》が、すぐにでも宮廷から飛ばされてくるのだろうけれどね。それまではアレクシアの容態の回復に、力を尽くすようにとのことだ」

「それじゃあ、狙いどおりの時間稼ぎはできたわけね」

「きみのおかげでね」

アシュレイが吐息のように伝える。

「きみにはいくら感謝してもしきれないよ」

しみじみと、かみしめるような声音《こわね》が、なんだかこそばゆい。

ディアナはすかさず軽口めかして、

「そういうことでしたら、グレンスターの若さまにはぜひこれからも《白鳥座《はくちょう》》をご贔屓《ひいき》にお願いいいたしますわ」

うやうやしく売りこむと、アシュレイはふいをつかれたように目をみはり、

「さすがはきみだ。しっかりしてるな」

おかしそうに声をたてて笑っている。彼もまた、突如おとずれた危機的状況をなんとか切り抜けて、緊張がゆるんだのかもしれない。

ディアナもなんだか愉快な心地になって、

「それって褒めてるの？」

「もちろんだとも。他になにか望みはあるかな？　お礼に特大の焼き菓子でも用意させようか？」

「え……と。気持ちはすごくありがたいけど、それは遠慮させて。ただでさえろくに動かないで食べてばかりなんだもの。これ以上のごちそうはまずいわ」

ディアナはあわてて誘惑をしりぞける。

するとアシュレイがなにかをひらめいたように、

「それなら気分転換に、城の庭を散策するというのは？」

「いいの？」

ディアナはぱっと顔を輝かせる。それは願ってもないお誘いだ。

「もちろんだとも。ローレンシア行きの船旅から、きみにはずっと窮屈《きゅうくつ》な暮らしを強《し》いているからね。しばらくは使者の警戒もせずにすむし、さっそく明日にも案内しよう」

「嬉《うれ》しい！　ありがとう！」

「どういたしまして。もっともぼくが付き添っていては、さほど気は晴れないかもしれないけれど」

「そんなことないわ。むしろそばについていてくれないと、あっというまに迷ってどこかの地下室で干からびるはめになりそうだもの」

部屋の窓から見渡せるかぎりでも、ラグレス城が新旧の城壁の連なる複雑な造りであることは、充分にうかがえた。

「たしかにぼくも子どものころ、朽ち果てた古い地下霊廟《れいびょう》に迷いこんでぞっとしたことがあるよ。あの冷気は尋常ではなかったな。しかもどれだけ試してみても、二度とその階層までたどりつくことはできなかったんだ。あれはひょっとすると、浮かばれない死者たちのみせた幻だったのか……」

「よ、よしてよ」

「ごめん」

アシュレイは愉快そうに笑い、

「なにしろこの無骨な城は、国内外の敵の侵入を阻《はば》むために、千年以上ものあいだ増改築をくりかえしてきた城塞だからね」

「……なんだか気が遠くなりそう」

アシュレイはうなずき、ひそやかなまなざしを窓に向けた。

「だからこういうところで暮らしていると、土地に堆積《たいせき》した記憶の澱《おり》に呑みこまれそうな心地になることがある。この城をめぐって、いったいどれだけの人々が血を流してきたのか。これからもどれだけの人々が命を散らすことになるのか。それを考えると自分がひどくちっぽけな、戯《たわむ》れに踏み殺される蟻《あり》の一匹になったような、絶望的な気分にとらわれてしまうんだ」

ささやくように語り、ふりむいてほのかに苦笑する。

「くだらない繰《く》りごとさ。きみにはまた心得違いだと叱《しか》られてしまうかもしれないね」

「そんなことないわ」

ディアナは首を横にふった。

「グレンスターの次の当主さまがあなたで、ラグレスの領民は幸せね」

「なぜだい？」

アシュレイの瞳からは、いつしか笑みが消えていた。

「あなたが自分を無力に感じるのは、時代に翻弄《ほんろう》されたたくさんの命を、それだけ身近に受けとめているからじゃないかしら？　その気持ちがあれば、あなたがこの時代のみんなのためにしてあげられることは、きっとたくさんあるわ。目先の欲にとらわれて、身分が高いからって自分以外のみんなを蟻みたいに扱うようなご領主さまに比べたら、よっぽどましよ」

「……そんなふうに考えたことはなかったな」

「だったらこれからはそんなふうに考えてみたら？」

アシュレイはまじまじとディアナをみつめた。ひと呼吸おいて、たまらなくなったように噴きだす。

「なにかおかしかった？」

「ごめん。まるで明日の衣裳《いしょう》を選ぶような、気楽な口調だったものだから」

ディアナもつられて笑った。

「たしかにそうかも。まずは衣裳からよ」

「え？」

「だって人生なんて、考えかたひとつで変わるものだもの。だからなりたい自分になるために、衣裳を替えるみたいに考えかたをあらためるところから始めてみるの。そうすればいずれ衣裳に心が追いついてくるかもしれないわ」

「実際に舞台衣装をまとってみると、役者の演じかたも変化するように？」

「そういうこと。めざした役柄が身の丈にあわないと感じたら、また衣裳を替えてみればいいのよ。誰にでも当たり役ってあるもの。その落としどころをみつけるのが、まともな大人になるってことじゃないかしら」

「なるほど」

アシュレイは胸を打たれたように息をついた。

「やはりきみにはかなわないな。さすがはその身ひとつで、ウィラード殿下を騙《だま》してのけただけのことはある」

「それはただ、おもだちが似かよっていたおかげで……」

ディアナとしては、恐怖で我を忘れかけるという不本意な結果だったので、褒められても居心地が悪いばかりだ。

「本当にそれだけだろうか？」

アシュレイがディアナの瞳をのぞきこんだ。

「たとえ意識がなくても、だからこそごまかしがたい王女らしさのようなものを、きみがかもしだしてみせたのではないかな？　これまでひた隠してきたのだろう殿下の本心を、おもわず吐露させてしまうほどに」

「それは、多少は計算しないでもなかったけど」

とはいえディアナは、成長した現在のアレクシアを知らない。

演技の拠《よ》りどころにできるのは、あの雪の日に出会った少女の記憶だけだ。

だからディアナは、あの子になりきることにした。

誰よりも恵まれた暮らしをしているはずなのに、どこか心許《もと》なげで、息をひそめるようなまなざしをしたあの少女のおもかげは、無防備な寝顔にこそ浮かびあがるのではないかと考えたのだ。

ディアナを戦慄させたウィラードの殺意に、はたしてあの賢《さかし》げな少女は気がついていたのだろうか。

兄妹にめだった確執はなかったという。けれどももしもおたがいにすべてを承知したうえで、なんのわだかまりもないふりをしていたのだとしたら。

宮廷という劇場には、よほどの役者がそろっているらしい。

では幕間の暗転とともに広がる闇《やみ》は、いかばかりのものなのか。

その底無しの深淵《しんえん》と瘴気《しょうき》を想像し、ディアナはひとり身をふるわせた。

2

屋根裏部屋には、血の匂いがたちこめていた。

ほのかな月明かりが照らすのは、カーラの枕許に散る血痕《けっこん》。

マディの白い肌にいくつも浮かびあがる、不吉な黒い斑点《はんてん》。

アレクシアの隣に横たわるシャノンは、ひどいさむけに襲われたようにかたかたとふるえている。だがいまのアレクシアには、激しく咳《せ》きこみながらその背をさすってやることしかできない。

「大丈夫。きっと助かる」

咳《せき》。喀血《かっけつ》。高熱による悪寒。

なにより不気味に肌を染めあげる黒い痣《あざ》。

それらはまぎれもなく《死斑病《しはん》》の症状だった。

ひとたび罹患《りかん》すれば、ふたりにひとりは助からない。

数日の潜伏期間を経て、一週間もたたないうちに苦しみながらばたばたと命を落としてゆくさまは、さながら死神が大鎌をふるって、根こそぎ魂《たましい》を刈り取るがごとく。いにしえより人々に恐れられ、疫病《えきびょう》の帝王とすら呼ばれている。

死斑病にかぎらず、疫病の流行は枢密院《すうみついん》でもしばしばとりあげられる懸案だ。ガーランド全土を喰《く》らいつくすような大流行はここしばらくおきていないが、地方規模の小流行については、宮廷までたびたび報告が届いていた。

昨年の冬からこの春にかけて、ここフォートマスの町でも致死性の高い疫病が流行したという。その記憶が濃いいまなら、対応もきっと迅速《じんそく》になるはずだ。

「きっと助かる」

アレクシアはふたたびつぶやく。

そのとき扉越しに、あわただしい足音が近づいてきた。

屋根裏まで続く階段が、ぎしぎしと悲鳴をあげている。

「まったく。よりにもよって疫病持ちの娘を仕入れてくるなんて、エイムズ船長もとんでもない下手を打ってくれたものだよ」

怒りと怯《おび》えにひきつれたような声で、ルサージュ伯爵夫人が怒鳴り散らす。

「おまえもおまえだよ。毎日そばで目を光らせてたくせに、どうしてもっと早く気がつかなかったんだい」

「昨日まではおかしな様子はなかったんですよ」

びくつきながら弁解しているのは、いつもは権高《けんだか》なドニエ夫人だった。

「熱をだした娘がひとりいるから、医者を呼んでほしいだなんて、身のほど知らずなことを騒ぎたててきただけで」

「なんでそいつを黙っていたのさ！　その娘さえさっさと処分しておけば、残りの三人は売りにだせたかもしれないのに」

「どっちにしろ手遅れでしたよ」

「おだまりよ。この役たたずが！」

「……いまにしてみれば、あの死んじまった小娘が痣だらけだったのは、それこそが死斑病の兆《きざ》しだったからですよ。それを殴り殺しちまうなんて、あいつらがまぎらわしいまねさえしなければ、こんな厄介《やっかい》ごとにはならなかったのに」

「もちろんエイムズには落としまえをつけてもらうよ」

憐《あわ》れみのかけらもないやりとりに、アレクシアは耳をふさぎたくなる。

それでも敷布を握りしめて耐えていると、やがて階段をのぼりきったふたりが、扉の向こうで足をとめるのがわかった。

そろそろと開いた扉から、かかげた灯《あか》りがさしこまれる。

部屋をのぞきこんだルサージュ伯爵夫人は、

「う……なんて匂いだ」

たちまちうめき声をあげて、口許に手巾《しゅきん》を押しあてた。

アレクシアは片腕で半身を支えながら、けんめいに手をのばした。

「お願いだ……早く医師を……」

力なく訴えるアレクシアの指先にも、壊死《えし》が及んだような黒い染みが広がっている。

「ひっ！」

伯爵夫人は息を呑んで飛びのくと、壁が揺れるほどの勢いで扉を閉めた。その巨躯《きょく》から は想像もつかないような、すばやい身のこなしだった。

よほど身の毛もよだつ光景だったのか、うわごとのようにつぶやいている。

「こいつは早く手を打たないと……うちから死斑病を広めたなんてことになったら、もう おしまいだ。下手をすれば、館ごとあたしらも焼きつくされるはめになるよ」

「館ごと？」

「そうさ。堅気の奴らはこういうことになると、決まってあたしらを毒虫扱いしてひねり 潰《つぶ》しにかかってくるからね。そんな根性の汚い連中を、いったい誰が楽しませてやってる と思ってるんだい」

「だったらどうするつもりです？」

「今夜のうちになにもかも終わらせるんだよ」

積年の怨念《おんねん》で動揺を捻《ね》じ伏せたように、女将《おかみ》は冷ややかな声をひそめた。

「奥の部屋の娘たちはどうしてる？」

「変わりありませんよ。食餌《しょくじ》も残さずたいらげてますし」

「だったら見張りをたてて、そのまま部屋に押しこめておき。そのあいだに寝台から枕から、こいつらが使ったものをすべて裏庭で燃やしちまうしかないね」

「エイムズ船長らも呼んできますか？」

「大急ぎでね。この死にぞこないたちをさっさと敷布につつんで括《くく》って、夜明けまでに沖に投げ捨てさせてしまわないと。それくらいの後始末はしてもらわないことには、気がすまないよ」

扉に背を向けたのか、ふいにくぐもった女将の声が、残酷にゆがんだ。

「なあに。あの弱りようなら、ろくに抵抗もされないだろう。楽なおつとめさ」


馬たちの足並みがひどく乱れている。

手綱《たづな》をあやつる馭者《ぎょしゃ》の怯えと焦りを、感じとっているのかもしれない。

馬は賢《かしこ》く、気を読む生きものだからこそ、臆病《おくびょう》で扱いが難しくもあるのだ。

幌《ほろ》馬車が動きだしてから、アレクシアが百を数え終えてしばらくしたときだった。

「アレクシア。アレクシア。生きてる？」

身体《からだ》をくるむ布越しに、ささやきかける声。

つつ――と勢いよく敷布が裂かれ、腕をひっぱりあげられて、アレクシアは自由の身になる。鋏《はさみ》を握りしめたカーラが、ひざまずいてこちらをのぞきこんでいた。

「動けそう？」

アレクシアはうなずいた。

「わたしは大丈夫だ。ありがとう」

ぐらぐらと揺れる荷台の暗がりでは、すでに助けだされたシャノンとマディが、敷布を縛りあげていた縄をせっせとほどいている。ふたりとも怪我《けが》はなさそうだ。

「うまくいったわね。あなたの計画どおりだわ」

耳打ちするカーラの声は、緊張と興奮にうわずっている。

そう。すべてはアレクシアのたてた計画だった。

娘たちに商品としての価値があるかぎり、娼館《しょうかん》から逃れることはできない。

それをむしろ積極的に手放したがるよう仕向けるには、どうしたらいいか。

アレクシアが考えたのは、そろって死斑病にかかったふりをすることだった。

死斑病は患者の呼気や、体液などから感染するとされている。同じ寝台で眠り、同じものにふれて暮らしているアレクシアたちには、奇《く》しくも絶好の環境がととのっていた。

罹患の兆候《ちょうこう》は、すでに昨日からあらわれていた。

すなわちエスタの発熱を、利用させてもらったのである。

四人はさっそくその晩から食餌を残し、食欲が落ちているふうをよそおった。裏庭や厨《ちゅう》房《ぼう》での作業のさなかに、さりげなく咳きこんでみせることも忘れない。仕事の手をわざと遅くして、ドニエ夫人に罵《ののし》られても、力なくうつむいてやりすごした。

そうして数々の下準備をかさねた今宵《こよい》――ドニエ夫人が夜の見廻《みまわ》りにやってくる機会を狙って、ついに決行に踏みきったのである。

ここで相手を騙しきれるかどうかが、第一の試練だった。

あまりの緊張で、藁《わら》布団にくるまったシャノンのふるえがとまらなかったのも、誤解を深めるのにむしろ効果的だったかもしれない。異変を察するなり悲鳴をあげ、まろぶように階段をかけおりていった。

四人の肌をまだらに染める黒い痣は、厨房から失敬した炭のかけらを丹念に塗りこめたもの。喀血に見せかけた血は、繕《つくろ》いものの籠《かご》からこっそり抜いておいた鋏で、シャノンがみずから腕を切りつけたものだった。

やがてかけつけてきたルサージュ伯爵夫人もまた、アレクシアたちの偽装を見抜くことはできなかった。

そのとき娘たちの価値は、そろって負に反転したのである。

企《たくら》みの一部始終は、あらかじめエスタにも伝えていた。

「そんな小芝居でなんとかできるものなら、やってみせなさいよ」

エスタの反応はあくまでそっけなかったが、いざというときは隣室の娘たちを巻きこまずにすむよう、うまく誘導すると約束してくれた。

カーラが得意げに口の端をあげる。

「あいつらってば、すっかりあたしたちが死にかけの疫病持ちだと信じこんで、びくびくしちゃって。いい気味だわ」

「けれど油断は禁物だ。ここからが正念場だからな」

「そうね。そっちの準備はどう？」

シャノンたちをうかがうと、ほどいた縄の両端をそれぞれ手に巻きつけたふたりが、首を縦にふってみせた。

カーラは鋏をアレクシアにさしだして、

「あなたはこれを持ってて。もしもあたしがしくじったときは、これで黙らせて」

「わかった。そなたも気をつけて」

目顔で了解を告げると、カーラは荷台に転がされていた髑髏《どくろ》大の石を胸にかかえ、隅《すみ》にしゃがみこんだ。娘たちを海に沈めるために、あらかじめ縄の先にくくりつけられていた重石《おもし》のひとつだ。

アレクシアはからっぽの布のかたちをととのえて、あたかも娘たちが詰められたままであるかのように偽装すると、カーラとは反対の暗がりに身をひそめた。

すでにマディとシャノンも、幌の垂れた入口の左右に膝《ひざ》をついて、そのときがくるのを待ちかまえている。

アレクシアは目をつむり、深呼吸をくりかえした。

ひとつ角を曲がり、もうひとつ曲がりするうちに、潮の香りが濃くなってくる。

桟橋《さんばし》に打ちつける波。

ぎしぎしときしむ帆船《はんせん》。

縄張りをめぐる争いか、数匹の猫が威嚇《いかく》しあうように、鳴きかわしている。

幌の継ぎめから外をうかがうと、馬車は倉庫の裏手のような物陰《ものかげ》にあわただしくまわりこみ、ほどなくぐらりとひと揺れして動きをとめた。

アレクシアは鋏を両手で握りしめた。

馭者台にいるのはふたり。エイムズ船長と、その手下らしい若い船乗りだけだ。

感染に怯える実行役が、荷台に乗りこんでまで娘たちを見張ることはないだろうというアレクシアの読みは、的中していた。

エイムズが余裕のない口調で指示をだす。

「いいか。おれが荷をおろすから、おまえは桟橋まで担《かつ》いでいけ。さっさとすませるぞ」

「え？　運ぶのはおれだけですか？」

「うるさい。つべこべ抜かすと、切り刻んで魚の餌《えさ》にしてやるからな」

「そりゃないですよ」

ふたりの声がくぐもっているのは、口許を手巾などで覆《おお》っているからだろう。若者のあからさまな及び腰からして、誰もが嫌がる不始末の尻拭《しりぬぐ》いを、年長の者たちに押しつけられたのかもしれない。

悪態をつきながら、エイムズが馭者台から飛び降りた。

破れかぶれの足取りで荷台に向かい、幌をめくりあげる。

そしてぐいと入口に片足をかけて、乗りこんできた次の瞬間――。

「――っ！」

人影はにわかにつんのめり、顎《あご》から床に倒れこんだ。

入口の左右に身をひそめたマディとシャノンが、床板すれすれに渡した縄を張って、足払いをかけたのだ。

すかさず走りでたカーラが、腹這《ば》いでもがく男の後頭部に、勢いよく石をふりおろす。

ご――と鈍い音があがり、

「ぐあっ！」

エイムズはうめき声をひとつ洩《も》らしたきり、ぴくりとも動かなくなった。

男たちをおとなしくさせるには、荒っぽい手段もためらってはいられない。体術の心得などない身としては、頭を殴りつけて気絶させるしかなかったのだが、失敗の許されない一撃は、もっとも上背《うわぜい》があることを理由にカーラが名乗りでた。

「船長？　どうかしたんですか？」

不安げに呼びかけながら、残りのひとりが馭者台からまわりこんでくる。

カーラはすぐさま身をしりぞけ、シャノンたちも抜かりなく罠《わな》を張りなおした。

「え……船長？　そんなところで蹴つまずいたんですか？」

彼はしぶしぶ身を乗りだし、荷台にあがってきた。

「まいったな。しっかりしてくださ――うわっ！」

二度めはより迅速だった。

肩で息をするカーラが、ごろりと石を放りだしたときには、すべてが終わっていた。

床に折りかさなった男たちを、おそるおそるマディがのぞきこむ。

「そいつら……死んだの？」

「馬鹿《ばか》いわないで。これしきの力で石頭が割れたりするもんですか。ほら、いまのうちに縛りあげるわよ」

カーラにうながされ、三人はさっそく作業にかかった。

意識が戻っても助けを呼べないよう、それぞれの口には布をかませ、手足を縄で縛りあげ、破れた敷布をかぶせて積み荷をよそおう。

これでいくらかの時間稼ぎはできるだろう。港の朝は早いものだが、馬をつないだまま物陰に停《と》められた幌馬車が、怪しまれないことを祈るばかりだ。

四人は裾《すそ》をからげ、次々と荷台から飛び降りる。

打ちあわせどおり、馭者台に向かったシャノンが、火屋《ほや》つきの燭台《しょくだい》をさげてきた。磨《す》り硝子《ガラス》越しの蠟燭《ろうそく》が、かぼそい光を放っている。

「まだしばらくは保《も》ちそうよ」

「よかった」

アレクシアはうなずき、マディとカーラの背に手を添えた。

「さあ。足許に気をつけて、急いでここを離れたほうがいい。広場をめざして、陽が昇るまでやりすごしたら、アーデンまで乗せてくれる貸馬車をつかまえよう」

港から市街地までの道程は、屋根裏部屋の窓からおおよそ把握していた。とにかく海を背にして、大聖堂の方向に大路をたどっていけば、なんとかなるはずだ。

シャノンの灯りを頼りに、四人はひとけのない埠頭《ふとう》を走りだす。

カーラが息を弾ませながら、夜空の影を指さした。

「あの櫓《やぐら》に見憶《みおぼ》えがあるわ。次の角を右に曲がれば、まっすぐ街にでられるはずよ」

それに力を得て、ひどい空《す》き腹にもかかわらず、四人の足取りはいっそう軽くなる。

気がつくと、顔をうつむけたまま走るマディの肩が小刻みにふるえていた。痙攣《けいれん》は次第に激しくなっていき、アレクシアは狼狽《ろうばい》して様子をうかがう。

「マディ？　どうした？」

疲労と緊張がつのるあまり、ひきつけでもおこしたのだろうか？

だが意外なことに、マディはくつくつと声を殺して笑っているのだった。

「やったわ。ついにやってやった！」

マディは両手を広げ、くるりと回転してみせる。

「ねえ、信じられる？　あたしたち、攫《さら》われて、娼館に放りこまれて、いまにも売りにだされそうだったっていうのに、誰ひとり欠けずに逃げおおせてみせたのよ」

カーラも晴れやかな声で、

「まんまと小娘どもに出し抜かれたって知ったときの、あの女将の顔を笑ってやれないのが残念だわ」

するとシャノンがふりかえり、

「なにもかもアレクシアのおかげね」

「そんなことはない。そなたたちの強い意志と勇気がなければ、このような大胆な計画を成功させることなどとてもできなかった」

アレクシアは本心からそう告げる。

すかさずマディがさらりと応じた。

「だったらあたしたちはみんな戦友ね」

「え？」

アレクシアは驚き、足許が疎《おろそ》かになったとたんにつんのめって、横にいたカーラに腕を支えられた。足をとめたマディに、たどたどしく問いかえす。

「わたしたちが……戦友？」

「そうよ。だってあたしたち、まるで戦争で捕虜《ほりよ》になった兵隊が、力をあわせて敵陣から脱走してきたみたいじゃない」

マディが生き生きと主張すると、カーラもおかしそうに同意した。

「たしかにみんなそろって煤《すす》まみれでひどいありさまだし、シャノンの傷はさだめし名誉の負傷ってとこかしらね」

「それに戦利品だってあるのよ。ほら」

マディは懐《ふところ》からおもむろに、見憶えのあるものを取りだした。

アレクシアはまじまじと目をみはる。

「石鹼《せっけん》！　ローレンシア産の！」

「えへへ。こっそりくすねてきちゃった」

「い、いつのまに」

シャノンが絶句する。

カーラも呆れきって、

「嘘《うそ》でしょ。信じられない。あんたなにやってんのよ」

「いいじゃない。これくらい掠《かす》め取ってやらないと、気がすまないわ」

「怪しまれるようなことは避けるって、みんなで決めたじゃないの」

「ちゃんと怪しまれないようにしたもの」

「そういう問題じゃないでしょうが！」

「ふ、ふたりとも静かに。もうすんだことなんだし。ね？」

遠慮のないやりとりを、シャノンがおろおろとなだめている。

呆気《あっけ》にとられていたアレクシアの胸にも、ほどなくおかしさとともに熱いなにかがこみあげてくる。腹を押さえながらまなじりをぬぐっていると、

「ちょっと。笑いすぎよ、アレクシア」

カーラが心外そうに眉をあげた。泣くほどおかしがるなんてひどい――と誤解されたらしい。アレクシアは急いで弁解する。

「そうではないんだ。ただわたしの……わたしの供の者が、戦友というのは一生ものだと語っていたのを思いだしたものだから」

「一生もの？」

「ああ。命がけの戦《いくさ》をともにくぐり抜けた者たちは、強い絆《きずな》で結ばれて、生涯それを忘れることはないそうだ。たとえ遠く離れて、二度と会うことはなくとも」

しばしの沈黙をおいて、しみじみとカーラがつぶやく。

「……そうね。そういうものかもしれない」

「これからローレンシアで石鹸を使うたびに、マディの顔が浮かんでくるさまを想像したら、なんだかおかしくなって」

「ローレンシアのね」

すかさずマディが指摘する。

「そうだった」

四人は花がほころぶように笑いあった。

カーラが気を取りなおして、手をさしだす。

「あたしは夜目《よめ》が利くほうだから、港を抜けるまでは手をつなぎましょう。暗くて危ないから、みんなあたしのあとについてきて」

「よいのか？」

「戦友なんだから当然でしょう？」

それぞれ色の異なる三組の瞳が、アレクシアをみつめている。

アレクシアは手をのばした。

「……ありがとう」

「おたがいさまよ」

それでもアレクシアは感謝を告げずにはいられなかった。

ひどく視界がぼやけて、とてもひとりでは走れそうになかったから。

東の空がほのかに白み始めている。

港はすでに遠く、四人はいくらか足をゆるめながら、市街地の中心にそびえる大聖堂をめざしていた。

港町フォートマスには、沿岸と内陸の諸都市をつなぐいくつもの街道が走っている。

中央広場からそれぞれの方角に延びる街道を、大勢の人々や馬車がひしめきあうように行き来するさまは、《黒百合《くろゆり》の館》の屋根裏からもうかがえた。

そこまでたどりつければ、きっとアーデン行きの貸馬車を調達できるだろう。

朝の早い旅人のために、そろそろ馬の世話を始めている馭者もいるかもしれない。

エイムズら娼館の者たちは、四人の目的地がアーデンだとは知らない。もし追っ手をかけられても、馬車でこの町をあとにしさえすれば、捕まる可能性はかぎりなく低くなるはずだった。

先を歩くカーラとマディが、おしゃべりに興じているのをうかがい、アレクシアは隣のシャノンに声をかけた。

「腕の傷はどうだ？　痛みが増したりはしていないか？」

「もうなんともないわ。血もとっくにとまってる。ほら」

シャノンが片袖《かたそで》をひきあげてみせると、その手首にはアレクシアの貸した手巾が結ばれている。しなやかな亜麻織《キャンブリック》の布には、痛々しく血がにじんでいるが、黒ずんだ染みはすでに乾き始めているようだった。

「あとできれいに洗ってから渡すわね。ちゃんと染みが落ちるといいんだけど」

マディに石鹸を借りようかしら……などと真剣な顔でつぶやくシャノンに、アレクシアはおもいきって告げた。

「その手巾だが、よかったらシャノンがもらってはくれないだろうか」

「え？　あたしが？」

「隅を飾っている縫い取りは、じつはわたしの名をかたどった印章なんだ。わたしが手ずから刺したものだから、出来はそれなりだけれど」

「そんなことない。すてきな刺繍《ししゅう》だわ」

アレクシアははにかみ、ためらいがちに続けた。

「それで、できることならその刺繍をよすがに、わたしの名を憶えていてくれたら嬉しいなと……」

「忘れないわ！」

シャノンはすかさず訴えた。

「あたし、そんな形見の品なんてなくても、絶対にアレクシアのことを忘れたりしない。もちろん、あなたが受け取ってほしいというなら、ずっと大切にするけど」

「そうしてもらえるとありがたい」

アレクシアはほほえんだ。

「もっと気の利いたものを贈れたらよいのだが、あいにくといまは他になにも持っていなくて。だからこのことは、ふたりだけの秘密にしてもらえるか？」

「でも……本当にあたしがもらってもいいの？」

ためらうシャノンの視線が、ちらとカーラたちの背をよぎる。

アレクシアはシャノンの耳許でささやいた。

「憶えているだろうか。あの砂浜で、わたしがエイムズに助けを求めたときのことを」

「え？」

「あのときわたしに、逃げろととっさに警告してくれたのは、そなただけだった。その礼の代わりとでも考えてくれたらいい」

「あれは、でも――」

シャノンはくちごもり、苦しげに目許をゆがめる。

いまにも泣きだしそうな声で、

「そもそもあたしがもっと早くに危険を知らせていれば、あなたがこんな目に遭うこともなかったのに」

「そのせいで自分がひどい扱いを受けるとわかっていて、あえて声をあげるのがどれほど勇気のいることかは、わたしも知っているつもりだ」

栄達と死が隣りあわせの宮廷に身をおいていれば、嫌でも目にすることになる。

なによりもみずからの保身を優先して、あまたの理不尽に口をつぐむ者。あるいは昨日までの盟友を見捨て、いっそ陥《おとし》いれてもはばからない者がどれほどいるか。

だからこそ、シャノンの善良さと勇敢《ゆうかん》さは、アレクシアの胸を打った。

それがとりわけ王女アレクシアにとって、どれほど喜ばしいことだったか、誰にも伝えられないことが残念でならない。

アレクシアはあらためて、このガーランドの国と民とが人生をなげうって守るに値《あたい》するものだと、信じることができたというのに。

戦費《せんぴ》に税を注ぎこまない、安定した治世があってこそ、シャノンは豊かな収穫の恩恵を受けられる。ローレンシアとの友好が深まることで、鮮やかな真紅の布地や質の高い石鹼もカーラやマディの手に届きやすいものになる。

その要《かなめ》として我が身が求められるのなら、アレクシアにとってそれ以上に誇らしいことはない。

「ねえ！　ふたりともあれをごらんなさいよ！」

マディの呼びかけに、アレクシアは顔をあげた。

マディの視線を追い、シャノンともども息を呑む。

大路の先の、壮麗な大聖堂の正面《ファサード》に、大輪の花が咲いていた。青を基調とした、色とりどりの硝子のはめこまれた薔薇《ばら》窓を、白銀の暁光《ぎようこう》が射抜いているのだ。闇にひそむ汚濁《おだく》をことごとく薙《な》ぎ払うような、清冽《せいれつ》な光だった。

いままさに夜が明けようとしていた。

苦しい忍耐のときが、ついに終わることを知らせるように。

しばし足をとめ、その美しさに見惚《みと》れているときだった。

アレクシアの耳は、かすかな馬のいななきをとらえた。

はっとして視線をおろすと、往来はまだ閑散《かんさん》としている。だが円形広場のかたすみに、屋根つきの馬車溜まりがあり、井戸端にひきだされた数頭の馬が、飼い葉を食《は》みながら男の世話を受けていた。

「やはりいたな」

「よかった……」

「ついにこの町とおさらばできるのね」

「飛ばせば日暮れまでにアーデンに着けるはずよ」

四人の口からそれぞれに、安堵の声がこぼれでる。

ひどい雨が続く時期などは、泥濘《ぬかるみ》に車輪をとられて立ち往生するのを危惧《きぐ》して、馭者が馬車をだしたがらないこともあるというが、この空ならば天候を理由に出発を断りはしないだろう。

「だけどあたしたち、銅貨一枚すら持ってないのに、本当にアーデンまで乗せてもらえるかしら」

カーラの不安はもっともである。

アレクシアたちにとって、残された最後の試練が、馭者との交渉だった。

無事アーデンにたどりつけたら、伯母《おば》夫婦が代金を立て替えてくれるはずだとカーラは請けあってくれたが、馭者にそれを告げても納得してくれる保証はない。市内の移動ならともかく、近隣都市までの長旅には、むしろそれなりの先払いが求められてもおかしくはなかった。

なにしろいまの四人の身なりが身なりだ。

道すがら井戸の水で手肌の煤を落とし、もつれきった髪を結いなおすなどして、できるかぎり身綺麗《みぎれい》な印象を与えるべく努力はしてみたが、とりわけアレクシアの服装のみすぼらしさはごまかしきれるものではない。

「平気よ。だってアレクシアには、とっておきの考えがあるんでしょう？」

期待をこめたまなざしで、マディがふりかえる。

アレクシアは神妙にうなずいた。

「こういうときはいかにも鷹揚《おうよう》に、堂々とふるまうにかぎる。すまないが、そなたたちはわたしのそば仕えの者ということにしてもかまわないだろうか?」

「いくらでも好きにして。お嬢さまって呼んだほうがいい?」

マディがおもしろがるように問う。

「それには及ばない」

アレクシアは苦笑しながら、馭者らしい男の挙動をうかがった。

馬に刷子《ブラシ》をかけ、蹄《ひづめ》の調子をひとつひとつ確認していく手つきはていねいだ。馬たちも痩《や》せこけてはおらず、くつろいだ様子でおとなしく世話を受けている。

アレクシアは心を決めた。

「あの仕事ぶりなら、おそらく信用のおける相手だろう」

シャノンが興味深そうにたずねる。

「どうしてわかるの?」

「わたしの供の者が、かつて教えてくれたことがある。馬の扱いかたには、その者の真の人柄があらわれるものだと。どれほど手を焼かせようと、馬とは元来とても賢くて優しい生きものだから、慈《いつく》しめば慈しむだけひとなつこくも素直にもなる。だから馬の瞳をのぞきこめば、その持ち主の気性もまたおのずと知れるそうだ」

「なるほどね」

ふむふむとカーラはうなずき、

「けどそれって馬だけの話なのかしら」

「というと？」

「つまりその彼は従者として、お転婆《てんば》なご主人さまを躾《しつ》けるにあたっても、そういう心得で臨《のぞ》んでいたとか」

「従者として……主人を？」

アレクシアは目をまたたかせる。

やがてその意味するところを呑みこむなり、あわあわとまごついた。

「そ、それならあやつは、わたしを手に負えない暴れ馬かなにかのようにみなしていたというのか？」

「目の離せないじゃじゃ馬くらいには思ってたかもね」

くすりと笑うマディにつられるように、シャノンも口許を押さえる。

「シャノンまで！」

「ご、ごめんなさい。でもそのお供はきっと、あなたのことが大好きだったのね」

「え？」

「だってそうでなければ、それほど愛情を持っている馬にあなたをなぞらえてみせることもなかったはずだもの」

「……わたしは馬と同等なのか」

アレクシアはげっそりと脱力する。

そういえばあのときのガイウスは、妙なしたり顔で語っていたような。

仮にも王女を相手に、まったく不敬にもほどがある男である。

「なんて根性だ。次に顔をあわせたときは、かならずや――」

アレクシアはふつりと声をとだえさせた。

けんめいに考えまい、考えまいとしてきたガイウスの安否《あんぴ》についての不安が、いまさらながら津波のように押しよせて、アレクシアの息をつまらせる。

瀕死《ひんし》のガイウスが、命を繋ぎとめているのかどうか。

知りたくないが、知りたい。知らなければならない。

そのためにはこの不可視の檻《おり》――フォートマスの町から、なんとしても脱出しなければならなかった。

アレクシアは呼吸をおちつかせると、

「なにはともあれ――まずはわたしが話をつけてこよう」

「がんばって」

三人に笑みを残して歩きだした。

石畳《いしだたみ》を踏みしめ、まっすぐに広場の対岸をめざす。

駁者は馬たちを四輪の客車まで誘導し、鼻歌を歌いながら、馬銜《はみ》をかませている。

続いて車軸の点検をするためか、客車の脇にしゃがみこんだところに、アレクシアは快活な声を投げた。

「なかなか立派な馬だな。ダーリング産だろうか？」

「さようです。お目が高いですな」

駁者はこちらに背を向けたまま、せっせと作業を続けている。

「毛艶《けづや》もみごとだし、ともの張りもある。世話が行き届いているようだ」

「ありがとうございます。気性はおとなしいですが、よく走ってくれますよ。貸馬車をご所望で？」

腰をあげ、アレクシアをふりむいた四十がらみの駁者は、たちまち目を丸くした。

おそらくアレクシアの堂々とした口調や声音から、声をかけてきたのはそれなりの身分の年若い男だと察していたのだろう。

にもかかわらず、そこにいたのはもの乞《ご》いもかくやという風体《ふうてい》の小娘だったのだから、そのちぐはぐさにめんくらってもしかたがない。

「いまから急いでアーデンに向かいたいのだが、都合はつくだろうか」

「は？　え、ええ……まあ、アーデンならお安い御用ですが」

陽気そうな顔つきの馭者は、とまどいを隠せないまま左右をうかがう。

「その……お連れさまは？」

「それならあちらにわたしの侍女たちが」

アレクシアは肩越しに、寄り添う三人をしめした。

「侍女？　お嬢さんにですかい？」

「じつをいうとわたしたちは、アーデンの屋敷からお忍びでこの町までやってきたんだ」

とっておきの秘密を打ち明けるように、いたずらっぽく声をひそめてみせる。

「わたしの両親がしばらく屋敷を空けるのを見計らい、身分が知れて厄介なことにならぬよう、あらかじめ下働きの者に借りた服を着こんでね」

「はあ」

「だがいささか羽を伸ばしすぎた。父母の帰宅が迫っているので、アーデンまで飛ばしてくれれば礼金を弾むが、乗せてはもらえまいか？」

「なるほど。その襤褸《ぼろ》……お召しものはそういう事情で」

相手はアレクシアの説明にうなずきつつも、疑いを捨てきれていないようだ。はたしてまともな客扱いをするべきかどうか、口の利きかたに迷いがうかがえる。

「ではお受けするにあたって、まずは前金をいただけますか？　市外への長旅をご所望のお客さまには、あらかじめ代金のいくらかを先払いしていただく取り決めでして」

やはりそうくるか。

「そのことなのだが……」

アレクシアは気まずげに目を伏せると、

「恥ずかしながら、慣れない夜遊びに繰りだしたところで、財布を掏《す》られてしまったようなんだ。侍女に預けて、用心するよう申しつけていたのだが、どうやらなまじの覚悟では足りなかったらしい」

「たしかに夜のフォートマスには、物騒な界隈《かいわい》もありますからな」

男は相槌《あいづち》を打つが、案の定そのまなざしは警戒の色を増していく。

「そんなわけでいまは持ちあわせがないのだが、アーデンに到着したらすぐにも代金を払うと約束しよう。ここはひとつ、融通を利かせてはくれないだろうか」

「お嬢さん。お困りのところ申しわけないが、他をあたってもらえますかい？」

「多少の礼金を上乗せするとしても？」

「決まりですので」

ていねいな物腰は崩さないものの、彼はアレクシアをあしらうことにしたようだ。

それ以上は耳を貸そうとせず、背を向けかけたところに、

「では金貨の代わりになるもので支払うというのは？」

すかさずアレクシアは追いすがった。

駅者はややわずらわしげに、

「といいますと？」

「こういうことだ」

アレクシアはおもむろに片腕を持ちあげ、みずからの背にのばした。

うなじにかかる髪をひとまとめにたぐり、鋏でざくりと切り落とす。

「お、お嬢さん！」

さすがに度肝《どぎも》を抜かれて、駅者はしばし絶句する。

続いて朝焼けの空に響いたのは、シャノンの悲鳴だった。

アレクシアは苦笑しつつ、驚かせてすまないと内心で詫《わ》びる。

ガーランドにおいて、髪の短い女は病人や罪人を彷彿《ほうふつ》とさせるものだ。それにつましい暮らしの若い娘にとって、長く美しい髪というのはおのれで磨ける唯一の財産といってもいい。

その髪を手放して、駅者との交渉の材料にするつもりでいるなどと説明すれば、全力でとめられるとわかりきっていたので、あえて告げずにいたのだ。

「少々もつれてはいるが、この色にこの長さだ。売りさばけばかなりの値になるだろう」

「はあ……これはまた、ずいぶん思いきったことを」

驚きも冷めやらぬ男の手に、アレクシアは髪の束を握らせる。

「侍女が毎晩欠かさず香油をなじませ、艶をだすべく丹念に梳《す》いてくれたものだ。そうでなければ、このような最高級の絹糸のごとき輝きが生まれるものではない」

アレクシアはここぞとばかりにたたみかけた。

みずからの髪を褒めたたえるのは気がひけたが、めったにない値打ちものだと印象づけるためにはいたしかたない。それに手入れの行き届いたこの髪が、女官たちの努力の結晶であることは事実だった。

「そなたの信を得るには、これでも足りないだろうか？」

馭者は我にかえると、まなざしに呆れと笑いをにじませた。

「いやはや。お嬢さんの潔《いさぎよ》さにはまいりました」

「では！」

「いまからアーデンまで、うちで責任をもってお送りしましょう。お代はそちらに着いてからでけっこうです」

「これを受け取ってはもらえないのか？」

「それではいただきすぎになってしまいますから」

馭者は艶やかな髪を丁重にしりぞけ、気の毒そうに眉尻をさげた。

アレクシアの説得のすべてを鵜《う》呑《の》みにしてはいないにしろ、日々の暮らしで手一杯の娘ではないらしいと判断したようだ。

「こういう稼業なものですから、どうにも用心が習い性になってしまいましてね。というのもあれこれ理由をつけてお代を踏み倒そうとしたり、なかには強盗に早変わりして有り金も馬も根こそぎ持ち去ろうとする輩《やから》もいる始末で」

「それはひどいな」

「あるいはけしからんことに、性質《たち》の悪い馭者がいかにも裕福そうな乗客を襲い、身ぐるみ剝いでやろうとたくらむこともあります。ですからお嬢さんがたも、息抜きのお遊びはほどほどになさることです」

「まったくだ。この髪は勉強の代償ということにしておこう」

「それがよろしいかと」

馭者が支度にかかるかたわら、アレクシアはさっそく三人を手招きする。

すぐさまかけつけてきたシャノンが、アレクシアに飛びついた。

「アレクシア！　なんてことを！」

「泣くほどのことではないだろう」

アレクシアはよろめきながら、泣きじゃくるシャノンをなだめた。

「だって、だって、あんなにきれいな髪だったのに」

「髪などすぐにのびる。そなたが腕を傷つけたことに比べれば、なんでもないさ。それに頭が軽くて、むしろすがすがしいくらいだ」

「うう……」

アレクシアはシャノンの背をさすりつつ、落とした髪をゆるく結び、鋏とももどもカーラにさしだした。

「これはカーラに預けておこう。旅費の支払いはもちろん、これからはなにかとそなたの親族に世話になるだろうから」

「……あなたがそうしたいのなら。でも伯母さんたちは、受け取ってくれないかもしれないわよ？」

「うまく説得してもらえるとありがたい」

「誰もいらないなら、あたしがもらってあげてもいいわよ」

横から伸びてきたマディの手を、カーラがぱしりとはたき落とす。

「あんたはお呼びじゃないの」

「けち」

もはやすっかり気のおけない仲である。

アレクシアはふふと笑い、明るくうながした。

「さあ。みんな急いで席について。すぐにも出発だ」

三人がいそいそと客車に乗りこむと、駆者台から声が投げられた。

「みなさんおそろいですかな？」

「ああ。アーデンまでよろしく頼む」

客車の扉に片手をかけながら、アレクシアが応じたときだった。

誰かが鋭く息を呑んだ。

ふいに足許に黒い影がさす。

アレクシアはとっさにふりむきかけた。

その華奢《きやしや》な首に、やにわになにかが巻きついて――。

「く……あ……」

力任せに喉を絞めあげられ、息ができない。

「ふざけた真似《まね》しやがって……この小娘どもが！」

獰猛《どうもう》な獣のような唸《うな》り声が、荒々しく頰《ほお》をなぶる。

アレクシアを縛《いまし》めているのは、激しい怒りを燃えたぎらせたエイムズ船長だった。

娘たちの策略にまんまと踊らされていたと悟ったエイムズは、どうにかして手足の自由を得るなり、逃げた獲物《えもの》を追い始めたにちがいない。

「アレクシア！」

カーラの叫び声が、むなしく朝の空に散っていく。

アレクシアは必死で抵抗するも、地から浮かんだ両足は宙を蹴るばかりだ。

そのときアレクシアの耳は、複数の足音がばたばたと近づいてくるのをとらえた。

たちまち背すじが凍りつく。

あれがエイムズの指示で捜索にかりだされた者たちなら、ほどなく三人も捕らえられてしまうだろう。

そうなってはなにもかも終わりだ。もう二度と、同じ手は使えないのだから。

「わ……たしは……いい、から早く……」

アレクシアはけんめいに訴えるが、喉からはかぼそいうめきが洩れただけだった。

アレクシアはエイムズの腕にしがみつき、渾身《こんしん》の力をこめて爪《つめ》をたてた。

これしきのことでひるむ相手でないのはわかっている。

だが舌打ちをしたエイムズは、

「こいつめ。手こずらせやがって」

アレクシアを担ぎあげようとして、喉にまわした腕をわずかにゆるませた。

狙ったのは、その一瞬だった。

アレクシアは足をふりあげ、そばにいた馬の臀《しり》を蹴りつけた。

「——行け！」

驚いた馬が、雄叫《おたけ》びめいたいななきをあげる。

そしてもんどりうつように、全速で走りだした。

「追え！　馬車を追うんだ！」

我にかえったエイムズが、唾《つば》を飛ばして手下たちをけしかける。

「娘どもをひきずりおろせ！」

だが乱れた馬蹄《ばてい》の音は、みるまに遠ざかっていく。

馭者は荒ぶる馬たちをなんとかあやつり、とにもかくにも人相の悪い男たちから逃げることに決めたようだ。

そうだ。それでいい。

そのまま追っ手をふりきって、一目散にアーデンまで駈《か》け抜けろ。

「だめよ！　アレクシア！　アレクシア！」

扉から身を乗りだし、叫びながら手をのばすシャノンがいまにも石畳に放りだされそうになるのを、カーラたちが必死で押さえこんでいる。

涙に濡《ぬ》れたシャノンの頬が、朝陽を受けて光っていた。

せっかくできた友だちを、自分が泣かせてしまうことになるとは。

アレクシアもまた泣きたくなり、ついに目を閉ざして抵抗をやめた。

つづく

※この作品はフィクションです。実在の人物・団体・事件などにはいっさい関係ありません。

集英社オレンジ文庫をお買い上げいただき、ありがとうございます。
ご意見・ご感想をお待ちしております。

● あて先
〒101-8050　東京都千代田区一ツ橋2-5-10
集英社オレンジ文庫編集部 気付
久賀理世先生

王女の遺言　1

ガーランド王国秘話

集英社
オレンジ文庫

2021年1月25日　第1刷発行

著　者　久賀理世
発行者　北畠輝幸
発行所　株式会社集英社
〒101-8050東京都千代田区一ツ橋2-5-10
電話【編集部】03-3230-6352
【読者係】03-3230-6080
【販売部】03-3230-6393（書店専用）
印刷所　株式会社美松堂／中央精版印刷株式会社

※定価はカバーに表示してあります

ISBN 978-4-08-680364-9 C0193

集英社オレンジ文庫

白洲 梓

威風堂々惡女 5

ついに迎えた立后式の最中、雪媛が窮地に追い込まれる!!

相川 真

京都伏見は水神さまのいたはるところ

綺羅星の恋心と旅立ちの春

京都あやかし事鎮め、涙と感動のクライマックスへ…！

愁堂れな

抗えない男

〜警視庁特殊能力係〜

特能に映像記憶能力者が増員!!　しかし不穏な動きが…？

仲村つばき

廃墟の片隅で春の詩《うた》を歌え

王女の帰還

歴史の濁流に翻弄され続けた王女の壮大なクロニクル！

かたやま和華

探偵はときどきハードボイルド

昭和×平成バディがひた走る、令和痛快探偵譚！

1月の新刊・好評発売中

コバルト文庫　オレンジ文庫

「ノベル大賞」募集中！

小説の書き手を目指す方を、募集します！

幅広く楽しめるエンターテインメント作品であれば、どんなジャンルでもＯＫ！

恋愛、ファンタジー、コメディ、ミステリ、ホラー、ＳＦ、etc……。

あなたが「面白い！」と思える作品をぶつけてください！

この賞で才能を開花させ、ベストセラー作家の仲間入りを目指してみませんか⁉

大賞入選作
正賞と副賞300万円

準大賞入選作
正賞と副賞100万円

佳作入選作
正賞と副賞50万円

【応募原稿枚数】

400字詰め縦書き原稿100～400枚。


【しめきり】

毎年1月10日（当日消印有効）

【応募資格】

男女・年齢・プロアマ問わず

【入選発表】

オレンジ文庫公式サイト、WebマガジンCobalt、および夏ごろ発売の文庫挟み込みチラシ紙上。入選後は文庫刊行確約!

（その際には、集英社の規定に基づき、印税をお支払いいたします）

【原稿宛先】
〒101-8050　東京都千代田区一ツ橋2-5-10
（株）集英社　コバルト編集部「ノベル大賞」係

※応募に関する詳しい要項およびWebからの応募は
公式サイト（orangebunko.shueisha.co.jp）をご覧ください。